吃貨嬌娘

4

完

文創風

349

夕南 著

目錄

第六十二章

到了議事廳的時候，只有楚修明一個人，他派人去請眾人過來，而他就站在懸掛著的山河圖前。

楚修明記得，在他還小的時候，家裡還有許許多多的人，祖父、父親、母親、兄長、姊姊……他是楚家最小的孩子，那時候的祖父身體康健，大部分的事情都交到父親的手上。所以有很多時間，祖父就喜歡把他們幾個小的叫到了一起，然後指著山河圖上的每一處講給他們聽。

那時候的楚修明太小，很多都不能理解，卻記得祖父說過，這裡啊天氣很熱，還經常下雨，開了許許多多的花，可是也有很多的毒蟲毒草，到了那邊後，一定要注意很多士兵往往是因為水土不服、吃錯東西或者被毒蟲毒蛇咬了而損失的。

楚修明還記得楚修曜那時候天不怕地不怕的，手裡揮舞著小木刀說了什麼，楚修明已經記不清楚了。

楚修遠來的時候，就看見這樣的楚修明，楚修明並沒有轉身，等楚修遠走到他身邊，他才指著山河圖左下角的一個地方說：「你當初不是問過我，這裡是怎麼弄的嗎？」

「嗯。」楚修遠說道：「這裡看著像是後來補上的。」

楚修明開口道：「是被三哥與我弄壞的。」

楚修遠看向楚修明，他就算再遲鈍，也感覺到了不對，只是並沒有多問，楚修明接著說道：「那時候父親本答應帶我們去打獵的，那是我和三哥第一次被帶出去打獵，自然是滿心歡喜，可是因為……」楚修明指了指那個被他們剪掉的地方。「父親忽然要帶兵去這裡，我們以為只要把這裡剪掉，父親就找不到路去不了了。」所以他們那時候就偷偷找了剪刀來，把那一塊剪掉。也多虧了祖父從小教他們認地圖，他們之後竟然沒有找錯。

「現在想想，那時還真傻。」楚修明開口道，山河圖很重要，為了這一份完整的地圖，犧牲了不少優秀的探子。父親狠狠教訓了他們一頓，明明是他出的主意，可是在事發後，是楚修曜自己把所有責任都擔下來的；挨打的時候，楚修曜也是死死抱著楚修明，不讓父親打到楚修明。

楚修遠不知道為什麼楚修明忽然提到這些，莫非是英王世子的使者說了什麼？

楚修明沒再說了，手指摸了一下那個地方後，就坐回位子上。楚修遠抿了抿唇，到底沒再問什麼，這個時候楚修明會派人把眾人請來，想來是因為出了新的事情，需要讓大家商量。

楚修遠坐到楚修明的身邊，給楚修明倒了一杯茶。

等人來齊後，楚修明手指摩挲著杯緣，微微垂眸看著杯中茶葉說道：「英王世子的使者說，楚修曜父子都在他們手中。」

「不可能。」林將軍第一個說道。

吳將軍也皺起了眉頭，他們都認識楚修曜，自然不相信楚修曜會為了活命，就屈服在英王世子手中。

金將軍怒道：「英王世子這個小人！」

趙管事也冷靜下來說：「若是真有曜將軍在手，英王世子絕不會等到現在才說。」

王總管忽然道：「還有一種可能……」

楚修遠開口道：「如果是真的呢？」

是啊，如果是真的，萬一英王世子手上確實有楚修曜，他們難道真的不管嗎？楚修曜和楚修曜的孩子是兩碼事，他們能狠心放棄那個孩子，卻根本無法狠心不去營救楚修曜。

楚修遠沈聲說道：「若是三哥真在英王世子手上，我們就答應他的條件。」

皇位是死的，可人是活的，楚修遠現在瞭解了楚修明剛剛那樣的掙扎和痛苦。

楚修明微微垂眸說道：「現在有兩個可能，一是英王世子是騙人的，二是英王世子手上確實有三哥，一個求死不得的三哥。」

「求死不得」四個字，讓眾人的面色都變了，他們想到這個可能，卻誰也不願意去相信這個可能。

楚修明說道：「把鄭良帶上來。」

鄭良很快就被帶過來了，短短的時間，他竟然憔悴了許多，只是身上和臉部並沒有任何的傷口，眾人並沒有問岳文是如何做到的。鄭良看見楚修明的時候，竟有一種劫後餘生的感覺。

「鄭良，」楚修明看著他說道。「你說我三哥在英王世子手上？」

鄭良聞言心中鬆了一口氣，他就知道楚修明不可能不在乎這件事。「是。」

「想來英王世子已經告訴過你，我三哥是怎麼落到他手上的經過了。」楚修遠沈聲道。

鄭良是知道楚修明有個表弟的，看了楚修遠一眼，並沒有隱瞞，仔仔細細把英王世子在哪裡找到楚修曜的事情說了一遍。楚修明心中一沈，趙管事、王總管甚至林將軍他們都問了幾個問題，有些是鄭良不知道的，有些是英王世子告訴過鄭良的，他一一說了出來。眾人對視一眼，心中明白楚修曜怕是真的落在英王世子手上。

「英王說了，若是永甯侯願意合作，不僅會把人歸還，還願意與永甯侯分疆而治，同享天啟河山。」鄭良恭聲說道，在楚修明面前，他根本不敢有絲毫的隱瞞。「就算永甯侯不願意和英王合作，只要永甯侯不出兵助誠帝，不管最後英王是勝是敗，英王都願意把人歸還，甚至以邊城為中心，華江為線，這些都送與永甯侯為封地。」

「歸還？」楚修明看向鄭良問道：「是歸還我三哥的屍首嗎？」

鄭良開口道：「在下敢對天發誓，絕非如此，英王敬佩楚家，對楚修曜絕無絲毫的怠慢。」

鄭良的話一出，眾人都皺了眉頭，心中一沈。

楚修明問道：「活人也是照顧，屍體也是照顧，你說的是哪一種？」

「自然是活人。」鄭良毫不猶豫地開口道。

楚修明放下茶杯，面色平靜地看著鄭良，不知為何鄭良竟然覺得心中一寒，強忍著恐懼開口道：「莫非永甯侯不希望自己的三哥活著？」

聽到鄭良的話，楚修明微微垂眸並沒說話，倒是鄭良只覺得心中激盪，接著開口道：「說來也是，長幼有序，若是楚修曜這位三哥還活著，怕是永甯侯這個爵位也輪不到你坐。」

這話一出，眾人的表情都有些奇怪了，楚修遠冷笑道：「莫非英王世子當初就是這般坐上世子位的？」

趙管事也開口道：「在下聽說，英王還活著的時候，有三子的，現在怎麼沒聽說另外兩位的消息？」

鄭良面色一變。「兩位公子是被誠帝迫害而死的。」

「在下記得那時候有位公子才三、四歲吧？」趙管事像是不敢肯定似的，仔細思索了一下說道：「誠帝放著一個已經年長的世子不動，去動三、四歲什麼都不懂的小孩？」

鄭良沈聲道：「小公子自幼身子弱，若是好好養著自然能平安長大，只是那時候誠帝追擊得緊，一路奔波，這才不幸早夭了。」

「那另外一位呢？」王總管問道。

鄭良眼睛眯了一下，也反應過來說道：「幾位倒是對英王的家事很有興趣，若是永甯侯願意和英王合作，到時候幾位親自問英王即可。」

楚修明開口道：「岳文，把人拖下去。」

鄭良聽見岳文的名字，臉色大變說道：「永甯侯……」

岳文卻沒有再讓他說出剩下的，直接捂著嘴拖了下去，等人走了，林將軍才說道：「將軍，莫要聽信小人所言，恐英王世子另有陰謀。」
楚修遠沈聲道：「不管是三哥還是三哥的屍首，都必須搶回來。」
金將軍說：「談何容易。」他們現在甚至連楚修曜是死是活都沒辦法確定。
趙管事看著楚修明問：「將軍有何想法？」
楚修明端著茶杯一口飲盡，道：「也不差這會兒工夫。」
趙端雖然在，可是一直沒有開口，畢竟這更多的是將軍府的家事，可是如今楚修明的決定，卻讓他心生佩服，楚修明真的不急嗎？不，他比誰都急，可是他不能急，也不敢急。誰都可以急，誰都可以心亂，只有楚修明不可以，因為他的每一個決定都不僅關係著自己。
易地而處，換成是他的話，趙端心中一顫，覺得自己恐怕是忍不住的，不知道就算了，知道的話……就算只是屍骨，他也會想盡一切辦法的。
楚修遠只感覺到一隻微涼的手輕輕拍了拍他的手背，楚修遠扭頭看去，就看見楚修明的側臉，和眾人不同的是，楚修明的神色很平靜，甚至平靜得讓人覺得恐怖，卻又有一種令人安心的感覺。
楚修明開口道：「既然英王世子把這些一件件拋了出來，意味著他有什麼重要的計劃是繞不開邊城的。」
眾人心中一凜，剛剛他們的注意力都集中在楚修曜身上，楚修明起身指著山河圖說道：「邊城位處京城西北方，而這邊是……」

隨著楚修明的聲音，幾個人都看向山河圖，林將軍猛地明白了楚修明的意思。「這就意味著英王世子是有辦法讓蠻夷繞過邊城這裡到天啟，可是這個地方想來很難走或者只能供少數人通過，人數若是多了的話，就容易被發現或者……」

「根本過不去。」吳將軍也沈聲道。

楚修明手指點著一處，那裡山勢險要，還需通過一處湍急的河流，甚至因為地形的原因，不能造橋，只能用繩索通過，就算是用繩索，也只能選擇每個月中旬的時候，河流較平緩的那日。

當初楚修明的祖父就發現了這處地方，最後因為能利用的價值不高，只是先標注下來。楚修明後來也去看過，確實如此，那處地方只是供給一些山裡的百姓來使用，不過就算如此，楚修明也派人去守著那裡，如果真是從這裡的話，也就意味著……

「費安背叛了。」金將軍沈聲說道。

王總管開口道：「不僅是費安。」

山裡的百姓，每隔幾個月就要選出身強力壯的青年來揹著東西到市集交換生活所需用品，邊城這邊雖不讓他們進城，卻也不會拒絕，相處得算愉快，若蠻夷真從那裡走，不僅意味著守將費安投靠了英王世子從而欺瞞楚修明，山裡的百姓恐怕也投靠了英王世子。

幾個人面色都有些難看，吳將軍怒道：「狼心狗肺的東西！大將軍，屬下去把費安拿下。」

楚修明開口道：「金將軍，你帶兵去，生死不論，注意封鎖消息。」

金將軍面色一肅說道：「是。」

楚修明接著說道：「林將軍，你也準備一下，恐怕那山中還藏著蠻夷和英王世子的人。」

等費安那夥人抓來，若是能問出一些山裡的消息固然好，也可以減少傷亡，若是問不出……楚修明心中明白，在山中的話，自己的士兵固然能勝利，恐怕會有不少傷亡，畢竟那邊的地形他們不熟悉，還有那個索道。

「到時候封山。」楚修明冷聲說道。「派兵把那兒給圍住，給他們三日的時間，願意出來的就出來，不出來的話就封山，五日內燒山。」

這樣的話，造成的殺孽太重，有傷天和，楚修明一直不願如此，可是現在的情況，也容不得他心慈手軟了。

林將軍開口道：「大將軍放心吧。」

楚修遠一直沒有說話，此時開口道：「將軍，那徐源的任務……是不是要暫緩一下？」就怕到時候英王世子損失慘重，狗急跳牆傷害了楚修曜，楚修明開口道：「照舊。」

趙端此時才開口道：「將軍，其實在下也覺得可以稍緩一下。」

楚修明搖了搖頭。「機不可失。」

林將軍也說道：「那軍中要不要先……」

楚修明開口道：「人多口雜。」

沈錦帶人拎著食盒過來的時候，就看見眾人這樣大眼瞪小眼的情況。楚修明早有吩咐，將軍府所有的地方都不對沈錦設防，就算是議事廳也一樣，所以直至她到了門口才驚動了眾人。

進來後沈錦就笑道：「想來大家也餓了，我就讓人做些東西送來。」

「嫂子。」楚修遠開口道。

沈錦笑盈盈地點了點頭，讓開了位置，就見身後的小廝開始抬著東西進來擺放。

幾口熱湯熱菜下去，眾人情緒緩和許多，趙管事索性就重提了剛剛的事情。那時候眾人都心緒不寧，所以也沒討論出什麼，現在都緩下來，想來頭腦也清醒了許多。

沈錦正在吃楚修明放在她碗中的白菜，聽趙端說著擔憂之事，王總管也道：「確實如此，這樣容易埋下隱患，那些將領倒不會只因別人的一句話就懷疑將軍，可是心中難免有了疑慮，還不知道英王世子接下來要做什麼，積少成多下來怕容易軍心不穩。」

楚修遠開口道：「不如我們先一步說出這樣的事情？」

趙管事問道：「夫人有什麼想法？」

「我覺得修遠說得對啊。」

「夫人為何贊同？」林將軍其實挺喜歡沈錦這位將軍夫人的，想來老將軍在的話，也會喜歡這個兒媳婦。

沈錦雙手捧著杯子，眼神卻落在楚修明剛拌好的那碗麵上，說道：「英王世子的話和將軍府的話，他們肯定更相信將軍府的話啊。」其實就這麼簡單。「只要說當初誠帝和英王世子聯手，然後三哥在英王世子手上，不知情況如何。然後英王世子以此威脅將軍府放蠻夷進天啟。英王世子一旦有了顧忌，那麼他為了退路，就不會動三哥。」

楚修明開口道：「等金將軍回來後，林將軍，你馬上帶兵去禹城，給席雲景寫信做好準備，等瑞王一到邊城，那邊就開始行動，以沈軒的名義質問誠帝為何逼迫瑞王離京，然後帶人……」

隨著楚修明的話，眾人都記下了自己的職責，沈錦忽然說道：「我進京。」

「不行。」楚修遠說道。「嫂子妳若是進京了……」

沈錦開口道：「總要給誠帝一顆定心丸。」

楚修明伸手握著沈錦的手說道：「不用。」

沈錦其實早就想好了。「夫君，你知道這樣是最好，也是最合適的。」

楚修遠說道：「嫂子，不該妳去冒險。」

沈錦笑了起來，因為臉上的酒窩，使得她看起來根本不像已是一個孩子的母親，她伸手揉了揉楚修遠的頭。「又不是為了你。」

沈錦願意站出來，為的只是楚修明，在最開始沈錦聽到鄭良的話後，其實就在猶豫要不要去京城，那時楚修明也看出來了。所以楚修明說不讓沈錦再插手，沈錦同意了，可是當沈錦親自帶著人來送飯的時候，楚修明就知道沈錦下定了決心，她準備去京城。

因為英王世子手中有楚修曜父子的緣故，使得楚修明最初的計劃有變，開始時楚修明是打算在誠帝和英王世子中間尋求一個平衡的，現在的情況，和英王世子已經到了水火不容的地步，那就不好與誠帝那邊撕破臉。當然也可以選擇把瑞王送回去，可是如此一來下面的計劃卻不好進行了。

而現在又不能與誠帝那邊撕破臉，讓沈錦到京城為質是最好的做法，不僅能讓誠帝相信瑞王不在邊城，而是在英王世子手中，也會讓誠帝產生顧忌，不說和楚修明聯手對付英王世子，起碼不會在楚修明對付英王世子的同時，在背後捅刀。

好處還不僅這些，英王世子也會顧忌楚修明和誠帝聯手，所以也不敢以全部兵力對付楚修明，還要防備著誠帝漁翁得利，那麼楚修明這邊也可以分出大半的兵力來防堵蠻夷。

其實這也是眾人開始沒有提起那個辦法的原因，他們誰也不好提出讓沈錦去當人質的事情，更不可能說讓東東去，所以眾人才會沈默而心中煩悶不已。

就算此時沈錦自己提出來，眾人也是沈默。

沈錦何嘗不明白，楚修明沒再說什麼，只是牽著沈錦的手先離開了。楚修遠並非第一次看見這般的兄長，那時在三哥代替他離開，楚修明醒來後就是這般，眾人都以為楚修明會發怒或者發洩，可他只是靜靜地坐著，帶著無奈和痛苦，楚修遠也不知道怎麼形容那一刻的楚修明，那種感覺光讓人看著都覺得無法承受。

出了院子，沈錦忽然說道：「夫君揹揹我吧。」

楚修明走到沈錦的前面，背對著她蹲下來，沈錦熟練地趴在楚修明的背上，感嘆道：「剛剛吃得有些飽，都不願意動了呢。」

「那就不動。」楚修明開口道。「我揹著妳走。」

沈錦眼睛紅了，小聲說道：「不行啊。」她聽出了楚修明話裡的意思。「夫君，我等著你來接我。」

楚修明腳步頓了一下。「聽話。」

沈錦鼻子一酸說道：「你聽話才對，東東就交給我母親照顧，你一定要早點去接我。」

楚修明搖了搖頭，沈錦張口咬了下他的耳朵說道：「還有不許再有什麼表妹了！」

「不會。」楚修明的聲音有些嘶啞。「就妳一個人。」

雖說楚修明答應了下來，可也不是直接就給沈錦收拾東西，讓她去京城的。楚修明先上了奏摺，這封奏摺楚修明整整寫了一夜，竟然也沒寫出來，他不知道要如何下筆。

直到天微微亮，楚修明才放下筆，有些頹喪地坐在椅子上，緩緩嘆了一口氣。沈錦還在床上睡得正香，楚修明坐在床邊，手指輕輕從她睡得紅潤的臉上滑下。

看了許久楚修明才收回手指，閉了閉眼睛，心中卻已經知道沈錦此次京城之行是避無可避了。轉身重新回了書房，鋪好紙後，略一思索就提筆寫了起來，一氣呵成，寫完後楚修明直接把筆甩到地上。

被驚醒的沈錦看著楚修明眼底的血絲，心中一顫，伸手去握楚修明的手，她的手太小，根本沒辦法把楚修明的手給包起來，倒是楚修明鬆開拳頭，反手把沈錦的手給握住。

「夫君。」沈錦倚到楚修明的身邊。「別怕。」

楚修明的身子一顫，緊緊把沈錦摟在懷裡。只是一份奏摺，他都有些忍受不住，他們兩個不是沒有分離過，可是這次卻截然不同。

「傻丫頭。」楚修明的聲音有些沙啞。「我的傻娘子。」

「胡說。」沈錦反駁道。「我可聰明了。」

楚修明把沈錦按在懷裡，下頷壓在她的頭頂說道：「聰明的話，怎麼會嫁給我。」

「又不是我自己選的。」沈錦也覺得委屈啊。「我又不能抗旨。」

楚修明聞言有些哭笑不得，如果說誠帝做過什麼好事的話，就是把沈錦指給自己當妻了。

「不過，若是有選擇的話，我也是願意嫁給你的。」沈錦的聲音裡帶著笑意。「當時在京城聽說你喜歡吃生肉，我可發愁了呢。」

「發愁什麼？」楚修明見沈錦穿得有些少，就把她打橫抱起，往臥室走去。

沈錦勾著楚修明的脖子。「我不喜歡吃生肉啊，那可怎麼辦好。」

「最後想到辦法了？」

沈錦有些得意地說：「魚膾啊，就按照魚膾的方法來。」

楚修明聞言只笑道：「那最後發現我也不吃生肉，是不是很失望？」

「才沒有呢。」沈錦想也不想地反駁道。「唔，其實也有點。魚膾很好吃，我想了想，覺得應該牛肉味道還行，羊肉和豬肉應該不大好吃……」

楚修明輕輕揉著沈錦的腰說道：「除此之外呢？」

沈錦哈哈笑著把自己那時候的想法都與楚修明說了，不知不覺天已經大亮。陪著沈錦用了早飯，沈錦就去陳側妃那裡接東東，而楚修明回書房拿了寫好的奏摺往議事廳走去。

第六十三章

楚修明到的時候，除了金將軍外，議事廳的人已經來齊了，楚修遠看向楚修明的眼神中帶著擔憂，可是楚修明整個人已經恢復了平靜，把寫好的奏摺交給趙管事。「這幾日把這個摺子送上去。」

「是。」趙管事開口道：「昨日……」

費安被帶到將軍府時，身上並沒有鎖鏈之類的，他在見到金將軍帶兵過來之時，心中就已經明白了。金將軍讓手下人接管了這裡的防衛，自己押著費安一夥人回來。

一路上費安都一言不發，費安的親衛也不是都知道的，有些人格外茫然，心中也是惶惶不安的，而有些則面如死灰。

被帶到議事廳後，費安看著坐在主位上的楚修明，兩個人對視了許久，倒是吳將軍沒忍住，怒道：「費安！那些到底是不是你做的？」

「是。」費安很冷靜。「不過我家人並不知道。」

「大將軍就沒讓人動你家人。」林將軍也難掩失望，問道：「為什麼？」

費安開口道：「人往高處走，水往低處流。」

楚修遠問道：「你是為了名利？」

費安看向楚修遠，開口道：「算是吧。」

「你對得起老將軍嗎？」吳將軍眼睛都紅了，緊緊握著拳頭說道：「你忘了是誰把你從死人堆裡揹出來的嗎？是誰為了救你……」

費安閉了閉眼，情緒激動地說道：「記得，我都記得！可是你們忘了，是誰害得我們落到如此地步？是誰害死了老將軍？是誰為了那點狗屁的私心，害死了那麼多兄弟？」費安指著他們所有人。「不是我忘記了，是你們忘記了！」

「沒有忘記。」楚修明看著脖子上都爆出青筋，面目猙獰的費安，說道：「沒有忘記，一刻都不曾忘記，是你忘記了。」

「放你娘的屁！」費安怒罵道。

楚修明倒是沒有動怒，平靜地說道：「你覺得誠帝如此對邊疆的將士，所以覺得憤怒不公。」

費安沒有反駁，楚修明接著說道：「可是你忘了，我們鎮守邊疆，為的從來不是誠帝，我們為的是天啟的百姓。」楚修明何嘗沒有這般仇恨過，他也是恨不得殺了誠帝。「固然邊城的將士可以起兵進京，那麼誰來鎮守邊疆？誰來保護百姓的安危？」

楚修明接著說道：「不管是我祖父、父親，甚至兄長和我，效忠的從來不是誠帝，而是天下百姓。」

林將軍開口道：「費安，你忘記我們當初的誓言了嗎？絕不讓蠻夷踏足天啟一步。」

費安依舊沒有說話，楚修遠忽然問道：「費將軍，你覺得英王世子會是明君嗎？」

「不會。」這次費安沒有絲毫猶豫地回答。

吳將軍問道：「你覺得英王世子會成功？」

「不知道。」費安開口道。「就算不成功，也沒什麼損失。」

不管怎麼說，費安都是背叛了，可是如何處置費安也成了難題。正因為費安太過急躁，所以楚修明的父親才選擇瞞下太子嫡孫的事，可是如今想來，若是早早告訴了費安，說不定費安就不會如此了。

對誠帝的仇恨已經成了費安的執念，甚至已經有些瘋魔了。

如今怎麼處置費安，變成了難題，按照邊城以往的規矩，只要做出這般的行為就是背叛，絕不能輕饒的，可是費安的情況就有些複雜了

費安嗤笑了一聲說道：「怎麼了？還有什麼難題？」

「費將軍，請坐。」楚修明開口道。

楚修明問道：「不知道費將軍對英王世子那邊的瞭解……」

費安並沒有隱瞞，一一說了出來，甚至沒有絲毫的猶豫，不僅說出打探到的事情，還說了一些自己的推測。「老吳，倒茶。」

「怎麼不噎死你！」吳將軍咬牙切齒地說道，雖然這麼說，還是給他倒了一杯茶。

費安端著喝了以後，接著說道：「英王世子這兩年的動作更急切了一些，在去年的六月曾……」

吳將軍終於沒忍住，雙手握拳狠狠捶在桌子上。「費安！你既然有這般的心思，為什麼還要放那些蠻夷過去？」

費安回答不上來了，其實他自己也不清楚為什麼會同意英王世子的要求，放那些人從他鎮守的地方進入天啟。每次看見那些蠻夷的時候，他都恨不得把人給殺了，可是卻又因為對誠帝的仇恨，選擇了一次次的縱容。

同時還會費盡心思收集一些對邊城有用的消息，費安自己也知道，很矛盾……

金將軍嘆了口氣，看向了楚修明說道：「大將軍，費將軍也算是戴罪立功，將功補過了……」

林將軍開口道：「大將軍，費將軍確實做了糊塗事，卻罪不至死。」

楚修明微微垂眸說道：「費將軍，你想過被發現後的結果嗎？」

「哈哈哈。」費安笑道。「當然想過，老子就想把這些和你們說了，然後也別讓老子死在牢裡，太窩囊了。大將軍，我用這些消息，就換這樣一個要求，可以嗎？」

「費將軍。」楚修明起身，走向費安，說道：「我以茶代酒，向費將軍賠罪。」

楚修明的舉動讓費安整個人都愣住了，倒是趙管事和王總管明白過來，看了楚修遠一眼。楚修遠愣了一下也點了點頭，起身走過去。「哥，是我該向費將軍賠罪。」

費安被弄糊塗了。

等楚修明過來後，費安就站起來，一點也沒有剛到議事廳時的瘋魔，只說道：「不行嗎？」他不想死在牢裡，他要死也要死在戰場上。

「並非這件事。」楚修明開口道。

費安皺眉，楚修明看向楚修遠，然後微微後退了一步。楚修遠開口道：「其實是我們一直瞞著費將軍，我生父是太子嫡次子，正是因為這點，所以才牽累了眾人。」

「什麼？」費安臉都扭曲了。

吳將軍說道：「我多少次提醒你、暗示你，讓你不要著急，事情需要名正言順才好。」

聽著吳將軍的話，費安想到了不僅是吳將軍，就是楚老將軍、林將軍甚至楚修明都說過類似的話，可是那時候的他只以為眾人是在安撫他的情緒。

費安看向楚修遠，沈默了許久。「若是你們還信得過我費安，我願意去英王世子那邊當內應。」

「太危險了。」楚修明開口道。「而且對費將軍名聲有礙。」

「哈哈哈。」費安大笑道。「這有什麼關係。」他雖然不如林將軍他們那般和楚修遠關係親近，卻也相信被楚修明一手帶出來的孩子。

楚修明和楚修遠坐回位子上，楚修明說道：「此事不用再提，是我楚家有負費將軍，費將軍也許久沒有回家享受天倫了。」雖然費安的所作所為眾人能理解，可是說到底還是做錯了事情。

可是這般的懲罰，讓連死都不怕的費安臉色都變了。「大將軍……」

楚修明搖了搖頭沒再說什麼，吳將軍害怕費安心中再有怨恨，就說道：「你知道英王世子那個混蛋做了什麼嗎？」

費安看向吳將軍，吳將軍把楚修曜父子的事情說出，費安是真的不知道這些，聞言說道：「大將軍，讓我再做個馬前卒也好啊。」

楚修明搖了搖頭。「我會派人守著費將軍的宅院的，費將軍暫時在家中休養吧。」

費安沒再說什麼，楚修明看向吳將軍，吳將軍點了點頭，伸手把費安拽了起來，說道：「走吧，回去讓我揍你一頓。」

金將軍他們也沒有再多留，跟著一起走了，趙管事說道：「將軍，這兩日安排茹陽公主回京的事情吧。」

「嗯。」楚修明應了一聲。「擇丙組四人和茹陽公主一起上京。」

「是。」趙管事恭聲說道。

王總管說道：「夫人上京時候身邊的人選，將軍可有考慮過？」

「選安字組的三人並安寧。」楚修明沈聲說道，安字組是沈錦嫁過來後，楚修明才規整出來的，為的就是保護沈錦，如今算是獨立在甲乙丙丁四組之外了。

楚修明說道：「這件事不用你們管。」

楚修遠開口道：「哥，嫂子下定決心了嗎？」

楚修明點了下頭，看向楚修遠說道：「你無須覺得愧疚，她並非為了你。」

楚修遠聞言臉一紅，說道：「哥，我沒有這樣想。」

楚修明笑了一下說道：「好了，你這幾日該去軍營了。」

沈錦這幾日在楚修明忙的時候，就抱著東東去找陳側妃，看著東東和晴哥兒、寶珠他們一起在床上玩，自己就陪著陳側妃說話。陳側妃開始倒是沒察覺到什麼，可她們到底是母女，在沈錦去的第四日，陳側妃忽然問道：「妳可是有什麼事情要與我說？」

「是啊。」沈錦一邊戳著兒子小腳丫，一邊說道：「我還想著怎麼和母親說呢。」

陳側妃抿了抿唇問道：「是什麼事情？」

「我要回京城了，母親有什麼喜歡的嗎？我給母親買了送回來。」沈錦扭頭，笑盈盈地說道。

陳側妃臉色大變說道：「為什麼？」

「啊。」沈錦本想輕輕鬆鬆說出來，也不讓母親這般擔心，可是看見陳側妃的樣子，也不再逗兒子了，說道：「因為有些事啊。」

陳側妃只是看著沈錦，沈錦把這段時間的事情與陳側妃說了一遍，陳側妃的唇微微顫抖著。「非要妳去嗎？」

「是啊。」沈錦走到陳側妃的身邊，伸手摟著陳側妃，低聲說道：「母親放心吧，夫君很快就會去接我回來的。」

「把瑞王送回去不行嗎？」陳側妃緊緊摟著女兒低聲問道。

沈錦有些難受，吸了吸鼻子說道：「不行啊，還要藉著父王的名頭呢。」

陳側妃知道女兒，若不是真的別無他法了，女兒怎麼也不會去冒險的。「女婿同意了？」

「他不同意也沒辦法的。」沈錦蹲下來，仰頭看著母親，說道：「他聽我的呢。」

陳側妃眼睛紅了，淚水忍不住地落下說道：「那我陪妳回去。」

「東東怎麼辦呢？」沈錦問道。「交給夫君我不放心啊，畢竟夫君要帶兵出去呢。」

陳側妃說道：「我不能讓妳一個人回去。」

「不是我一個人呢。」沈錦握著陳側妃的手。「夫君會安排人陪著我，太后和茹陽公主也要護著我的。」

陳側妃搖了搖頭，說道：「不行。」

沈錦就知道會如此，才一直猶豫怎麼與陳側妃說。「真的，母親您相信我好不好？」

「妳捨得東東嗎？」

「不捨得呢。」沈錦嬌聲說道。「所以才把東東交給母親，別人我都不放心。不過等母妃來了，母親多抱著東東去母妃那邊坐坐，千萬不要讓父王和東東太親近，總覺得父王有點笨啊。」沈錦有些擔憂地說著，萬一東東和父王待久了，變得笨笨的就不好了。

陳側妃見女兒的樣子，有些不知道說什麼好，明明她們在很嚴肅地討論去京城的事情好不好？不過女兒說得也是，以後還是多注意點，不要讓東東和瑞王親近比較好，那些壞毛病可別傳染給她的乖乖外孫，就是晴哥兒也要遠著瑞王點，倒是瑞王妃……其實陳側妃是有些害怕瑞王妃的，卻不得不承認，瑞王妃這樣的女人很聰明，若是東東和晴哥兒能學到七、八分，就足夠了。

「母親，我會回來的。」沈錦保證道。「您放心吧。」

「我會照顧好東東的。」

楚修明來接沈錦和東東的時候，就發現沈錦眼睛有些發紅，心中一思量就明白過來了。

陳側妃知道這是女兒的決定，也不是楚修明逼她的，心中對楚修明倒是沒什麼怨恨的情緒，只是說道：「你會把錦丫頭平安接回來嗎？」

「我發誓。」楚修明開口道。「竭盡全力，若是夫人有個萬一，等東東能獨當一面後，我就去陪她。」

楚修明並沒有保證沈錦一定會平安無事，可是他後面的話卻比再多的保證更讓人安心。

陳側妃不知為何想起了少年時候讀過的一本詩，其中有兩句正是如此——生當復來歸，死當長相思。

將軍府中，沈錦正笑看著楚修明彎腰扶著東東學走路，東東就是那種還沒學會走就想要學跑的，啊啊叫著，奮力蹬著小肥腿朝著沈錦的位置跑去，可是楚修明一鬆手，東東就啪嘰一下摔在了地上。

因為地上鋪著厚厚的褥子倒是摔不疼東東，可是卻能把東東嚇一跳，爬起來後還迷茫地看著沈錦，然後開始告狀，卻發現沈錦並不像以前那樣把他扶起來。等他好不容易抓著東西爬起來後，楚修明會再一次扶著他往前走，東東發現只要他老老實實往前走，父親就會一直穩穩地扶著他，就算他想摔都摔不了，可如果他想要動得快一些的話，那麼父親就會鬆手。

幾次以後東東也就老實了，沈錦跪坐在前面，等東東撲過來後，就把他抱住，親了親他的小臉說道：「東東好厲害！」

東東也抱著沈錦使勁親著，然後坐在沈錦面前，摸著小腿，然後看了看楚修明，說道：

「疼喔。」

沈錦這才小心翼翼給東東看了看，那裡甚至連紅都沒有紅。楚修明隨意地坐在沈錦的旁邊，溫言道：「摔之前，我都用腳挑了下。」就算是知道褥子夠厚，楚修明也沒那麼狠心，所以在東東摔倒之前，楚修明一般都是用腳先擋一下，根本摔不疼他，只是給他一個教訓而已。

聽楚修明這麼一說，沈錦也明白了，不過還是低頭親了親他的腿說道：「東東真乖。」

東東滿意了，沈錦這才把他的褲子重新弄好，東東有些得意地看了看楚修明，然後又伸出自己肥嫩嫩的小爪向他娘親告狀，說道：「疼喔。」

沈錦捏著小爪子看了看，東東一臉期待地看著沈錦，沈錦無奈地親了親小肥手，說道：「不疼，乖。」

東東哼哼唧唧的，又把小臉給湊過去。「疼喔。」

沈錦伸手一戳，開口道：「裝的。」

「疼喔！」東東加重了語氣，瞪圓了眼睛。

東東被養得很好，也不知道五官隨了誰，有一種恰到好處的漂亮。沈錦把東東抱到懷裡，仔細看了看說道：「夫君，東東是像公公或者婆婆嗎？」

楚修明伸手摟著沈錦，在東東抓著沈錦頭髮之前，把自己的手指伸過去，讓他抓著。

「不像。」

「那夫君呢？」沈錦好奇地問道。

楚修明微微垂眸看著東東的眼睛，開口道：「我隨母親。」

沈錦靠在楚修明的身上，也不拘著東東，讓東東在他們周圍爬來爬去，然後抓著他們慢慢站起來。楚修明伸手環著沈錦，另一手還要護著東東。沈錦疑惑道：「東東不像你我，不像父王，也不像我母親。」沈錦嘟囔了一圈。「我看了這麼久，覺得東東就笑起來的時候，嘴角上揚的那點像我，不過鼻子像夫君。」

楚修明想到那時候趙嬤嬤說的話，摟著沈錦小聲說道：「東東可能像太子。」

沈錦聞言瞪圓了眼睛，不敢相信地看了看東東，又看了看楚修明，身子抖了一下，弱弱地說：「你別嚇我啊。」

楚修明沒料到沈錦是這樣的反應。「我哪裡嚇妳了？」

「太子不是不在了嗎？」沈錦看了看東東。「不會……」不會投胎到她肚子裡了吧？後面的話沈錦並沒有說出來，可是那惶恐的小眼神，看得楚修明哭笑不得，說道：「妳想到哪裡去了？」

沈錦摟著楚修明的脖子，扭頭看向正在努力邁動小腿的東東，笑道：「算了，不管像誰都好，只是暫時不要讓東東被人看見的好。」既然楚修明他們都能發現東東像太子，那麼英王世子、誠帝甚至當初的老臣們自然也能發現。

楚修明點頭道：「嗯，其實太子和瑞王也有五分相似。」

太子和瑞王是親兄弟，而沈錦是瑞王的女兒，也就是說太子是沈錦的伯父，血緣這種事情很奇妙，誰也說不準的。

沈錦忽然想到。「修遠不會也知道吧？」

「嗯。」楚修明開口道：「趙管事他們都是楚修遠的祖母留下的人。」

沈錦忽然笑倒在楚修明的懷裡，說道：「也不知道修遠心中是個什麼想法。」

楚修明開口道：「不知道。」其實楚修遠在知道後，對東東更加喜歡而已，說到底楚修遠心中也是崇拜著太子這個祖父的。

也不知是個什麼心態，沈錦朝著東東軟綿綿的小肚子上戳了幾下，然後看著東東一屁股坐在了地上。沈錦哈哈笑了起來，楚修明無奈地看著自家娘子，東東倒也不生氣。「母七？」

「哈哈，每次東東叫母親，我都覺得是在說母雞。」沈錦可不管兒子更像誰，伸手把他抱到懷裡親了親，說道：「母親的乖兒子喔。」

楚修明有些無奈地看著自家娘子和兒子抱在一起親熱的樣子，不知該說什麼好了，到最後被沈錦強迫著趴下來，沈錦扶著東東在楚修明的後背上踩來踩去。「舒服嗎？」

「嗯。」其實就東東那麼點重量，楚修明根本沒有感覺。踩了一會兒，東東就直接趴在楚修明的後背上滾來滾去。

茹陽公主離開的那日，是忠毅侯帶著孩子們親自去送的，楚修明和沈錦並沒有露面。忠毅侯親自扶茹陽公主上了馬車，然後幫她整理了一下髮上的牡丹簪，壓低聲音說道：「公主，我們來世再做夫妻。」

「駙馬。」茹陽公主紅了眼睛，看著下面故作堅強的幾個孩子，和一心為她著想的駙馬說道：「你放心，我絕不會讓你們出事的。」

忠毅侯搖了搖頭，只是狠狠握了茹陽公主的手一下，茹陽公主原想再說兩句，此時岳文開口道：「公主，時辰不早了，請上路。」

「母親，母親……」茹陽公主的小女兒再也忍不住哭了起來，要撲過去找茹陽公主。「母親，您不要我了嗎？」

因為這個女兒長得像茹陽公主，所以自幼得寵，茹陽公主也格外疼愛，也就嬌氣了許多。

茹陽公主的大兒子抱著妹妹不讓她過去，只是看著茹陽公主說道：「母親放心，我一定照顧好弟弟妹妹的，您……」說著就跪了下來，恭恭敬敬磕頭。「兒子只願母親身體康健。」

忠毅侯微微扭頭，擦去眼淚說道：「公主走吧，別再惦記我們了。」說完就狠心轉身，朝著孩子們走去，然後伸手抱著小女兒。

茹陽公主咬牙說道：「駙馬放心。」然後看向岳文。「只希望永甯侯記得答應我的事情，善待駙馬和我的孩子。」

岳文恭聲說道：「公主放心，更何況過段時間夫人也要上京，還希望公主多多照看我家夫人。」

茹陽公主深吸了一口氣，點點頭又看了丈夫和孩子一眼，就轉身進了馬車。

等再也見不到馬車的影子，岳文才說道：「請忠毅侯回府。」

忠毅侯點頭，抱著小女兒往城內走去，岳文開口道：「明日將軍請忠毅侯過府一敘。」

「好。」

等回去後，忠毅侯就讓人把小女兒他們都帶下去，只留下大兒子常昊。常昊哪裡還有剛剛的傷心，只是皺眉坐在屋中說道：「父親，您說母親會不會真的不顧及我們？到京城也不和楚修明合作？」

「不會。」忠毅侯很肯定地說道。「你母親為人雖然霸道，可是耳根子最軟，我們的話她已經記在心中了。」

常昊聞言道：「父親，其實兒子覺得，既然母親走了，我們不如就投靠了永甯侯。」

忠毅侯其實也有這樣的打算。「怕是不妥。」

常昊冷笑道：「父親難道沒有受夠嗎？」

忠毅侯抿唇沒有吭聲，只是看著大兒子許久才說：「明日你與我一道去將軍府。」

常昊開口道：「父親，邊城將士百姓上下一心，英王世子那邊又咄咄逼人，誠帝……當初讓父親娶了母親，為的是什麼？」

忠毅侯祖上也是軍功起家的，只是後來誠帝登基打壓武將，忠毅侯府舉步艱難，誰知茹陽公主偏偏看中了忠毅侯，誠帝又有拉攏這些貴族的打算，為了保住一門的榮華，那時忠毅侯的父親咬牙讓兒子尚主，等忠毅侯與茹陽公主成親後，就傳爵位給忠毅侯。忠毅侯最是孝順不過，茹陽公主雖然對忠毅侯不錯，可是對忠毅侯的父母卻多有怠慢。

而常昊雖是茹陽公主所出，卻被忠毅侯送到父母身邊養大，其實忠毅侯早就有這般打算，所以自茹陽公主有孕起，就處處體貼，最後哄得茹陽公主同意了。

忠毅侯雖然尚主，可是誠帝依然對忠毅侯府戒備，根本不讓忠毅侯沾染任何的權勢，直到因為邊城的事情，誠帝這才想起忠毅侯一家人，召了忠毅侯和茹陽公主進京，然後讓他們去邊城。

只是誠帝要用忠毅侯，卻又不信任忠毅侯，反而把所有的權力交給茹陽公主，甚至暗中給茹陽公主旨意，若是忠毅侯有絲毫不妥，就直接拿下，茹陽公主自以為隱瞞得緊，卻早被忠毅侯知道了。

忠毅侯徹底寒了心，否則有忠毅侯在，就算楚修遠提前準備，也不可能這麼簡單就抓住茹陽公主一夥人。

常昊看向忠毅侯，接著說道：「父親，莫忘了祖父的話。」

和茹陽公主這個生母比起來，常昊明顯更親近祖父和祖母，忠毅侯點點頭，說道：「明日再作決定。」

常昊也不再勸，他年輕氣盛，心中的野心正旺，而且常昊明白，就算誠帝是他的外祖父，也不會重用他。雖然母親無數次說，讓他繼承忠毅侯的爵位，可是一個沒有實權的忠毅侯？常昊根本不稀罕。

忠毅侯看向常昊道：「記得多讓你弟弟妹妹們寫信給公主。」

「兒子知道。」

忠毅侯點了點頭，這是他的嫡長子，是要繼承忠毅侯府的孩子，就算是為了他，自己也要拚上一拚。「勤於練武懂嗎？」

「是。」常昊恭聲說道。

第六十四章

次日一大早，岳文就來請忠毅侯過將軍府，對忠毅侯要帶著長子的要求，也沒有反對。他們一到府中，就被請進去，忠毅侯本以為永甯侯怎麼也要給他們個下馬威的，卻不想絲毫沒有。

楚修明是帶著楚修遠一併見忠毅侯父子，等兩人坐下後，楚修明並沒有繞彎子，只說道：「我父曾提過老忠毅侯在戰場的風采，可惜我輩一直無緣得見。」

忠毅侯笑了一下，這麼多年來，他早已沒了最初的衝動。

楚修明開口道：「不知忠毅侯有何打算？」

「我們父子皆為階下囚，要看永甯侯有何打算了。」忠毅侯開口道。

楚修明並沒有因為忠毅侯的話有絲毫的愧疚，說道：「岳父和岳母最近幾日就要過來了。在下敢在此發誓，絕無沾染皇位之心。」

常昊到底年輕，聞言說道：「永甯侯此言當真？」

「當真。」楚修明開口道。「若是兩位不信，我願當著兩位的面起誓，絕無造反之心，坐在皇位上的絕對是沈家一脈。我楚家自天啟開國就一直鎮守邊疆，這麼多年來，忠毅侯可見我楚家有何異動？我父兄皆因何而死，想來老忠毅侯心中明白。」

楚修明續道：「而且我與英王世子有不共戴天之仇，那時英王盜了邊防圖，放蠻夷入天啟……」楚修明會說這些，不過是因為表明態度，但也模糊了一點，他只提到瑞王和瑞王妃將要來邊城，坐在皇位的是沈家一脈，卻沒有提會送瑞王登位。

忠毅侯想了一下說道：「我兒常昊，一直跟在我父身邊，願供永甯侯驅使。」

楚修明聞言笑道：「大善，只是如今的情況，若是貿然讓常昊帶兵，想來也是不妥，不如跟著修遠一併到軍營訓練段時間，等沈熙接了瑞王以後再做安排？」

忠毅侯點頭道：「好。」

楚修遠哈哈一笑，主動走到常昊身邊說道：「來了這麼久，你也沒有好好在邊城轉過，不如我帶你出去走走？」

常昊看了忠毅侯一眼，忠毅侯說道：「你以後就跟著永甯侯，莫要耍少爺脾氣知道嗎？」

「兒子知道。」常昊恭聲說道，這才跟著楚修遠離開。

楚修明說道：「不如忠毅侯與我一併去見見趙老爺子的次子趙端。」

「趙老爺子？」忠毅侯愣了一下問道：「可是楚原趙家？」

「正是。」楚修明說道。

忠毅侯開口道：「好。」這才隨著楚修明一道往外走去。

兩個人到趙府時，趙端、趙駿和趙澈都在府中，是特地等著楚修明帶忠毅侯來。因為離得近，兩個人是步行來的，忠毅侯一路上也看著邊城的情況，心中越發動搖了。

趙端帶著兩個小輩在門口親迎，等進去後，就讓趙駿和趙澈給忠毅侯行禮。忠毅侯直接取了身上的玉珮和扳指給他們兩個做見面禮，趙端就把人給打發走了，然後笑道：「今日是我讓他們兩個請了假來的。」

忠毅侯問道：「請假？」

趙端點頭說道：「趙家子弟來了以後，都要先進軍營跟著新兵訓練一段時間，然後再做安排。」

忠毅侯聞言說道：「不愧是楚原趙家。」

趙端搖頭道：「你別瞧他們現在精神，剛來那會兒……」說著搖了搖頭。「就是沈熙，一到邊城，也被扔進去了。若不是沈熙如今有任務出去，今日也讓忠毅侯瞧瞧。」

忠毅侯點頭，面露幾分思索，楚修明說道：「茹陽公主已經進京，我想讓忠毅侯一家搬到舅舅隔壁，只是忠毅侯多有顧慮，舅舅還是勸勸的好。」

趙端看向忠毅侯問道：「忠毅侯可是覺得有何不妥之處？」

忠毅侯開口道：「除了長子常昊外，其餘子女都是在公主身邊長大，性子上……」見過趙駿和趙澈他們，再想到自己其他的孩子，忠毅侯心中難免覺得有些失落，多虧還有常昊在。

趙端聞言道：「苦了忠毅侯了。」

忠毅侯開口道：「正好趁著公主不在，我看看能不能把幾個孩子掰過來。」

趙端應了一聲，又和忠毅侯說了一會兒，忠毅侯也先告辭了，他也需要再好好想想。楚修明和趙端親自送忠毅侯離開，等忠毅侯走了，趙端才開口道：「此人不能用。」

楚修明點了點頭。「倒是常昊……還需觀察一段時間。」

趙端聞言說道：「將軍還是派人暗中看著忠毅侯較為妥當。」其實忠毅侯為的不過是兩面討好罷了，長子跟著楚修明，而他和其餘的孩子還是誠帝那邊的，不管誰勝誰負，都不會損害了自己的利益。

在費安剛出城的時候，楚修明已經得到消息。楚修明知道費安是去幹什麼，其實真要說起來，費安願意去當內應，對邊城來說是有利的。可是此去可謂是有去無回，所以在費安最早提出時，楚修明直接拒絕了，還安排人去守著。費安雖然做了糊塗事，可是他從入伍開始就一直鎮守邊疆，能從一員小兵走到今日的地位，憑藉的是赫赫戰功。

吳將軍開口道：「大將軍，你無須多想，這是費安自己的選擇。」

楚修明沒想到林將軍三個人會聯手送費安出城去當內應，雖然他得了消息，可是這三位也早早就來了，為的就是攔著楚修明。

林將軍也說：「大將軍，咱們都知道你的心意，也知道老將軍的心意，只是這把老骨頭死在哪裡不是死，埋在哪裡都是一抔黃土，還不如死得更有用點。」

金將軍笑道：「是啊，大將軍讓我們老老實實在家裡，就算活到七老八十有什麼意思？還給家裡人添麻煩。」

這些話雖是安慰楚修明的，其實也是他們的真心話。

楚修明也明白他們說的是實話，嘆了口氣，點了點頭，說道：「把費將軍的家人保護好。」

「放心吧。」林將軍開口道。

幾個人沒再說什麼。沈熙也傳來消息，他已接到瑞王和瑞王妃等人，正秘密往邊城趕來，楚修明直接把事情交給趙嬤嬤。忠毅侯不願意搬出來，楚修明他們也沒勉強。

趙嬤嬤在請示過以後，直接把那邊的院子收拾一下，等瑞王和瑞王妃來了後，就讓他們住在那裡，雖然比不上將軍府，卻也不差，而且還在趙端的隔壁，想來瑞王妃是喜歡的。而且陳側妃也不搬出去，還是留在將軍府中。

趙嬤嬤吩咐好後，就留在將軍府中幫沈錦收拾行李。

沈錦反而清閒下來，整日陪著東東和陳側妃。東東現在見天長，所以沈錦就把衣服做得大一些，除了東東的衣服外，還給楚修明繡了個荷包，上面是並蒂蓮的圖樣，那蓮比一般的要圓潤不少。

時間好像是一眨眼就過去，沈錦離開時，是楚修明和楚修遠去送的。因為要押解鄭良進京，隨行有不少士兵，雖然準備了馬車，可是沈錦是坐在楚修明的馬前面的。東東被留在家裡陳側妃的身邊，也不知這孩子是不是意識到什麼，今日沈錦把東東送到陳側妃身邊的時候，一向懂事的東東嚎啕大哭，死活抓著沈錦的衣服，把沈錦也弄得眼淚汪汪的。

最後還是沈錦狠下心，親了東東一口後，就把東東往陳側妃懷裡一塞，轉身就和楚修明離開了。聽著東東的哭聲，沈錦也小聲哭泣著，楚修明把沈錦摟在懷裡，另一手緊緊握著，他生命中最重要的兩個人，卻這般痛苦難過。

就算騎在馬上，沈錦還是有些蔫蔫的，靠在楚修明的懷裡，小聲地和楚修明說著話。楚修明一手環著沈錦，時不時輕聲說上幾句，沈錦就點點頭，楚修明又說了幾句，沈錦臉上才露出笑容道：「真的嗎？」

「嗯。」楚修明剛剛說的是要送沈錦到宜城。

沈錦應了一聲，在出城後扭頭看了看將軍府的位置。「照顧好東東。」

「會的。」楚修明答應著。

沈錦捏了捏楚修明的手指說：「你也要保護好你自己。」

「嗯。」楚修明伸手，整個隊伍就停下來。他策馬到一直跟在後面的楚修遠身邊道：「你回去吧。」

楚修遠點了點頭沒多問，只是說道：「嫂子保重。」

沈錦笑著道：「放心吧。」

楚修遠在前幾日就把京城中他的人脈都交給沈錦，那些都是當初他父親留給他的。

「嫂子，我還等著妳回來幫我娶媳婦。」娶妻這般事情都是父母之命媒妁之言，楚修遠無父無母，在他心中楚修明亦父亦兄，所以這樣的親事自然是要交由沈錦辦。

沈錦聞言笑道：「好啊，你也幫我多照看照看東東。」

上了馬車後，沈錦就趴在楚修明的懷裡，只是時不時往馬車後面看去，她並沒有去開窗戶。

楚修明摸著沈錦的後背，說道：「岳母會照顧好東東的。」沈錦知道自己是要做什麼去的，也提起精神。楚修明和沈錦說著京城的事情，還有英王世子的那些小動作。

徐源那邊倒是還沒有消息，不過楚修明也跟沈錦說，若是京中得了消息後，沈錦到時的應對。

「玉璽的事情……」楚修明索性將沈錦的頭髮散開，拿著梳子坐在身後慢慢把她的長髮梳順，有些笨手笨腳地給她編辮子。「妳就不用管了，一切以安全為上。」

「我知道的。」沈錦故意晃了晃頭髮，把楚修明剛編好的那點給弄散。「我會保重的。」

楚修明也不生氣，只是輕輕咬了下沈錦的耳垂說道：「壞丫頭，記得我們還要白首相依呢。」

沈錦點頭說道：「是啊，我還要看著你呢。」

「嗯。」楚修明又重新給沈錦弄頭髮。「若是妳不看著我，我就再娶一個惡婦，天天打東東。」

「我不相信。」

楚修明笑了笑沒有說什麼，沈錦動了動腳趾頭說道：「你說修遠想要個什麼樣子的媳婦？」

沈錦像是忘記了兩個人正在車上很快要分離了，反而像是話家常般聊了起來。

楚修明摟著她，靠在車廂上說道：「我也不知道。」

沈錦忽然說道：「咦，好像……」楚修遠以後是要當皇帝的人，那麼他的媳婦能隨便娶嗎？沈錦答應得爽快，可是剛意識到這點，小聲地把自己的顧忌說出。

楚修明聞言笑道：「無所謂，是他自己的選擇，既然交給了妳，妳覺得合適就好。」他相信自家娘子的眼光。

沈錦想了想就點頭，也沒當一回事，就算楚修遠是太子嫡孫，他現在還只是弟弟而已。不過卻突然覺得坐在一個有點熱有點硬的東西上，就扭了下身子換了個位置，卻發現楚修明摟著她的胳膊一緊，低頭在她耳邊輕輕吹了口氣說道：「娘子，別動。」

「啊？」沈錦有些迷茫地看向楚修明。

楚修明眼神暗了暗，低頭吻上沈錦的唇，沈錦伸手推開也不是摟住也不是，心中又羞又澀的，只是很快就再也沒辦法想這些了，只能小聲喘息著，無力地靠在楚修明的身上。兩個人用披風蓋著，楚修明摟著沈錦的那手覆在她胸上，輕輕揉捏著，低頭在沈錦耳邊輕笑說道：「我都握不住了。」

沈錦雙眼迷茫，呆呆地看著楚修明，漂亮的杏眼水潤潤的，眼尾帶著紅暈，被吻得紅腫的小嘴微張著，看著又無辜又柔媚。楚修明手微微用力一捏，沈錦抽口氣，楚修明低頭狠狠吻住沈錦的唇，勾住小舌吸吮了起來，手也剝開沈錦的衣服，從衣領處伸進去，直接隔著月華錦的肚兜握著。沈錦哼了幾聲，很快被楚修明的唇給堵住了。

楚修明另一手在披風的遮擋下伸進沈錦的裙底，沈錦的手緊緊抓著楚修明的胳膊，不由自主夾著楚修明的手，腳趾頭蜷縮著。楚修明很熟悉沈錦的身體，比沈錦自己還要熟悉，手指抽動輕撚，沈錦發出幼貓一樣的聲音，楚修明手指狠狠抽動了幾下，同時吻住了沈錦的唇。

沈錦只覺渾身無力，楚修明把她抱起來，讓她跨坐在身上的時候，還沒反應過來，雙目失神地看著楚修明。楚修明勾唇一笑，一向溫潤的眉眼帶出了幾分說不出的味道。「小聲點，外面都是人。」

「嗯？」沈錦有些反應遲鈍，等楚修明扶著她的腰緩緩坐下的時候，沈錦一下子瞪圓了眼睛，人也清醒起來。「不要……」雖說著拒絕的話，可是有些有氣無力的感覺，就連身子也綿軟無力。

楚修明輕輕吻了吻沈錦的唇說道：「我想要，想要妳……」情話是最動人的，特別是對兩個相知相許的人來說。

沈錦咬了咬唇，抬起雙手摟住楚修明的脖子，小聲地哼唧幾聲，卻配合著楚修明，慢慢坐下去，把楚修明全部融進自己的身體，微張的唇不停地喘息著，這樣的刺激對沈錦來說有些太過，而且……想到馬車外的那些人，沈錦只覺腰一軟，全靠著楚修明的支撐。

雖然知道不會傷了沈錦，可是楚修明的動作並不粗魯，帶著幾分溫柔和眷戀，這樣的姿勢兩個人並沒有試過，難免有幾分生澀。楚修明索性讓沈錦與他面對面坐著，雙腿盤在他的腰上，整個人都掛在他身上，楚修明雙手托著沈錦……

因為顧忌著外面有人，沈錦只是趴在楚修明的身上，小聲地哭泣求饒著，實在忍不住就低頭咬住楚修明的肩膀。

沈錦最後是被楚修明抱下馬車的，不管是安寧等丫鬟還是侍衛，都只當作沒有看見。楚修明讓人備了水，因為客棧的浴桶足夠大，索性兩個人一起洗，進水裡的時候沈錦眼睛睜了睜，有些控訴地說：「說了不要了……」

楚修明低頭親了親沈錦的眼角說道：「好。」

沈錦這才放心趴在楚修明的身上，可是沈錦忘記了，有時候男人的話是根本不能相信的，就算是楚修明這樣的，也有說話不算話的時候。

躺在床上時，沈錦連說話的力氣都沒有了。看著沈錦的樣子，楚修明端了米粥來，抱著沈錦慢慢餵著，沈錦氣呼呼地說道：「你騙人。」

「嗯。」楚修明倒是沒有否認。

沈錦並不是真的生氣，可是想到馬車裡的情景，還是忍不住紅了臉，扭頭避開了楚修明的視線說道：「要睡覺。」

楚修明也不準備再弄她，畢竟他知道水裡那一次，已經把沈錦最後的體力給用盡了。

沈錦聞著熟悉的味道，閉上了眼睛，若不是餓得狠，剛剛她根本不想起來。其實沈錦知道楚修明身上並不塗什麼東西，就連冬日也只用一些沒味道的脂膏，可是沈錦卻覺得能聞到一種暖暖的味道。

看著已經睡著的沈錦，楚修明眉眼間才露出幾分不捨的痛苦，他是真的捨不得沈錦去京城的，甚至捨不得沈錦離開他的視線。自己這個娘子，是真的嬌氣，可也是個外柔內剛的性子。

等早上醒來的時候，沈錦還是覺得腰痠背疼的，用完了早飯，索性讓楚修明抱著上了馬車，反正就算丟臉昨日也丟完了，而且她不覺得讓自家夫君抱著是件丟人的事情。

兩個人在一起，就算是趕路也沒多難熬，反而覺得走得太快，其實外面的侍衛已經放慢了速度，可是就算再長的路途也有終點。

楚修明知道，沈錦也懂，所以兩個人臉上都是帶著笑容的，就像沈錦只是出門拜訪親戚一般。

等再也看不見楚修明了，沈錦才說道：「走吧。」

有楚修明在的時候，安寧一直帶著人沒有往沈錦和楚修明的身邊靠，此時才來到沈錦的旁邊，扶沈錦上了馬車，安寧問道：「夫人，我陪您說說話吧？」

沈錦想了想，點頭說道：「好。」

安寧這才上馬車，然後給沈錦倒了水，說道：「夫人，要不要把安字組的那四個人叫來給夫人看看？」

「妳給我說說她們的情況吧。」沈錦愣了愣才反應過來安寧說的是誰。

安寧自然注意到了沈錦有些心不在焉，可是只當沒看見，把楚修明特地選出來的那四個人的專長和出身與沈錦說了起來。這四個人可以說是楚修明精挑細選出來的，其中一個還擅長醫術。

沈錦一一見過那四個人，分別取名安怡、安媛、安桃和安瀾，其中安怡正是擅長醫術的那個。四個人看著年紀都不大，所以當沈錦知道安怡竟然生過一個孩子的時候，整個人都震驚了。

「那妳怎麼跟來了？」沈錦皺眉說道，就算她身邊需要一個懂醫術的人，沈錦也不想讓安怡這樣跟著，這些丫鬟比她危險多了，誠帝就算不敢動她，卻敢拿這些丫鬟出氣的。

安怡聞言一笑，說道：「夫人別動怒。」

沈錦卻說道：「等下個驛站，我讓人送妳回去。」

「夫人，奴婢的孩子已經死了。」安怡見沈錦是認真的，這才嘆了口氣說道：「夫人放心，是奴婢自願陪夫人進京的。」

沈錦愣了一下才說道：「抱歉，我不知道。」

「已經過去了，說到底是奴婢自己沒保護好孩子。」安怡並沒有再多說。「奴婢無牽無掛的，也是自願陪夫人進京，我們幾個都知道京城的情況是怎麼樣，將軍早早就說了，然後才從自願前去的人中選了我們。」

沈錦咬了咬唇說道：「我會盡力保住妳們的。」

「奴婢出身不好，將軍和夫人不嫌棄就好。」

沈錦愣了愣，安怡倒是沒有什麼忌諱。安怡是教坊出身，她本也是官家姑娘，只是後來因為有小人向誠帝進言，說當初見過安怡家的人與太子的人有接觸，就算那時候誠帝已經登基多年，還是寧可信其有不可信其無，就抄家流放，女子都充入了教坊……

那時候安怡的年紀小，真要說起來，記得並不清楚，可是她姊姊自小就與她說這些……安怡的家人活下來的也只剩她了，在沒有姊姊保護的安怡，也過了一段很苦的日子。其實安怡也不知道肚子裡的孩子是誰的，可就算如此，在發現有孕後，安怡也想保住這個孩子，所以她才逃了……

安怡成功逃到了邊城，可是一路的顛簸，勉強把孩子保到七個月，生下來後孩子太弱，甚至連哭的力氣都沒有，還沒等安怡和孩子說上一句話，那孩子就沒了。

沈錦也不知道怎麼安慰安怡好，倒是安怡早已看開，笑道：「所以夫人心中不用有負擔，我們幾個都是無牽無掛的。」

沒了楚修明，這一路速度加快不少。沈錦像要養精蓄銳般，整日就躲在馬車裡面，吃吃睡睡的，雖然看著舒服，可是在走了半個月後，安寧就發現沈錦的衣服寬鬆了一些。

沈錦吃得並不少，安怡也給沈錦把了脈，身體上並沒有什麼問題。安怡還仔細問了沈錦身體是不是有什麼不適的地方，沈錦並沒覺得什麼，而且前些時候小日子才剛過。

安怡其實也拿不準，有可能是沈錦因為離開邊城心情不好，或者在馬車裡待得太久的緣故，所以只勸道：「夫人若是無事，不如多走走。」

沈錦開口道：「不大想動。」

安怡猶豫了下說道：「其實有時懷孕日子淺的話，還是會來小日子的。」

沈錦想到懷東東時候的情況，皺了皺眉坐直了身子，手不由自主地摸向自己的肚子，才說道：「那大概什麼時候能確定？」

安怡不像安寧她們沒經過人事，她對情事很瞭解，當初甚至受過這方面的專門教導，自然知道楚修明送沈錦的那段路上，兩個人親熱的事情，難不成孩子是那時候懷上的？

其實安怡在之前，特地去找趙嬤嬤問過沈錦身體的情況，甚至連沈錦當初有孩子時的反應都問過一些，想了一下說道：「最少要再等半個月。」

再等半個月……沈錦咬了下唇，那時都已經到京城，安怡說道：「其實奴婢也不敢確定，夫人也可能是思慮過重，才這般沒有精神，又消瘦了許多。」

沈錦明白安怡的意思，想了一下道：「既然如此……」沈錦的話還沒有說完，外面就聽見安寧的聲音。

因為拿不準沈錦的態度，現在情況又有些特殊，所以安怡在回話的時候，並沒有第三者在場。安怡看了沈錦一眼，沈錦點點頭，安怡這才開口問道：「安寧，是怎麼了？」

「夫人請坐穩，馬車要停了，前面來了一隊人。」安寧在外面開口道。

「可知道是什麼人？」沈錦問道。

安寧回道：「岳文說，都是騎馬的，約數十人，因為有些遠還看不清楚。」

「讓車夫靠邊讓道。」沈錦開口道。

安寧應下來，很快就把沈錦的命令傳出去。馬車往旁邊停靠，岳文指揮侍衛將沈錦的馬車護在中間。

這隊人還真是衝著沈錦他們來的，是誠帝派來接沈錦的人馬，此時沈錦就算想調頭離開都是不成了。

等傍晚到驛站修整時，那隊騎兵的隊長就求見了沈錦，可惜沈錦沒有見的意思，只讓安寧帶話說，永甯侯不在身邊，晚上不宜見外男。

這位隊長只說自己沒有考慮周全，第二日一大早就來求見了，誰知道根本沒能踏進院門，就被人攔在外面，理由也很簡單，沈錦還沒有起來。這次這位隊長臉色都黑了，此時天色已經不早，而誠帝給他們的命令是早日帶人進京。「不知各位準備何時啟程？」

岳文不慌不忙，甚至都還沒開始收拾東西，說道：「等夫人醒了再決定。」

「不知夫人何時能起身？」隊長問道。

岳文搖頭只說不知。「怎麼稱呼？」

「在下孫鵬。」孫鵬開口道，然後看向岳文，一般人這種情況就該自我介紹了，誰知道岳文只是應了一聲，就不再看他，弄得孫鵬噎了一口氣。

其實沈錦因為安怡的話，昨日有些無法入睡，這才起得晚了一些。沈錦醒來後，安寧她們就伺候沈錦起身，沈錦道：「安怡，昨日的話都忘了吧。」

「是。」安怡心中也明白，如今情況也只能如此，若是那些騎兵沒來，安怡一定是要勸沈錦離開的。

驛站雖然有廚子，可是沈錦用的東西是安桃早起借了廚房做的，等沈錦用完了飯，安寧才把那個孫鵬的事情說了一遍，沈錦說道：「那就帶他進來吧。」

「是。」安寧恭聲應下後，就出去把人請進來。

「給永甯侯夫人請安。」

「起來吧。」沈錦開口道。

孫鵬這才起來站在中間，沈錦問道：「你找我是有事情嗎？」

「回侯夫人的話。」孫鵬低頭說道。「不知侯夫人準備何時上路？」

沈錦點了點頭，看向孫鵬說道：「快了，你很急嗎？」

孫鵬恭聲說道：「皇上怕路上不安穩，特讓下官帶人來護送侯夫人早日進京。」

沈錦哦了一聲，說道：「不急。」

孫鵬一時也弄不明白，是不是自己說話太過委婉，使得沈錦沒有聽明白。「那不如接下來的行程由下官安排？」

沈錦聞言說道：「喔，不用了。」

孫鵬眼神閃了閃，說道：「下官安排的行程定會和侯夫人商議的。」

「不用了。」沈錦開口道。「夫君說這一路的行程和安全都交給岳文了。」

「不知夫人明日準備何時啟程？下官也好讓兵士提早準備。」孫鵬再次問道。

沈錦想了想說道：「不用急，等我醒了，到時候就安排人去通知你們一聲，到時候你們準備即可。」

孫鵬嘴角抽了一下說道：「這樣一來會不會太過耽誤？」

「沒事的。」沈錦安慰道。「我可以多等會兒的。」

孫鵬咬了下牙說道：「皇上擔心英王世子別有陰謀，想要早日見到那位英王世子派到邊城的使者。」

「你怎麼不早說呢？」沈錦皺眉說道：「既然如此，那明日就稍微早點走。」

孫鵬這才鬆了一口氣，接著說道：「不知下官可以見一見英王世子的使者鄭良嗎？」

「不可以。」沈錦毫不猶豫地拒絕。

孫鵬皺眉，沈錦開口道：「鄭良是重要證人，在見到皇伯父之前，任何人都不能接觸。」

「不如讓下官的人接收鄭良的看管，永甯侯府的侍衛也好全心保護侯夫人。」孫鵬恭聲說道。

沈錦忽然問道：「你真的是皇伯父派來的嗎？」

孫鵬愣了一下回道：「下官確實是皇上派來的，侯夫人可是有什麼疑問？」

沈錦卻是滿臉懷疑，直接下令。「岳文拿下。」

一直站在門口的岳文在沈錦話剛落下的時候，整個人都動了，在孫鵬還沒有反應過來之前，手中的刀已經出鞘，同時腳一踢，讓孫鵬跪在地上，刀壓在孫鵬的脖子上。孫鵬渾身一驚，滿臉驚恐地看向沈錦。「侯夫人，莫非您要殺了下官？皇上……」

沈錦開口道：「我懷疑你是英王世子的奸細。」

孫鵬出了一身冷汗，強自鎮定說道：「下官昨日已經把皇上的聖旨給了侯夫人。」

沈錦反問道：「難道不能是你殺人劫來的？」

孫鵬剛要反駁，就聽見沈錦說道：「就算是殺錯了又如何？還是你覺得皇伯父會為了你治我的罪嗎？」

孫鵬轉瞬就明白了自己的處境，再也沒有剛來時候的傲氣，雙膝跪下行禮道：「剛剛是屬下失禮了，多有得罪，請侯夫人莫要見怪。」

沈錦開口道：「你到底是何人派來的？」

孫鵬恭聲說道：「屬下真的是皇上派來保護侯夫人的。」

沈錦一臉疑惑，問道：「那你為何口口聲聲要鄭良的，皇伯父的聖旨裡面可沒有提這一點。」

「是屬下的不是。」誠帝的聖旨裡面自然沒有提，可是在孫鵬出京之前，誠帝特意見了孫鵬，其中自然有別的吩咐，特別是關於鄭良的，可是這類似於密旨，孫鵬當然不能告訴沈錦，所以此時也只能認錯了。

沈錦上下打量了孫鵬一番，然後又看了看岳文，問道：「你覺得他可信嗎？」

岳文恭聲說道：「回夫人的話，屬下也不知道。」

沈錦像是思索了一番，說道：「既然如此，就暫且相信你，只是你還有很大的嫌疑，記得約束好你的兵士們，不要離我們太近，更不許靠近鄭良的馬車，有絲毫靠近，那你們就是英王世子派來的。」

孫鵬的脖子再硬，也沒有刀硬，最重要的一點，孫鵬也意識到了，沈錦可以打殺他們，他們卻不能動沈錦分毫，所以在接下來的時間，孫鵬不僅自己老實了，還約束著部下。

第六十五章

沈錦既然知道自己可能有孕，就格外在意起自己的身體，每日早上睡到自然醒不說，吃的東西也講究起來，不過知道這件事的就多了一個安寧。

這支隊伍都是聽沈錦的，自然以沈錦的希望為第一要求，就算押解著鄭良，也不耽誤沈錦享受。

等沈錦睡著了，留下安寧在馬車上照顧沈錦後，安怡就下了馬車，找到岳文說道：「岳文，到了前面的鎮子上，多停一日。」過了那個鎮，有五日都沒有這般的鎮了，最多只能找到一些小村落，東西都要補充一下。

岳文開口說：「我知道了，到時候夫人需要什麼，寫個單子我讓人去買來。」

安怡點了點頭。「我需要點藥材，夫人身子弱，我想給夫人燉點藥膳補一補。到時候你叫個人，我自己去買。」安怡說道。「我也挑挑藥材。」

岳文點頭，安怡說完後就去了後面的馬車，安桃和安瀾都在這輛車上，見到安怡後，安桃就笑盈盈說道：「安怡姊姊。」

安瀾點點頭，她不是個愛說話的，甚至很少露面，她是特地選出來給沈錦當替身的，若是真出了什麼事情，就由安瀾來代替沈錦，安瀾本身和沈錦有幾分相似。

安桃點頭說：「我瞧著夫人最近胃口好了許多，不如明日燉點湯？」

安怡想了一下說道：「也好，我瞧著夫人不太愛吃魚。」

安桃小聲說道：「其實夫人在邊城很喜歡吃魚的。」

安怡皺了皺眉頭。

安桃臉紅了一下說道：「可是夫人不會……吐魚刺，又不愛讓人伺候。」

「那夫人在邊城是怎麼吃的？」安瀾有些好奇地問。

安怡一下子也明白了，安桃呵呵一笑說道：「有將軍在啊。」

等沈錦午覺睡醒了，也到了鎮上。孫鵬咬牙算了算，除去休息的時間，今日在路上也就走了不到四個時辰，其中還因為沈錦睡覺，所以走得很緩慢。這樣算了一下到京城的時間，恐怕誠帝那邊也不好交代，可是去找沈錦？孫鵬看著沒精打采的手下，沈聲說道：「明日都去準備乾糧，接下來怕是前不著村後不著店的，準備不夠的話，大家一起餓肚子。」

「是。」孫鵬的威信還不錯，說完後，眾人都應了下來。

孫鵬點點頭，不僅他們自己的乾糧，最重要的是那些馬的，想了想孫鵬又叫了人低聲說道：「明日注意他們都買了什麼。」

「是。」那人一臉嚴肅應了下來。

他們住的並不是驛站，而是選了鎮上一家客棧。第二日，安怡他們出去採買東西，安寧就陪著沈錦在鎮上走走。

等安怡他們離開，孫鵬派去的人還特地去找藥店的人問了方子和藥的用途，晚上就與孫鵬稟報，孫鵬點了點頭，都是一些養身和女人調理用的，並沒什麼異常之處。

安怡把用得著的藥材仔細挑揀出來，先放到一旁包好，沈錦現在需要的不多，可是以後就難說了，不過進京城後情況有變，有些藥材更難弄到，此時能收集一些是一些。

等弄好後，安怡嘆了口氣，若是夫人真的有孕，只希望這個孩子的運氣能好一些，不過瞧夫人的意思，倒像是想把孩子的事情給隱瞞下來，莫非……可是女人懷胎十月，哪是那麼好隱瞞的。

安瀾與夫人有三、四分相似，若是仔細裝扮後，能到六、七分的樣子，可是只能瞞得了一時，所以這步棋只能在最危急的時候用。

等第二天上路時，安怡就想和沈錦再商量此事，沈錦開口道：「不要告訴岳文。」

安怡說道：「若是夫人真的有孕，將軍知道後也好……」

「安怡，」沈錦開口道。「若是在來京城之前，告訴夫君有用；在那些騎兵來之前，告訴夫君也有用。如今再告訴夫君，為了我和孩子，夫君自然會拚盡全力把我們接回邊城，可是我選擇來京城當人質為的是什麼？」

安怡聞言也不再勸了，安寧給沈錦倒一杯安胎茶，說道：「夫人，您有什麼打算？」

「若是沒有的話……」沈錦摸了摸肚子，這個孩子雖然來得不是時候，她還是很期待的。「那自然就按照原計劃行事，若是有了的話……就見機行事吧。」

安寧應下來，安怡緩緩嘆了口氣，確實沒有更好的辦法，若是告訴將軍的話，反而讓將軍更加束手束腳。「我這裡倒是有幾個方子，能暫時瞞下夫人有孕的事情……」

沈錦看向安怡，安怡猶豫了一下。「多少會對孩子有些影響，夫人也會不舒服。」

「那就不用。」沈錦毫不猶豫地說道。

安怡說道：「只是夫人進京後，恐怕誠帝會讓夫人入宮。」

沈錦開口道：「前三個月不顯的，若是太后和皇后想要在後宮瞞著誠帝一件事情，也很容易。」

安怡見沈錦有了打算，也就不再開口。沈錦靠在軟墊上，雙手輕輕摸著自己的小腹，她有些想東東了，也不知道東東現在好不好，夫君和母親會照顧好東東的吧……

與此同時的邊城中，沈熙已經把瑞王和瑞王妃護送過來，除了他們外，還有沈琦。沈琦正抱著寶珠默默地流淚，寶珠被照顧得很好，可是她不認識沈琦，雖然被沈琦抱著，可還是伸著小胳膊對著陳側妃。

陳側妃卻沒有去接或安撫的意思，雖然她也疼寶珠，可是沈琦才是寶珠的母親，孩子還是生活在母親身邊比較好。

瑞王瘦了不少，精神瞧著不錯，瑞王妃抱著沈晴說道：「這小傢伙胖了不少啊。」

陳側妃抿唇一笑，沒有接話。東東坐在楚修明的懷裡，沈錦在的時候東東胖乎乎的格外可愛，如今也瘦下來。自從沈錦離開，東東就格外依賴楚修明，楚修明走到哪裡就把東東抱到哪裡。

「岳父，到了邊城您就放心吧，可以好好休息了。」楚修明開口道。

瑞王點了點頭，問道：「三丫頭呢？」

「她進京了。」楚修明神色露出幾分擔憂。

「什麼？」瑞王滿臉驚訝，怎麼他們剛逃出來，他女兒就進京了？

瑞王直接從懷裡掏出先帝遺詔交給楚修明，這是瑞王妃告訴他的，都是自家人，若是還互相防備著，哪能好好相處。本來瑞王心中還有疑慮，如今知道為了自己，就連沈錦都進京後，再沒有別的想法了。

等人都離開，瑞王妃就見了一下府中的下人，大多是當初瑞王府的。瑞王妃看了一眼就安排下去，把人都交給翠喜，然後看向沈琦說道：「讓我看看寶珠。」

沈琦眼睛紅紅的，明顯剛剛哭過，聞言還是把女兒交到瑞王妃的手上。瑞王妃輕輕拍了拍，又讓人打水給寶珠擦了擦臉，寶珠已經哭累了，此時一抽一抽的。霜巧趕緊去弄了蜜水來餵寶珠，自從離京後，霜巧就一直照顧寶珠，此時見寶珠這般，難掩心疼。

瑞王看了看說道：「這是怎麼了？」

「怕是認生了。」瑞王妃倒是不如沈琦那般，哄了一會兒，寶珠朝著霜巧伸手後，她就把孩子交給霜巧，寶珠趴在霜巧懷裡，打著哭嗝。

沈琦沒忍住落了淚，瑞王妃緩緩嘆了口氣，說道：「王爺，你先休息，我帶著琦兒去梳洗一番。」

瑞王點了點頭說道：「我去看看書房的佈置。」

瑞王妃應下來，就帶著沈琦、霜巧和寶珠進了內室。「霜巧也坐下吧。」

霜巧行禮後，就在角落的小圓凳上坐下，只敢半坐著。寶珠在霜巧懷裡昏昏欲睡，沈琦的神色有些不對，霜巧自然看出來了，可是在瑞王妃發話前，只能低著頭沒有開口。

瑞王妃看了女兒一眼，微微垂眸說道：「我瞧著寶珠身上的衣服針腳有些眼熟，是陳側妃做的嗎？」

「回王妃的話，是陳側妃做的。」霜巧一下子就明白瑞王妃的意思，若是沈琦對陳側妃有了心結，怕是對沈琦以後也不好。「除了這身外，側妃還做了好些套衣物，剩下的都是交給將軍府的丫鬟做的。」

沈琦開口道：「為什麼只有幾套？」

霜巧恭聲回答：「陳側妃……」

「霜巧，妳先帶著寶珠下去休息。」

霜巧聞言，趕緊起身行禮後，就抱著寶珠下去了。

「母妃……」沈琦本想說陳側妃一點都不關心寶珠，可是看著瑞王妃的眼神，她竟然說不下去了。

瑞王妃平靜地說道：「沈琦，妳太讓我失望了。」

「母妃！」

瑞王妃開口道：「妳肆意妄為夠了嗎？」

沈琦怒道：「我沒有。」

瑞王妃有些疲憊地揉了揉眉心說道：「沈琦，離京的事情，沒有人逼妳。妳若是還這般，我直接請永甯侯派人把妳送回去。」

沈琦一瞬間像是蔫了精神似的，坐了下來，瑞王妃接著說道：「路上也就算了，可是現在是邊城，妳是在人家家裡，收起妳郡主的脾氣吧。」

「母妃……」沈琦捂著臉哭起來。

瑞王妃甚至沒有去安慰，只是說道：「沈琦，陳側妃不欠妳什麼。小孩子最不會隱藏了，若是陳側妃對寶珠不好，寶珠如何會這般依賴她？」

「可是，寶珠哭得這麼可憐，她卻無動於衷。」沈琦抽噎著說。

瑞王妃冷聲道：「她難道要把寶珠從妳懷裡搶過去安慰？」

沈琦不再說話，瑞王妃開口道：「妳只顧著寶珠哭了，沒看到陳側妃也哭了嗎？若不是為妳為寶珠著想，她何至於如此？」

「我錯了，母妃。」沈琦開口道。

瑞王妃搖了搖頭。「回去好好想想，妳根本沒明白自己錯在哪裡。」

送走沈琦，瑞王妃才走到窗邊，推開窗戶看著外面的景色。雖然還沒有全部看完這個院子，可是從這幾處就能看出，這院子確實是用了心思的，特別是旁鄰就是趙府。

如今沈琦的性子有些左了，在大是大非上自然能看得清楚，可是在別的事情上卻是有些……甚至沈琦還沒看清楚，陳側妃已經不是當初瑞王府中的那個陳側妃，她願意照顧寶珠，是為人厚道，就算不願意照顧又有誰能說什麼？

邊城啊……瑞王妃看著外面，忽然把手伸出窗外。翠喜進來的時候，瑞王妃已經恢復了平靜，只是說道：「翠喜，屋子的擺設全部重弄，那對喜上眉梢的瓶子擺在……」

「是。」翠喜並沒有疑惑，只是恭聲應下來，把瑞王妃吩咐的仔細記下來。

翠喜知道，京城的那些擺設和衣著並非瑞王妃喜歡的，瑞王妃從來不喜歡寡淡的顏色，她喜歡的是那種漂亮張揚的色彩。

既然離開了京城，瑞王妃就不用再委屈自己，可是瑞王妃發現，這麼多年來，她好像也變了許多，不像是未出嫁時候的喜好，也並非在京城時候習慣的顏色，似乎融合了一些。

瑞王進來時，就看見丫鬟來來回回地忙碌著，問道：「怎麼，不合心意？」

瑞王妃聞言笑道：「也不是，就是想換一下心情。」

瑞王問道：「陳側妃不和我們住？」

瑞王妃正在整理著花瓶，聞言說道：「錦丫頭進京了，永甯侯府中沒個作主的人也不好。」

瑞王皺了皺眉頭，說道：「她只是個側妃。」

瑞王妃聞言笑道：「可是她是錦丫頭的生母，東東身邊沒個人照顧也不好。」

瑞王想了想，也覺得瑞王妃說的有道理，點了點頭道：「那把晴哥兒接回來，放在妳身邊養著。」

瑞王妃可不想再給瑞王的妾室養孩子，只是說道：「陳側妃不是把晴哥兒照顧得很好嗎？」

「到底是我的兒子，養在永甯侯府中也不是個事情。」瑞王開口道。

瑞王妃聞言，心裡明白這一路雖然有她的敲打，到底瑞王心中多了幾分心思。但這些也無所謂，有她看著，也不過是幾分心思，變不了現實，聞言就道：「既然如此，那就把他接回來吧。」

瑞王果然滿意地點頭，瑞王妃接著說：「琦兒這段時日不太對，又有寶珠在，怕是孩子放在我身邊也照顧不過來。」

「那誰來養？」瑞王問道。

瑞王妃開口道：「就交給丫鬟婆子吧。」

瑞王皺了皺眉頭，瑞王妃覺得陳側妃雖然會不捨，可也是會有取捨的。其實按照瑞王妃的想法，那孩子養在陳側妃那裡，前程會更好些。「其實有陳側妃照顧就挺好，若是王爺想晴哥兒，把他接來住兩日就好，我們剛到邊城，還有許多事情需要忙呢。」

「也好。」瑞王這才同意道：「那熙兒呢？」

「熙兒今日休息，明日該怎麼樣就怎麼樣。」瑞王妃明白瑞王的意思，問的是沈熙要去軍營的事情。在瑞王的心中可不願意兒子去冒險，只是瑞王妃是贊同的，想到這一路上瑞王給沈熙灌輸的想法，就讓瑞王妃有些心煩，她還要與沈熙好好說說才是。

瑞王開口道：「不需要這麼辛苦。」

瑞王妃這次見到兒子，可謂是驚喜，兒子的改變她都看在眼裡。瑞王的疼和瑞王妃的並不一樣。「我倒覺得熙兒這般很好，他也喜歡軍營的生活，再說有三女婿看著也遇不到什麼危險，而且兵權很重要。」

瑞王猛然想到誠帝，不就是為了兵權才折騰出這些事情嗎？等事成了，他倒不會不信任楚修明，可是和楚修明比起來，還是自己的兒子更讓人放心，這般一想，他也不吭聲了。

「妳說，錦丫頭會不會有危險？」瑞王忽然問道。

瑞王妃開口道：「我也不知道，也是我們連累了她。」

瑞王抿了抿唇。「以後會補償的。」

「嗯。」瑞王妃微微垂眸，遮去了眼中的情緒。

休息了一日，沈熙早早就來給瑞王和瑞王妃請安，瑞王妃留兒子在身邊說話，原本瑞王也想留下交代幾句的，可是楚修明那邊派人來請瑞王，他就先離開了。剩下他們母子後，瑞王妃讓翠喜在外面守著，倒是沒賣關子，直接問道：「熙兒，這一路你父王與你說了不少事情，你都忘了吧。」

「啊？」沈熙一時沒有反應過來。

瑞王妃看著兒子，指了指京城的位置。「那個位置不是你父王能坐的，那些想法你也打消了吧，好好聽你小舅舅的話就行。」

沈熙看向瑞王妃問：「母妃，為什麼這般說？」

瑞王妃只是說道：「這樣的誘惑，是人都會心動，只是你要記住，那不是你父王的位置。還是你覺得憑你父王的本事能坐穩那個位置？」

「可是還有外祖父、舅舅們啊。」沈熙問道：「再說，除了父王，還有誰能坐？」

「一個比你父王、比英王世子，甚至比誠帝都要名正言順的人。」瑞王妃沈聲道。「我告訴你，只是希望你不要抱著那些不切實際的想法，到時候反而不妥。」

沈熙面色大變地說道：「不可能啊！」

瑞王妃抿了抿唇，說道：「你覺得你小舅舅為什麼到邊城？」

沈熙張口剛要回答，就聽見瑞王妃說：「別說是為了我與你父王，那時候我們還沒有確定要來邊城。」

被瑞王妃這麼一提，沈熙也發現了自己一直以來忽視的地方，瑞王妃看著兒子，放柔聲音說道：「你自己好好想想，就算有什麼不明白的也不要問我了。」

「可是……」沈熙看著瑞王妃，許久才問道：「那母妃覺得我該怎麼做？」

「當初我與你父王沒有來的時候，你是怎麼做的，你現在就怎麼做。」瑞王妃開口道。

「不要想那些得不到的東西。」

沈熙低頭思索了許久，才說道：「我明白了，母妃，我會聽您的話。」

瑞王妃眼神閃了閃，臉上露出幾分欣慰，說道：「既然如此，那就好。你沒事多去你小舅舅那邊，你父王的話，聽過就算了。」

沈熙點頭應下來。

瑞王妃開口道：「不是想去軍營嗎？」

「我昨日與三姊夫說了，三姊夫讓我陪著母妃在邊城逛逛。」沈熙被提醒了，才意識到自己的疏忽，有些不好意思地說：「母妃，邊城和京城不一樣，我帶您去走走吧。」

瑞王妃聞言抿唇一笑，說道：「也好，那明日你帶著我與你大姊出去走走。」

「大姊……」沈熙猶豫了一下問道：「大姊好些了嗎？」

瑞王妃搖了搖頭。「希望多走走，你大姊能想開一些。」

當看見京城城門的時候，孫鵬只覺得整個人都鬆了口氣。

因為天色已晚，沈錦並沒有直接進宮，反而去了瑞王府。此時的瑞王府可謂是人去樓空，當時誠帝為了找出瑞王和瑞王妃潛逃的路，把瑞王府搜了許多遍，而且當初瑞王府的人都被瑞王妃遣散了，就算是誠帝一時也找不出來。

現在瑞王府的人都是誠帝後來安排的。沈錦到瑞王府門口的時候，才感到有些驚訝，問道：「我父王和母妃呢？」只要她不承認，任何人也拿她沒有辦法。

孫鵬就在一側，看沈錦的樣子，一時也分不清是真是假，若是真的……那就意味著沈錦是真不知道瑞王和瑞王妃已經逃出京城的事情，瑞王他們並沒有去邊城嗎？若是假的？

沈錦卻已經打發了守門的，直接帶人進了瑞王府，然後整個人都慌了，再三詢問下才知道瑞王和瑞王妃離京的事情。沈錦看向孫鵬，沈聲問道：「你可知道是怎麼回事？」

「屬下並不知道。」孫鵬跪下恭聲回道。「侯夫人為何不去永甯侯府？」

「那邊太久沒有人住了，我這次來京時間又緊，並沒有派人提前去收拾。」沈錦心情雖然不好，倒是沒有為難人的意思。

孫鵬恭聲道：「屬下已經護送永甯侯夫人入京，先告辭了。」

沈錦點了點頭，說道：「前些日子誤會你了，實在不好意思。」

孫鵬開口道：「不敢。」

沈錦看向岳文說道：「想來他是要找皇伯父覆命的，岳文，把英王世子的使者交給他吧。」沈錦揮了揮手，岳文領命帶著孫鵬去交接人了。

安桃問：「夫人晚上用些什麼？」

沈錦開口道：「怕是府中沒什麼準備，這個時辰去買菜也都不新鮮了，看看有什麼就隨便做些吧。」

「是。」安桃恭聲應下來。

沈錦看向安寧道：「不要讓那些人靠近我的院子。」

安寧開口道：「夫人放心。」

沈錦應了一聲，屋中的床已經收拾好，安怡進來請沈錦進去休息。就在前兩日，安怡也確定了沈錦有孕的事情，不過日子尚淺，也正因為如此，才更需要注意。

「明日一大早，就讓岳文他們離開。」沈錦微微垂眸說道。

「是。」安怡應下來。

沈錦看向安桃說道：「妳辛苦點，帶著人多給他們備些乾糧一類的，安寧再拿些銀子給岳文他們。」

「夫人，一個都不留嗎？」安寧有些猶豫地問道。

「他們自有安排。」沈錦打了個哈欠說道：「需要什麼，就安排府上的那些人去買。明日我不見外人，他們塞了什麼給妳們，只管收著就是。安怡留下來，妳們都退下吧。」

等沒人的時候，沈錦才讓安怡給她把了脈，說道：「孩子沒事吧？」

安怡仔細把脈後，才說道：「夫人這幾個月還是要好好休養才是。」雖然這一路上有她的照顧，沈錦又注意休養，可是到底有些不穩。「奴婢一會兒讓安桃給夫人熬些滋補的湯品，夫人用些，好好調理一番。」

沈錦抿唇點了點頭，沒再說什麼。

安怡扶著沈錦到床上躺下，才說道：「夫人早些休息吧。」

沈錦應了一聲。「記得告訴安寧，讓岳文他們城門一開就走。」若是不走，怕就不好走了。

第六十六章

也不知為何，這次誠帝倒是格外沈得住氣，雖然知道沈錦回京了，卻一直沒有召見她，誰也不知道誠帝到底在想什麼，沈錦也不在乎。

那些人也不敢怠慢沈錦，岳文他們走後沒多久，誠帝就派了新的侍衛來。

在沈錦來京城的第六天，皇后終於召見了沈錦，除了皇后外，茹陽公主也在。和邊城相比，茹陽公主倒是瘦了一些，一身華服帶著幾分高傲，見到沈錦只是微微點頭。

皇后也沒說什麼，直接留沈錦在宮中，沈錦也沒拒絕，而是讓人收拾了東西，然後搬了進來。皇后的氣色不大好，和沈錦一併用了飯後，就說：「茹陽也回來一段時日，茹陽，帶著錦丫頭到小花園裡面坐坐。」

「是。」茹陽是知道母后身體情況的，若不是誠帝特意交代，母后也不會強撐著見沈錦這一面。

沈錦也恭聲應下來，皇后看了沈錦幾眼，忽然說道：「錦丫頭若是有空了，就來我宮中坐坐。」

「知道了，皇伯母。」沈錦笑著道。

皇后不再說話，就讓茹陽公主帶著沈錦出去。到了小花園，茹陽公主就打發了宮女到一旁。「駙馬還好嗎？」

「忠毅侯給公主寫了信，不過我沒帶在身上，等過兩天，我讓人給公主送去。」沈錦開口道。

茹陽公主點了點頭，道：「最近別往御花園去。」

「怎麼了？」沈錦有些好奇道。

茹陽公主臉色有些不好看，抿了抿唇才說道：「父皇有個妃子有孕了。」

「那個女人很得寵，有孕後就喜歡去御花園散步。」茹陽公主開口道。「上次昭陽和晨陽在御花園遇上，也不知怎的拌嘴了，回去後就動了胎氣。父皇罰了昭陽和晨陽，就算母后說情也沒有用。」

沈錦一臉驚訝，點頭說：「我不去御花園了。」

茹陽公主本以為沈錦會再問幾句那個女人的事情，誰知等了半天就等到這麼一句話，一時間也不知道說什麼好，沈錦問道：「那皇祖母怎麼樣了？」

「不大好。」茹陽公主說道。「因為皇叔的事情，父皇遷怒皇祖母，所以皇祖母很少出來，前幾日請了太醫，說是身體有些不適。」

沈錦點了點頭。「那我明日去看看皇祖母？」

茹陽公主想到還在邊城的丈夫和孩子，點了點頭說道：「我陪妳去。」

沈錦應下來，兩個人正在說話，李福忽然過來，行禮後說道：「皇上請茹陽公主和永甯侯夫人去甘露宮。」

甘露宮？沈錦有些疑惑地看向茹陽公主，卻見茹陽公主面色難看，看著李福說道：「父皇為何忽然宣我們去甘露宮？」

李福低著頭回道：「奴才不知。」

茹陽公主冷笑了一聲，說道：「煩勞李公公稍等片刻，我與侯夫人更衣後就去。」

「是。」李福恭敬地退下，並不因為茹陽公主的態度動怒，其實他也覺得此舉不妥，可是也不知道甘露宮那位給皇上吃了什麼迷魂湯，就因為說想見見永甯侯夫人，皇上就直接派他來皇后宮中請人。

沈錦被茹陽公主帶著去了後殿，問道：「那個甘露宮怎麼了？」

茹陽公主開口道：「就是我剛剛與妳說的那位的宮殿，父皇特意改名『甘露』二字。」

沈錦想了下才點點頭，卻沒有說什麼。看來誠帝還真是不給皇后面子啊，不過那位找她們過去幹什麼？給皇后下馬威？沒這麼蠢吧，可是除此之外呢？茹陽公主低聲說道：「妳小心點。」

「喔。」沈錦應了一聲。

茹陽公主見沈錦的樣子，氣不打一處來，說道：「一瞧就是衝著妳去的，父皇在我也不好幫襯妳，吃了虧可別怪我。」

「不怪妳的。」沈錦看著茹陽公主，很真誠地說道：「妳也沒辦法啊。」

雖然是實話，可是茹陽公主怎麼聽都覺得不舒服，茹陽公主深吸了一口氣說道：「那我們走吧。」

「不用與皇伯母說一聲？」沈錦有些疑惑道。

茹陽公主神色露出幾分難受，只是搖了搖頭說道：「不了。」

沈錦跟著茹陽公主往外走去，小聲說：「就算妳不說，皇伯母也會知道的。」

茹陽公主笑了一下道：「起碼母后面子上過得去。」

沈錦喔了一聲。

李福早已備好轎子，沈錦和茹陽坐上轎子後，幾個人就朝甘露宮去了。到了甘露宮後，沈錦都有些想睡了，若非在宮中，此時的沈錦早該睡午覺了。安寧扶著沈錦的手，眾人往裡面走去，還沒進去，就聽見裡面傳出一個女聲。「皇上，我還沒見過永甯侯夫人是什麼樣子呢，永甯侯真的那麼恐怖嗎？我聽說他最喜歡吃人肉……好嚇人啊！」

茹陽公主和沈錦到的時候，自然有人通報，裡面的人不可能不知道，也就是說這些話是故意說給沈錦聽的。就算茹陽公主再痛恨永甯侯，也不得不承認永甯侯長得極好，這些傳言都是無稽之談，這麼一想就扭頭看向沈錦，卻見沈錦似醒非醒的樣子……一時竟然不知道該說什麼。不過想想當初見到沈錦的情形，茹陽公主心中也就順了氣，看著沈錦氣仇人和被沈錦氣可是兩碼事。

等李福通傳後，茹陽公主就帶著沈錦進去。茹陽公主發現剛進去的時候，沈錦好像精神了不少，可是在給誠帝他們行禮後，又開始無精打采的了。

其實沈錦是想知道，茹陽公主口中這個讓誠帝癡迷的女子長得什麼樣子的，本來沈錦以為起碼應該比薛喬更漂亮，或者比她二姊沈梓漂亮，可是一看才發現，這個露妃只能說是普通。

露妃也仔細打量她們，特別是沈錦，一看見沈錦，眼中露出幾分嫉妒，然後又恢復一派天真的樣子，說道：「皇上，這就是永甯侯夫人啊，長得真漂亮。」

沈錦坐在一旁的椅子上，並沒有說話，茹陽公主則是看了露妃一眼，誠帝笑了一下，拍了拍露妃的手說道：「別調皮。」

聽誠帝的聲音，茹陽公主不自在地動了下，倒是露妃嬌笑著靠在誠帝的身邊，她懷孕六個月了，肚子已經顯懷，撒嬌道：「才沒有。皇上，永甯侯夫人怎麼不愛說話呢？」說到最後已經有些委屈了。「妾自知身分低下，是不是永甯侯夫人覺得妾身分低賤……」

誠帝明顯有幾分不悅地看向沈錦，說道：「愛妃莫要如此，有朕在，誰也不敢小瞧了妳，永甯侯夫人只是不喜說話，是不是？」

沈錦雖然有些走神，可並非全然沒有注意這邊，聞言看了看誠帝又看了看露妃，最後目光落在誠帝的身上。「喔。」

露妃神色扭曲了一下，這一個喔字到底是說自己不會說話，還是說她身分低下？像是也察覺到不好，沈錦接著說：「皇伯父說得是。」

「侯夫人真漂亮。」露妃手撫著肚子笑道。「皇上，妾當初一直聽說宜蘭夫人漂亮，可是妾覺得侯夫人比宜蘭夫人漂亮多了。」

一直沒有吭聲的茹陽面色變了變，她是知道宜蘭夫人的，這位也算是奇女子，江南名妓被無數文人墨客追捧，不少富豪公子想為其贖身，都被宜蘭夫人拒絕了，最後出錢自贖了，然後再無消息。

雖然這位宜蘭夫人是賣藝不賣身，可到底是妓子出身，用她來與沈錦比較，實在是侮辱了沈錦。沈錦可是她堂妹，朝廷的郡主，茹陽公主見沈錦沒有反應過來，剛想開口說話，就聽見沈錦問道：「這個宜蘭夫人是誰啊？」

露妃用帕子捂著嘴角，笑道：「是個大美人呢。」

沈錦聞言，點了點頭說道：「露妃知道的真多，那為什麼皇伯父不納入宮來呢？」

誠帝也知道宜蘭夫人，聞言說道：「此人怕是已經作古了。」

「真可惜啊。」沈錦感嘆道。

露妃笑道：「妾當初也覺得可惜，如今見了侯夫人，再也不覺得可惜了。」

沈錦露出幾分好奇，看著露妃說：「既然露妃娘娘對宜蘭夫人這般有好感，那不如寫首詩詞來懷念宜蘭夫人，到時候讓皇伯父給您出詩集。」

茹陽公主聞言，差點笑出來，趕緊低頭用帕子擦了擦嘴角，沈錦這一招還真是……若是露妃真敢如此，丟臉的不僅是露妃，還有誠帝本人。

誠帝面露幾分尷尬，露妃噎了一下說道：「妾不通詩詞呢。」

「沒事的。」沈錦安慰道。「讓皇伯父給您找個人代筆即可，我們不會說出去的。」

露妃咬唇不再吭聲。沈錦說道：「皇伯父，雖然這般作弊有些不好，可是露妃娘娘有孕在身，這點小心願就滿足她吧，大不了再找出宜蘭夫人的墓。不過露妃娘娘不好出宮，讓她身邊的大宮女代她出宮，給宜蘭夫人上幾炷香也好。」

沈錦笑著說：「如果皇伯父不好出面，我來聯絡就好了。父王和夫君多多少少還認識些人的，大不了懸賞，賞銀千兩，總能讓露妃娘娘完成心願的。」

「侯夫人！」露妃雙眼含淚說道：「妾自知身分低賤，可是妳也無須這般作踐妾。」露妃本就是宮女出身，能走到這一步得了誠帝喜歡，費了多少心思。她也看出了沈錦的認真，若是此時不開口阻攔的話，恐怕沈錦真會如此做。

沈錦一臉無辜地看著露妃。「露妃娘娘什麼意思？」說著也是滿臉委屈。「我見露妃娘娘有孕在身，好心滿足露妃娘娘的心願……露妃娘娘卻這般指責我。」說著就哭了起來。「我父王和夫君雖然不在京城，可是我皇伯父、皇伯母和皇祖母還在呢……皇伯父，我父王在哪裡？」

誠帝只覺得頭大，說道：「莫哭了。」

露妃柔弱地倚靠在誠帝的身上，柔軟的胸輕輕摩擦著誠帝的胳膊，誠帝一時有些心猿意馬，想到露妃的風情，覺得露妃成事不足的心思消減了一些，說道：「錦丫頭也莫哭了，這宜蘭夫人雖然是奇女子，可是身分低賤……」

誠帝的話還沒有說完，就見沈錦震驚地看向露妃，又看向誠帝。「皇伯父……那宜蘭夫人到底是什麼身分？」

宜蘭夫人的身分誠帝自然不好說，就看了眼李福，李福低著頭，心中叫苦不迭，總不好直接說宜蘭夫人就是個妓子吧。「那宜蘭夫人在江南那裡極負盛名，宜蘭曲就是讚頌宜蘭夫人的。」

「宜蘭曲？」沈錦皺眉思索了一下，像是猛然意識到了什麼，瞬間紅了眼。「皇伯父……您竟然……我不活了。」說著就要起身往柱子撞去。
安寧趕緊攔著。「夫人……夫人……」
沈錦被安寧摟在懷裡，一點形象都沒有。「我可是皇室貴女，皇伯父親封的郡主……可是……竟然被拿來與一個那般低賤的人比較……夫君、父王……我不活了……」
茹陽公主也是眼睛一紅，跪坐下來，趕緊扶著沈錦說道：「堂妹別這樣，堂妹……」說著說著竟然也哭了起來。「父皇不是這個意思……」
「竟然在皇伯父的面前這般侮辱我……我不活了……」雖然喊著不活了，可是沈錦趴在安寧的懷裡動也不動。
這番作態可嚇壞了誠帝和露妃，誰也沒想到沈錦竟然會如此，安寧大聲喊道：「夫人，您不要尋死啊……夫人……老天啊，侯爺、王爺啊，你們一不在，就有人欺負夫人……夫人您別撞啊……」
誠帝面色一沈，狠狠推開了露妃，若是沈錦的行為傳到外面，那些宗室怕是都不會站在他這邊。他因奈何不了楚修明，所以才縱容露妃作踐沈錦一番，卻不想沈錦竟然絲毫面子也不要了，和潑婦一般。
其實誠帝沒想到沈錦真的敢鬧，現在的情況沈錦明顯是來當人質的，別說只是語言上作踐一番，就是宮人怠慢了，換成了別人，怕都是忍著受著，而沈錦一點氣都不願意忍，一哭二鬧三上吊的招數全都用出來了。
甚至現在連鬧都不鬧，就連哭喊的人都變成了安寧，不過態度很明顯，就是要讓誠帝給她一個交代，而且有一種不達目的誓不甘休的態度。誠帝本想給沈錦一個下馬威，誰知道現在卻是沈錦抓住機會鬧騰了起來。

誠帝怒斥道：「夠了！」

別人害怕誠帝，沈錦可不害怕。「夫君……我要回邊城，夫君，你說皇伯父會護著我的……父王失蹤，你為了天啟鎮守邊疆，還為了安定，把我送來……嗚嗚夫君……」

誠帝咬牙說道：「露妃，去給沈錦道歉。」

露妃此時也不敢鬧了，趕緊說道：「侯夫人，是妾的不是……」

「嗚嗚……」沈錦趴在安寧懷裡並不搭理。

誠帝看向茹陽公主，卻見茹陽公主一邊哭一邊安慰著沈錦，根本沒有注意到。李福趕緊去扶沈錦，可是他也不敢用力，而有安寧的阻擋，李福根本沒辦法動。露妃看了一眼，也過去想要扶沈錦，誰知道剛碰到沈錦，沈錦就喊疼。

因為沈錦的表現太真了，就連誠帝都瞪了露妃一眼。

誠帝也無奈，讓他去低頭是不可能的，可是讓沈錦繼續鬧下去……也是不可以的，無奈之下，直接派人去請皇后來，甚至驚動了太后。皇后過來時，沈錦就趴在安寧的懷裡，她也不是直接坐在地上，而是坐在安寧和茹陽公主的裙子上，然後還墊了一層自己的裙子。

皇后來了便故作無知地說道：「這是怎麼了？」

沈錦一看見皇后，就起身哭著去找皇后，因為有安寧照顧著，沈錦一點也沒有事情，反而茹陽公主一時竟然站不起來。「皇伯母，我要回家……我要找父王……我要找母妃，我要找夫君……」

皇后聞言說道：「這是怎麼回事？」

露妃也坐在一旁抱著肚子抹淚，而誠帝有氣說不出，臉色格外難看，皇后心中只覺得解氣，伸手摟著沈錦，說道：「這是怎麼了？」

沈錦只是哭著搖頭，什麼也不說，皇后看向誠帝，眼中露出詢問，可是誠帝並沒有開口解釋的意思。皇后低聲安慰著沈錦，把她抱在懷裡，自然遮擋住她根本沒哭的事實。

被皇后安慰了一會兒，沈錦也不再哭了，皇后和皇帝打了個招呼，就帶著沈錦先去內室梳洗。到屋中的時候，沈錦也不再裝哭，反而小小地打了個哈欠，雙手捧著杯子喝了幾口招呼道：「皇伯母。」

「壞丫頭。」皇后剛剛選擇了幫沈錦隱藏，自然不會驚訝，伸手點了點沈錦的額頭。

沈錦笑著抱著皇后胳膊撒嬌說道：「皇伯母。」

茹陽公主也進來梳洗，看著毫無淚痕的沈錦，又輕輕摸了摸自己的眼睛，莫非就自己一個人在哭？這麼一想茹陽公主覺得自己挺傻的。

等茹陽公主梳妝完了，三個人才出去，沈錦低著頭就站在皇后的身後。

誠帝和露妃坐在外面，誠帝說道：「讓露妃給錦丫頭賠個不是，這事就算了吧。」

皇后卻說道：「皇上，錦丫頭雖是永甯侯夫人，可也是朝廷親封的郡主。」

誠帝皺了皺眉頭，忽然想到了一點，沈錦說到底也是他的姪女，此時他也覺得露妃剛剛的話不妥當了。可是被沈錦鬧了這麼久，誠帝只覺得頭疼得很，說道：「皇后說怎麼辦？」

昭陽公主是皇后的親生女兒，因為露妃而被禁足責罵的事情，皇后可還記得，聽到誠帝的問話，自然明白誠帝是想大事化小小事化無的。「露妃有孕在身，倒是不好責罰，不如讓她閉門思過吧。」

誠帝一聽，說道：「也好。」

皇后看向沈錦，開口道：「錦丫頭，妳也別難過了，妳皇伯父與我對妳最是疼愛，如今露妃身子重，等孩子出生後，定會給妳一個滿意的交代。」

露妃剛想開口，就聽見皇后說：「先把露妃帶下去，再請幾個嬤嬤來用心照顧著。露妃，妳如今就靜下心來養身子，沒事的時候多抄抄佛經。」

皇帝也說道：「嗯，就這樣。」

沈錦用帕子擦了擦眼角說道：「我知道皇伯父與皇伯母對我好，再說我們是一家人，我被拿來與那般低賤之人相比，皇伯父的面子也過不去。」

誠帝沒有開口，皇后卻道：「還是錦丫頭懂事。」

沈錦看向誠帝。「皇伯父，我這次回京，發現父王和母妃並不在府中，他們是去哪裡了呢？」

誠帝眼睛瞇了一下看向沈錦，卻發現沈錦一臉迷茫地回看他，誠帝問道：「他們不是去邊城了嗎？」

「父王和母妃去邊城了？」沈錦一臉驚訝地看向誠帝。「那我寫信給夫君問問。對了，皇伯父，我想去和皇祖母住。」

「妳皇祖母身體不適。」誠帝開口道。「還是說妳皇伯母給妳準備的地方，妳不滿意？」

「我還沒去呢。」沈錦義正辭嚴地說道：「但是皇伯母這麼關心我，自然準備得處處妥當，皇祖母身體不適，我父王和母妃又不在京中，我自然要代替他們給皇祖母侍疾呢。」

「無須如此。」誠帝開口道。

沈錦頓時眼睛紅了。「皇伯父……父王，女兒不孝……」

皇后輕輕碰了碰誠帝，誠帝只覺得頭疼，讓母后看著沈錦也好，說道：「皇后妳來安排。」說著轉身就走了。

誠帝一走，沈錦也不哭了，皇后說道：「那我讓人與母后說一聲，錦丫頭就去母后宮中住吧。」

沈錦聞言笑道：「好。」

露妃此時咬了咬唇，低著頭不敢再說話，誠帝走了，她的靠山也沒有了，此時恨不得皇后忘記她的存在。皇后卻絲毫沒有為難她的意思，只是吩咐叫了太醫來給露妃看身子。

等事情安排完了，皇后就帶著茹陽公主和沈錦離開，到了外面，茹陽公主才低聲說道：「母后，就這般放過露妃？」

「茹陽，」皇后輕輕捏了捏女兒的手，說道。「何必把那麼個人當一回事呢？」

茹陽公主愣了一下，皇后已經鬆開她的手，扶著宮女的手上了轎子，等沈錦和茹陽公主也上轎後，皇后才說道：「錦丫頭，妳父王和母妃不在，有什麼事情的話，就直接派人與我說就是了。」

沈錦聞言一笑道：「我來之前，夫君也說了，皇祖母和皇伯母都會照顧我的。」

這話猛一聽沒什麼，可是沈錦偏偏說是楚修明告訴她的，皇后點了點頭，沒再說什麼，就先回宮了，心中卻思量，莫非楚修明有和她合作的意思？想到兒子的死，還有如今見不得面的小兒子，父親說得沒錯，只有坐上那個位置，他們才算真的出頭。

如果永甯侯願意幫助他們的話，那麼成算就更多了幾分，可是永甯侯願意放棄瑞王來幫她兒子嗎？

皇后撫摸了一下自己的鐲子，要找個機會好好與沈錦聊一下。皇后對著轎子邊的人說道：「這兩日給承恩公府傳話，讓我母親進宮一趟。」

「是。」

茹陽公主直接讓人停下，自己上了沈錦的轎子，一道去太后宮中。沈錦靠在轎子上，眼睛半瞇著已經快睡著似的，茹陽公主開口道：「妳就嚥得下這口氣？」

「啊？」沈錦有些迷茫地看向茹陽公主。

茹陽公主說道：「甘露宮的事情。」

「又不疼不癢的。」沈錦其實並不在意，若非為了自己的目的，讓宮中眾人知道她不好惹，她甚至懶得哭鬧那一場。「我又沒什麼損失。」

「她那般說妳……」茹陽公主提醒道。

沈錦眨了眨眼，感嘆道：「沒辦法啊。」伸手摸了摸自己的臉。「容貌是父母給的。」

這般出眾又不是她想要的。

茹陽公主皺了下眉頭，怎麼又提到了容貌，懷疑地看了沈錦一眼說道：「妳想什麼呢？」

「想夫君了。」沈錦小聲說道。「聽說太后宮中都茹素啊。」若不是為了孩子，沈錦可不想進太后宮中，她不喜歡吃素菜啊。

茹陽公主開口道：「放心吧，皇祖母不會逼著妳吃素的。」

「這就好。」沈錦感嘆道。

第六十七章

太后並沒有因為沈錦的到來有絲毫的詫異，只是讓人收拾好房間。

安怡她們雖然已經被宮中的人接過來，卻因為沈錦的命令，並沒有著手收拾東西，此時到了太后宮中後，幾個人才開始把東西給規整，沈錦並沒有帶多少行李進宮，所以收拾起來並不難。

太后給沈錦安排的是偏殿，不算大，裡面器物卻很齊全，還有單獨的小廚房。因為太后吩咐過，也單獨收拾好了，就連東西都送來了，沈錦廚房的東西都是太后分例分出來的，還沒等沈錦收拾好，皇后那邊也把東西送來，只說沈錦以後按照茹陽公主的分例來。

甘露宮中此時卻是烏雲密布，露妃能倚仗的不過是身懷龍嗣和誠帝的寵愛，如今誠帝明擺著不管，短時間內也不會再見她，而她現在甚至連踏出甘露宮一步的權力都沒有。

誠帝在甘露宮受了氣，也不願意去別處，就直接去了蘭妃的宮中。

誠帝來的時候，蘭妃正在用飯，她吃得很簡單，不過是四菜一湯，其中還是三素一葷，弄得誠帝一看就要發脾氣，倒是蘭妃柔聲說道：「皇上來嚐嚐，這是妾在小花園種出來的，本想試試味道如何，若是好了，明日就請了皇上來呢。」

「咦？」誠帝是知道蘭妃特地讓人把殿中小花園開墾一片出來，笑道：「就算如此，愛妃也用得太過簡單了。」

蘭妃聞言一笑，只是說道：「我一個人也無須用那麼許多，皇上來了，讓他們再做一些就好。」

誠帝聞言說道：「再上幾道葷菜即可。」

宮女們很快把剛剛的東西都給撤了，重新上了新的菜品，誠帝和蘭妃一併用了起來。等用完了飯，誠帝的心情明顯好了許多，蘭妃什麼也沒有問，倒是誠帝把甘露宮的事情與蘭妃說一遍，蘭妃眉頭輕蹙，有幾分不悅地道：「按理說，妾不該說露妃什麼，只是她牽累皇上，實屬不該。」

誠帝聞言心中有些不悅，覺得蘭妃是在為沈錦說話，蘭妃恍若不知一般，繼續說道：「那永甯侯夫人，先是郡主才是侯夫人的，她如何成為郡主，依靠的不過是皇上姪女的這個身分，露妃這般一說……也怪不得茹陽公主當時難受呢，就是妾也覺得生氣啊。」蘭妃的聲音輕柔，看著誠帝滿目的真心。

誠帝一下子就明白了，蘭妃說到底，氣的是露妃牽累自己的名聲，其實這般也是，沈錦再怎麼說也是皇室郡主，拿她與一個妓子相比，侮的不僅是永甯侯夫人，還有皇室的尊嚴。

「露妃年紀小不懂事。」誠帝心中也覺得不舒服，只是如今對露妃還有些喜歡，就維護了一句。

蘭妃也沒生氣，只是說道：「想來皇后娘娘也是如此覺得，這才如此安排了露妃妹妹。」

誠帝點了點頭，蘭妃皺眉說道：「只是這侯夫人也是，在宮中還如此鬧騰……若是外人知道，怕是要誤會皇上了。」
「嗯。」誠帝心中不滿。
蘭妃微微垂眸，又給誠帝倒了杯茶，說道：「妾知道皇上是心疼姪女，其實郡主真住在太后宮中也好，太后是長輩，郡主再鬧……不過郡主也是真性情啊。」
誠帝摟著蘭妃說道：「還是蘭妃知朕心意。」
蘭妃輕輕應了一聲。「妾一望皇上身體康健，二望皇上快樂常在。」
誠帝哈哈大笑了起來，說到底，還是蘭妃的話入了誠帝的心，沈錦因何能嫁永甯侯，不過因為她是自己的姪女。而且沈錦敢在宮中哭鬧，不也是仗著郡主的身分嗎？

邊城之中，如今坐鎮的是楚修遠，而楚修明秘密帶兵離開，他去接應徐源等人，至今徐源那邊都沒有消息，可是他答應過徐源，算一下日子也到時候了，其實在這之前，楚修明已經分別派人前往接應的地點。
如此一來，楚修明自然不能帶著東東，只能把東東留給陳側妃照看，可是晚上還行，白日東東已經被楚修明養得性子有些野，自然不願意在屋裡待著。楚修遠也心疼姪子，就整日抱著東東，還如以往那般，走到哪裡帶到哪裡，等晚上再送回陳側妃那邊，而東東的一日三餐有趙嬤嬤她們照看著也是無礙的。
東東倒也乖巧，只在楚修明離開的前兩日哭鬧一番，如今也不鬧人了，就坐在特地給他弄的軟榻上，手裡抓著九連環來玩，時不時看看下面的人，像是能聽懂似的，偶爾還啊一聲，像是贊同。

趙端他們已經習慣了，有時候林將軍他們還會帶東西來與東東玩，倒是瑞王第一次見到這般情況。「我怎麼瞧著東東有些眼熟？」

楚修遠用帕子給東東擦了擦口水說道：「想來是因為東東與嫂子小時候有些相似吧。」

趙端也哈哈一笑說道：「姊夫，東東是你外孫，瞧著眼熟也是應該的。」

瑞王其實也記不清楚了，甚至不記得沈錦小時候到底什麼樣子，聞言說道：「也是。」就沒再放在心上，和東東這個外孫相比，到底是沈晴這個兒子和寶珠這個像自己的外孫女更讓瑞王上心。「不過東東倒是挺乖，也不鬧人。」

楚修遠把東東抱到懷裡，安平端了蛋羹來，給他繫上兜兜，讓他自己吃。東東還拿不穩勺子，吃了一臉一桌子，趙端看著就想起自己兒子小時候，笑了起來。「東東，好吃嗎？」

東東記得父親說過嘴裡有東西的時候不能說話，所以先把嘴裡的東西嚥了下去，才說道：「好次！」他的小臉上還帶著蛋渣，眼睛亮亮的，看著格外的可愛，不過還是沒有以前胖嘟嘟的時候瞧著喜人，到底是瘦了。

趙端也不嫌棄，給東東擦了擦臉說道：「那多吃點。」

東東點了點頭，繼續低頭努力吃起來，倒是瑞王再一次失神了，他就是覺得東東瞧著很眼熟。

瑞王回到府中的時候，就見到瑞王妃正在和幾個丫鬟一起踢毽子，而沈琦也帶著寶珠坐在一旁給瑞王妃數著。瑞王從不知道瑞王妃會踢毽子，他一直以為瑞王妃喜歡的是作畫這般文雅的事情。

見到瑞王，瑞王妃就直接把毽子踢給了別人，然後說道：「王爺今日怎麼回來得如此早？」

「喔，沒事我就回來了。」

沈琦給瑞王請安後，就先帶著女兒離開了，瑞王忽然問道：「王妃，有沒有覺得東東很眼熟？」

「東東是錦丫頭的兒子，自然眼熟了。」瑞王妃笑道。

瑞王妃忽然發現瑞王最近有些心神不定的，問了也不願意說，索性就不管他了。而沈琦有寶珠的陪伴，性子倒是好了一些，有時候還會和瑞王妃到外面走走。

說到底，瑞王畢竟在京城待那麼久，就算再糊塗，他也發現情況好像和路上設想的不大一樣，雖然每日都讓他去議事廳，可是……瑞王覺得這些人好像沒有把他當成未來之君。瑞王並非想瞞著瑞王妃，而是想到一路上，他給瑞王妃的那些許諾，此時不知說什麼好。

瑞王妃正睡著，瑞王猛地坐了起來，然後說道：「我想起來了！」

「怎麼了？」瑞王妃打了個哈欠，睜開眼睛看向情緒激動的瑞王。

瑞王扭頭看向瑞王妃問道：「東東真的是楚修明和錦丫頭的孩子嗎？」

「自然是。」瑞王妃有些懷疑地看著瑞王說道。「你忘記了嗎？錦丫頭是在京城生產的。」

瑞王愣了一下。「可是那孩子沒有在我們身邊長大！」

瑞王妃起身，懷疑地看向瑞王說道：「王爺是什麼意思呢？」

瑞王面上不知道是激動還是別的，神色有些扭曲地說道：「東東恐怕不是女兒和女婿的孩子。」

「王爺這話可不能亂說。」瑞王妃眼角抽了抽，看向瑞王簡直不知道說什麼好了。

瑞王卻是一臉嚴肅，說道：「並不是亂說，我一直覺得東東眼熟……我剛剛忽然想到，我為什麼覺得東東眼熟了。」

瑞王妃疑惑地看著瑞王，瑞王嚥了嚥口水說道：「東東長得像太子幼子！他不是我的外孫，而是我的姪子！」

「王爺……太子幼子就算活著，如今也二十五、六了。」瑞王妃不知道怎麼說好。

瑞王皺了皺眉頭說道：「那就是太子幼子的兒子。」

瑞王妃見瑞王是認真的，問道：「王爺為何這般說？」

「太子幼子……長得最像太子。」瑞王想了一下說道。「因為這點，就是父皇當初也很喜歡這個孫子，還親手抱過……」

趙端其實告訴過瑞王妃，東東長得神似太子，不過東東確確實實是楚修明和沈錦的孩子。「王爺，若是真有太子嫡孫的話，怕是皇位就落不到你身上了。」

瑞王抿了抿唇，終是開口道：「其實我覺得……不管是女婿還是妳弟弟，都沒想讓我當皇帝的意思。」

瑞王妃看向瑞王，沒有說話。

瑞王開口道：「我覺得他們另有打算。」

「嗯。」瑞王妃想到楚修明離開前說的話，開口道：「因為確實有太子嫡孫。」

「什麼？」瑞王詫異地看向瑞王妃。

瑞王妃說道：「並非東東，而是另有其人。」

「妳怎麼會知道？」瑞王沈聲問道。

瑞王妃開口道：「我來了以後，趙端告訴我的，我不知道該怎麼與王爺說。」

瑞王雖然懷疑東東是太子嫡孫，可只是懷疑，當真的知道有這麼個人的時候，整個人都愣住了。「那女婿是騙我的？」

「王爺，女婿只是說來邊城可保王爺的安危。」瑞王妃柔聲道：「可有許諾別的？」

瑞王妃開口道：「想來不管是我弟弟還是女婿都不知道如何開口，所以才悄悄告訴我，讓我與王爺說，只是……我也不知道該怎麼說。」

「讓我想想……」瑞王有些不知所措。

瑞王妃點了點頭，果然不再說了。其實她也不知道此時告訴瑞王是對是錯，不過是楚修明安排的，一步步讓瑞王有心理準備，到時候也不至於太過激動。

瑞王心情很複雜，他有一種被欺騙的感覺，還鬆了一口氣，好像是那些責任終於不用揹在他身上了，可是卻隱隱又有失落……

等第二天醒了，發現瑞王還有些魂不守舍的，瑞王妃也不在意，只是讓人給趙端送了個消息。

京城中，太后既然說了不用沈錦早上去問安，沈錦就沒有早起去等著的意思，卻也沒有像在瑞王府的時候那般，睡到日上三竿才起來，更像是當初在京城的時候，楚修明不在身邊的樣子。

沈錦用完早飯，就帶著安寧和安怡去太后那邊，太后此時已經在佛堂了，等人稟報過，沈錦就自己進去。

「怎麼不多睡會兒？」太后穿得很素，手裡撚著佛珠，對沈錦態度倒是溫和。

「皇祖母。」沈錦笑盈盈地和太后打了招呼，說道：「不太想睡了呢。」

太后招了招手，讓沈錦扶著她站起來。「妳父王怎麼樣了？」

沈錦一愣，太后伸手在她胳膊上拍了拍。「放心吧。」

「喔。」沈錦這才露出笑容，低聲說道：「父王和母妃應該已經到邊城了，可是我沒見到他們。」

太后心中估算了一下時間，也點了點頭，和沈錦一起坐下來說道：「這般就好，也委屈妳了。」

沈錦看向太后，開口道：「不委屈。」

太后看著沈錦說道：「妳是個好孩子。」太后也知道沈錦為何而來，在她心中，會如此自然是為了瑞王，所以難免對沈錦多了幾分寬容。「以後定是有後福的。」

沈錦抿唇一笑，帶著幾分羞澀，卻沒有解釋的意思。「皇祖母，有件事要麻煩皇祖母了。」

「怎麼了？」太后問道：「可是缺了什麼？」

沈錦搖了搖頭。「我有孕了呢。」

太后皺眉看著沈錦，就見沈錦面色如常說道：「剛出城才發現，只是……若是我不來的話，怕是父王就該有危險了。」

沈錦的手輕輕撫著肚子。「這事情，我是瞞著夫君的，只留了身邊的丫鬟，等我到京城後，才讓丫鬟回邊城與夫君說。」

太后眼睛眯了一下說道：「妳這孩子，有孕在身還冒險。」

沈錦搖了搖頭。「父王對我這麼好，我怎麼也不能看著父王有危險。」

若是沈錦沒有說讓丫鬟告訴楚修明這點，怕是太后會選擇最簡單的辦法，勸沈錦落了這個孩子，可是如今卻不能。

「這件事……」太后看向沈錦的肚子。「妳這孩子啊，既然如此，這也是我的曾外孫，再怎麼樣也要保住的。」瑞王的命和前程都在楚修明的一念之間，若是真的保不住這個孩子，怕是瑞王那邊會再生波折。

沈錦聞言說道：「那就麻煩皇祖母了。」

太后搖了搖頭。「妳這段日子就在屋中休息，只說路上顛簸，身子不舒服，我會召太醫來給妳瞧瞧的。」

沈錦笑著點頭。「好的。」

等沈錦走了，太后臉色就沈了下來，一直站在角落裡的嬤嬤說道：「太后，需不需要老奴……」

「不能。」太后明白嬤嬤的意思，別說只是懷孕，就算真的生下來，她也得想辦法保下來。有楚修明和瑞王，使得太后必須保住這個孩子，也要保住沈錦。

太后撚了撚佛珠說道：「去安排一下，讓林太醫……」

等回了屋中，安寧才低聲問道：「夫人，這般告訴太后真的好嗎？」

沈錦靠在軟榻上，捧著安胎茶慢慢喝著說道：「這後宮中只有太后不想知道的，哪裡有她不能知道的事情？更何況我們還是住在太后的宮中，到時候一顯懷也是瞞不住的。」

安寧也明白過來。「那太后會不會……」

沈錦摸著肚子，微微垂眸說道：「起碼短時間內不會，而且……」沈錦懷疑太后可能會想辦法把她帶出宮去。太后和皇后之間的關係，現在倒是有些微妙，不過可以肯定的是，這兩位如今都不太在乎誠帝了。

其實沈錦在皇宮的日子並不難熬，誠帝的後宮雖然不少那些捧高踩低的，可是在沈錦剛來的第一天，就把風光無限、身懷龍嗣的露妃弄得閉門思過，如此一來誰還願意來招惹沈錦？

誠帝的手段還真說不上好，他倒是喜歡世家女，偏偏寵幸完了，還讓人給這些女人喝避孕的湯藥。若是後宮的女人都要喝，她們也忍了，可是最終卻只有她們需要喝。

世家女私下和家裡哭訴了許多，很快誠帝後宮的一些事情，這些世家之間都已經心知肚明，已經陷進去的他們無可奈何，卻絕不讓自己家族的女子再陷進去。

而原來進宮的那些，大多抑鬱而終，剩下的多半都是身分不高的女人，而且誠帝又喜歡那種能控制住的女人，太后和皇后也不喜歡有心機的，所以如今誠帝後宮中剩下的大半是一些眼皮子淺的。

只是如今太后宮中也不平靜，太醫幾乎就常駐在太后宮中，不是沈錦不舒服就是太后身體不適的，誠帝雖然因為瑞王的事情對太后諸多不滿，可是不管是要做給下面的人看，還是心中對太后還有感情，多少都要去探望一下太后。

誠帝去的那日，皇后正在陪太后說話，太后瞧著蒼老許多，戴著福字抹額，臉色蠟黃，就算是誠帝不通醫術，也知道太后這般實在不好。

太后見到誠帝就笑道：「皇帝來了。」

誠帝說道：「母后，怎麼沒有人告訴朕，母后病得這般重？」

「是我不讓人告訴皇帝的。」太后笑了一下說道。「皇帝以國事為重，我這不過是小毛病。」

皇后站在一旁並沒有說話，太后看了一眼說道：「皇后，錦丫頭那孩子最近也病了起不來床，妳替我去看看吧。」

「是。」皇后心知這是太后有話與誠帝說。

等皇后走了，誠帝才坐在太后的床邊，伸手握著太后的手，他第一次察覺太后真的老了，一時間竟覺得有些心酸。「母后，可還缺什麼？我讓人給您送來。」

太后搖了搖頭說道：「如今英王世子那邊的事情還有永甯侯，夠讓皇帝煩心了，我養養就好了。」

誠帝聽太后這麼一說，心中多了幾分愧疚，覺得前些日子因為瑞王的事情，對太后發火有些不該，卻也拉不下臉道歉，只軟聲道：「母后別這般說。」

「瑞王……」太后緩緩嘆了口氣，主動提起這個兒子。「若是早知今日，我當初就該多多管教瑞王一番了。」

與此同時，被太后說臥床不起的沈錦正坐在貴妃榻上，見到皇后就笑著起身，瞧著面色紅潤，哪有一點虛弱。「皇伯母。」

沈錦沒有事這點皇后並不驚訝，可是沈錦沒有瞞著皇后這點，皇后覺得……怕是有些問題了，雖然這麼想，可是皇后什麼也沒有說，只是走過來，柔聲道：「母后說妳病了，我正擔心著呢。」

「沒什麼大礙。」沈錦笑笑。

皇后說道：「妳在母后宮中還習慣嗎？」

「嗯。」沈錦開口道：「皇祖母很照顧我。」

聊了一會兒皇后突然道：「皇上在母后那兒說話呢。」

「嗯。」沈錦毫不在意地說道。

皇后有心知道太后為何幫著沈錦欺瞞誠帝，所以繞著彎子問道：「妳要不要去給皇上打個招呼？」

「不用了。」沈錦開口道。「皇祖母讓我裝病呢。」

皇后皺眉說道：「那我……」

「皇祖母說不用瞞著皇伯母啊。」沈錦直言道：「其實……皇祖母想勸皇伯父立太子。」

皇后手一顫，沈錦彷彿毫無察覺，端著水喝了口，接著說道：「皇祖母說，我父王如今也不知道是什麼情況了。

「對了，皇祖母讓我與皇伯母說一句話，不管哪個皇子都是她的孫子。」

皇后眼睛瞇了一下，說道：「這是自然了，太后怎麼會忽然說這些？」

沈錦搖了搖頭說道：「我也不知道啊。」

皇后點了點頭，心中思量起來，不管哪位皇子最後繼承了皇位，都是她的孫子，她的位置穩得很，而且因為瑞王的事情，怕是太后對誠帝心中已有了芥蒂。

誠帝和皇后兩個人坐在一個轎子上，誠帝忽然問道：「永甯侯夫人的身體怎麼樣？」

皇后微微垂眸，嘆了口氣說道：「有些不太好。」

「嗯？」誠帝皺眉看向皇后，光是太后和太醫的話，誠帝還半信半疑，如今聽見皇后也這般說，仔細問道：「這是怎麼回事？」

皇后是知道太醫怎麼說的，開口道：「瞧著氣色很差，也沒什麼精神，我瞧見枕上落了不少頭髮……」皇后並沒有說沈錦病得多嚴重，只是從細節講起來。

誠帝回書房後，就直接叫來太醫，把皇后與她說的和太醫說了一遍，問道：「太醫覺得是何病症？」

太醫皺眉思索了一下，畢竟沒親自診到脈搏，只是說道：「回皇上的話，如皇上的形容，怕是這位不大好了，傷了元氣……」

誠帝聞言點了點頭。「那就是仔細養著？」

「是。」太醫開口道。

誠帝問道：「因何而起？我前幾日瞧著身子還康健。」

「大喜大悲或者平日受了寒熱，只是開始的時候沒有表現出來，如今發作起來，也就嚴重了。」太醫恭聲說道。

誠帝點了點頭。「行了，下去吧，今日之事……」

「下官明白。」太醫行禮說道。

等太醫走了，誠帝吩咐道：「李福，和蘭妃說一聲，今日朕陪她用飯。」

「是。」

誠帝點了點頭，李福見誠帝沒有別的吩咐就退下去了。

第六十八章

邊城之中，瑞王不是個能隱藏得住事情的人，直接去找趙端問道：「太子嫡孫的事情是真是假？」

趙端聞言愣了一下，看向瑞王，說道：「自然是真的。」

「這也是我的姪孫，我想見見。」

趙端點了點頭。「自當如此。」

瑞王沒有想到，太子嫡孫竟然就是楚修遠，難道不該把人嚴嚴實實地藏起來嗎？而且他還聽說楚修遠不止一次帶兵去和那些蠻族……瑞王簡直要暈了，這可是太子嫡孫，珍貴的太子嫡孫，死了就沒有的太子嫡孫……

等等，太子嫡孫他們都這樣對待，要是換成自己呢？

讓他去和蠻族打仗？或者和英王世子打仗？

瑞王看著楚修遠的側臉，忽然說道：「你和你祖父長得真不像啊。」

這話如果落在和瑞王不熟悉的人耳中，怕是都覺得瑞王說的不是好話，而楚修遠跟沈錦打了那麼久交道，自然知道瑞王只是在說這樣一件事情。「是啊，我比較像母親。」

「你母親？」瑞王問道。

楚修遠笑著說：「我父親是皇祖父的次子，母親是楚家一脈。」

瑞王點了點頭，楚修遠算起來的確是楚修明的表弟。「東東長得像你祖父。」

楚修遠應了一聲。

瑞王也不知道說什麼，只是看了楚修遠許久，才嘆口氣說道：「你很好。」

趙端在一旁並沒有說話，他會跟來只是提防瑞王說什麼不適當的話，如今看來倒是可以放心了。也多虧了楚修遠的性子好，若是換了誠帝那般的性子，這幾句話瑞王已經把人得罪狠了。

瑞王開口道：「我母后當年……也是不得已的，等以後你坐上皇位了……」

「我知道的。」楚修遠知道瑞王的意思，開口道：「曾祖母依舊是曾祖母。」

瑞王點點頭。「那行吧，我走了，以後有什麼事情你知會一聲，每日的議事廳我就不來了。」

皇宮中，沈錦如今已經懷孕三個多月了。從剛知道可能有孕的時候，沈錦就開始故意穿寬鬆一些的衣服，再加上她長高了不少，猛一看並不覺得是衣服的問題，反而像是整個人清瘦不少，才顯得衣服寬鬆。這正是安怡幫忙佈置的小手段，她並非一次把衣服給放開的，而是一點點地放，然後將別處稍微改動，讓人覺得沈錦是慢慢瘦下來。

茹陽公主到的時候，看著沈錦的樣子，心中也感嘆，就算有太后護著，沈錦在宮中的日子也不好過，沈錦像是毫無所覺，笑得依舊燦爛，叫道：「堂姊，請坐。」

「嗯。」茹陽公主開口道：「妳若想用什麼，直接讓廚房做，沒有的話告訴我，我想辦法給妳弄來。」

「也不知道邊城如今怎麼樣了。」沈錦嘆道。

茹陽公主也不知道，她也瘦了不少，心中擔心駙馬和孩子們，難免對沈錦有些怨恨，可她明白，她必須要護著沈錦。「父皇前幾日……」

彷彿閒聊一般，茹陽公主把打探到的消息告訴沈錦。「我聽母后說，皇祖母要離京為天啟祈福。」

「哦？」沈錦有些詫異地看向茹陽公主。「外面很危險啊，誰知道英王世子的人到哪裡了，最安全的地方應該就是皇宮了。」

茹陽公主仔細觀察了一下沈錦的神色，說道：「父皇好像有些心動。」

沈錦皺眉沒有吭聲，茹陽公主接著說：「皇祖母的意思，好像是要帶著妳和沈蓉。」

「我不想離京。」沈錦抿了抿唇道。「夫君讓我在宮中等著他呢。」

茹陽公主搖了搖頭說道：「這要看父皇和皇祖母的意思了，母后在父皇身邊說不上話。」

沈錦沒有吭聲，茹陽公主問道：「對了，妳見到了沈蓉嗎？」

沈錦明顯還在想離京的事情，有些心不在焉地說：「沒有啊。」

茹陽公主有些不悅地道：「她怎麼當人妹妹的。」

沈錦開口道：「我們關係不大好。」

茹陽公主沒再說什麼，反而與沈錦聊起了別的事情。沈錦心中確實有事情，可是並非茹陽公主所想的那般，離京對沈錦來說是一個好機會，只要離開了皇宮，沈錦就能找機會偷偷離京。她的目的已經達成，沈錦來京城是當人質的，可是並非真正給誠帝當人質，而是做給天下人看的。

最重要的一點，就是徐源那邊應該得手了，如今世家一直沒有吭聲，不過是摸不準英王世子的實力，等他們發現楚修明已經把英王世子削弱，甚至還送妻子到京中為質的時候，會如何要求誠帝？就算用強逼的，也要逼誠帝去打英王世子。如果沈錦忽然失蹤了呢？恐怕所有人都不會懷疑沈錦是自己跑的，而是誠帝更加顧忌楚修明，從而把沈錦隱藏起來，或者英王世子孤注一擲對沈錦動手了……

茹陽公主發現了沈錦的走神，可是並沒當一回事，最後安慰道：「妳也別想那麼多，我回去與母后說說，想辦法將妳留下來。」

沈錦微微垂眸，點頭說道：「英王世子神出鬼沒的，若是我離了皇宮，怕是他不會放過我，我在宮中是郡主，皇上也是我皇伯父，又有皇伯母等人的照顧，自然是無礙的，若是落到英王世子手上……」

茹陽公主也明白沈錦的意思，說道：「妳放心吧。」

沈錦點了點頭，茹陽公主今日來就是試探沈錦的，如今得了答案也不多留，就先告辭了，直接回去與皇后說起來。

茹陽公主告辭的時候，沈錦親自去送，茹陽公主直接去了皇后的宮中，把沈錦的神色仔細描述了一番，開口道：「我瞧著沈錦氣色不大好，而且確實不知這件事，怕是太后的自作主張。」

「可是為什麼？」皇后皺眉說道。

茹陽公主想了一下說道：「可能是為了瑞王，畢竟瑞王也是太后的親生兒子，現在誰也不知道瑞王到底在哪裡，太后懷疑在楚修明手中，又怕楚修明為了沈錦，把瑞王交給誠帝。」茹陽公主沒有說完，皇后也明白了過來。「所以太后想讓沈錦在她手中，關鍵時刻也可以跟楚修明談判，護住瑞王。」

皇后點頭，茹陽公主問道：「母后，怎麼辦？」

「不怎麼辦。」皇后毫不在意地說道。「這都是誠帝和太后的決定，又不是我的……盡快讓太后離宮！」

「是。」

皇后思索了一下，若是沒了太后，有些事情要做就方便多了。她只剩下一個兒子，這個兒子是她全部的希望，想到大兒子的死，皇后就滿心的恨意。

沈錦伸手輕輕摸著自己的肚子，她覺得肚子上的溫度好像要比身上的高一些，等月分再大一點，就能感覺到孩子的存在了，也不知道這次是男孩還是女孩，不過總歸是要受些委屈的。

「去給蘭妃送個消息。」沈錦微微垂眸，本來沈錦並不想動用宮中這幾條線，可是如今也顧不得這麼許多了，而且蘭妃能在誠帝後宮得寵這麼久，也不會有多蠢，為了這麼點小事暴露自己。「就和蘭妃說，讓太后儘早離京。」若是太后不在宮中，後宮早就亂了，現在沈錦就是要讓宮中越亂越好。

安寧恭聲應下來，安怡坐在一旁拿了衣服來修改，她的針線活倒是不錯，等安寧出去了，安怡才說道：「夫人，您要不要見一見安瀾？」

「好。」

安怡這才放下衣物，去叫了安瀾過來，一道過來的除了安瀾，還有安媛。沈錦有些奇怪地看著她們，幾個人先給沈錦行禮後，安媛就拿了工具在安瀾的臉上塗抹起來，沈錦心中隱隱有些猜測，可是又覺得不可思議。

等安媛給安瀾化好了，沈錦驚訝地睜大了眼睛，若不是她敢肯定，恐怕都會懷疑是不是自己母親又生了個妹妹，倒不是說安瀾和沈錦一模一樣，光看外貌，最多七、八分相似。可是安瀾這麼久一直揣摩著沈錦的言行舉止，若是再換上沈錦的衣服，想來短時間內不熟悉的人是不會分辨出來的。

沈錦咬了咬唇，和安怡她們擔心的不同，沈錦並沒有說什麼不好的話，只是開口道：「後路安排好了嗎？」

安怡聞言道：「已經安排妥當了，到時候奴婢與安寧先伺候夫人離開，安桃、安瀾和安媛留下應付那些人。」

沈錦抿了抿唇說道：「嗯，到時候讓岳文安排人接應。」岳文他們雖然留守京城周圍，卻也不是全部的人都留下來，最後算上岳文也只留下四、五個人，沈錦說讓岳文安排人接應，其中最少要分出一半來。

安瀾她們聽了心中感動，說道：「夫人不用如此，我們都是丫鬟，不引人注意的。」

「外面世道亂。」沈錦開口道。「安怡給外面送個消息，讓岳文在京城附近找個地方，偏僻些就可以。」如果她不見了，那麼誠帝一定會派人往邊城那個方向去追，就算是英王世子得了消息，也會如此選擇，而沈錦有孕在身，還不如選個地方先好好躲著，還有機會給楚修明送消息呢。

安怡一下就明白沈錦的意思，聞言道：「奴婢知道了。」

沈錦點了點頭，沒再說什麼，該準備的東西安怡她們自然會準備，而且還要想辦法弄一些安胎的藥丸來，以及人參之類的東西，畢竟這些在外面，都是不好弄到的。

沈錦抿了抿唇，手輕輕放在肚子上。

雖然讓安寧想辦法給蘭妃送了消息，可是誰也沒想到蘭妃動作這麼快，而且動的並非是蘭妃，也不知哪裡傳出了消息，誠帝很看重露妃肚中的孩子，太醫也說那孩子應該是個男嬰，甚至誠帝悄悄給露妃透露過，想要封露妃肚中的孩子為太子。

其實這樣的消息，一聽就知道是假的，畢竟就算生下的是男嬰，小孩子體弱也不一定能長成，可是架不住誠帝生性多疑，不立已經長成的兒子，反而立個小孩這樣的事情，誠帝並非做不出來。

這麼一想，很多人都坐不住了，實在是誠帝平時做的事情很多是不著調的。眾人想到誠帝對待露妃的態度，露妃長得又不好，可是偏偏誠帝寵著護著，怕就是為了那個孩子。

如此想來……皇后最先坐不住了，就是有兩子的常妃心中都不安，幾次來蘭妃這邊打探消息，可惜的是蘭妃也不知道，只是說道：「皇上……確實對露妃很不一般，當初因為露妃口無遮攔使得永甯侯夫人借機給了皇上難看，皇上都沒動怒，說是罰了露妃？又何嘗不是保護呢。」

常妃咬牙說道：「我就覺得奇怪，原來是這般。」

蘭妃緩緩嘆了口氣說道：「就算是皇后嫡子最後成為太子，也比露妃的兒子成太子好，畢竟皇后的嫡子是名正言順，到時候我們沒了威脅，好歹還能保住一條命。若是露妃的子嗣……到時最先倒楣的就是皇后的嫡子了，其次這些年長的皇子……」

常妃心中一顫，看向蘭妃說道：「不至於吧。」

蘭妃搖了搖頭，沒再說什麼。

常妃咬唇說：「我不甘心。」

蘭妃柔聲道：「妳也不需要想這麼多，現在最著急的不是妳我，而是皇后。」

「說得也是。」就算如此，常妃也說道：「不過若是能直接牽累到皇后……」

「有太后在，怕是不大方便。」蘭妃笑得溫婉。

「太后不是想要離京祈福嗎？」常妃反問道。

蘭妃點了點頭，常妃眼睛瞇了下說道：「那就讓她盡快離開好了。」

「嗯。」蘭妃沒再說什麼，反正她的目的已經達到了。

皇后宮中也不平靜，狠狠發作了幾個人後，就看向茹陽和昭陽兩個女兒說道：「妳們覺得，這件事是真是假？」

「女兒覺得無風不起浪。」昭陽公主沈聲說，親兄弟是皇帝能帶來的好處很多，昭陽公主至今都不急著選駙馬，就是想等等，等弟弟成為太子，她的身價會更高一些。

茹陽公主皺眉說：「父皇不會這麼……」糊塗吧。

昭陽公主道：「寧可信其有，不可信其無。」

「不過，必須把太后先弄出宮。」皇后沈聲說道，別看太后成天吃齋唸佛，卻格外重視誠帝的子嗣，如果想要對付露妃和露妃肚中的那個，首先就要太后出宮，免得再生波折。

茹陽公主開口道：「不正好太后要出宮嗎？那就讓她早點出宮好了。」

皇后點了點頭，沒再說話，昭陽公主看向茹陽公主說道：「大姊，妳離開姊夫這麼久沒問題吧？」

聽到昭陽公主提到駙馬，茹陽公主心中一顫，眼神閃了閃說道：「沒事的，妳姊夫知道分寸的。」

昭陽公主也就是這麼一問，聽見茹陽公主的話，點了點頭沒再說什麼。茹陽公主卻有些心不在焉了，若是沈錦真的出事了……茹陽公主到底沒再說什麼，和弟弟的太子之位相比，駙馬就不太重要了。

因為要立露妃之子為太子的謠言，後宮中的人不約而同開始使力，還不到十天，太后出宮的事情已經提上行程，皇后更是給太后準備了不少東西，安排得妥妥當當的。太后自然也聽到了那些流言，也就裝作不知道皇后她們的心思，早一天出宮，也好早點去見瑞王。

太后來派人通知沈錦收拾東西的時候，沈錦明顯有些為難，還親自去找了太后，她的理由很簡單，外面世道亂，誰知道英王世子的人在哪裡藏著掖著。可是太后的理由給得更加充分，再過一個月肚子就藏不住了，萬一誠帝召見呢？

最終沈錦還是收拾東西跟著太后離開皇宮，也不知道太后怎麼和誠帝說的，誠帝並沒有阻攔，還賞了不少東西給沈錦。

既然事情已經成定局，沈錦也就沒有像在宮中那般，反而安慰了茹陽公主幾句。「皇伯父派了這麼多人保護，想來是無礙的。」

茹陽公主並沒有懷疑，沈錦的性子本就這般，若是沈錦此時還惺惺作態，怕是才惹了她疑慮。「我瞧著妳近日氣色倒是好了一些。」

茹陽公主雖然覺得沈錦腰粗了不少，可是想到自己在邊城無所事事的時候，也養胖了許多，也就沒有提這點。

茹陽公主讓身邊的大宮女把食盒交給安寧說道：「我讓廚房給妳做了一些蜜餞糕點，路上用吧。」

果然沈錦笑了起來。「太好了，雖然是跟著太后，只是太后一向茹素，一路上要與太后一併用飯，我還特地讓安桃她們多做了一些肉乾肉脯呢。」

茹陽公主被逗笑了，見太后已經上車，也不再多說，就送沈錦上馬車。雖然誠帝不待見沈錦，可是卻不會在這上面虧待沈錦，所以沈錦的馬車裡面也很舒適，比不上太后的華貴，但也不差，別說躺一會兒了，就是沈錦在裡面打個滾都可以的。

剛出京沒多久，太后就讓身邊的嬤嬤給沈錦送了安胎的藥丸，只說藥性溫和，沈錦當著嬤嬤的面吃了一粒，剩下的讓安寧收起來。

因為馬車的速度並不快，上下又有人扶著，倒是不耽誤事情。

等嬤嬤走了，安怡趕緊檢查那藥丸，沒發現什麼問題，才鬆了一口氣。沈錦見到安怡的樣子，笑道：「不用擔心，現在皇祖母怕是比我還要看重這個孩子了。」若是沒了這個孩子，不管和誰談條件，都要差上一些。

安怡笑了一下道：「嗯。」

沈錦閉上眼睛。「也不知道再見到東東，他還認不認得我了。」

安寧拿了被子給沈錦蓋上，溫言道：「定會認得夫人的，小少爺很聰明呢。」

沈錦聞言只是感嘆道：「東東跟了我們這樣的父母，還真是倒楣啊。」出生至今，父母都在身邊的日子有限，不是楚修明不在，就是她不在。

安怡開口道：「夫人，以後讓安寧留在這裡伺候夫人，我們幾個輪流在外間候著，夫人有事讓安寧叫一下就可以了。」

沈錦點了點頭。「妳們自己安排吧。」

安怡也不推脫，和安桃她們分配一下時間後，安媛和安桃就先去休息了。

也不知英王世子那邊的消息大概什麼時候能傳到誠帝的耳中，不對……除了英王世子的消息，還有一件事情，沈軒馬上就要以為父報仇的名義，帶兵和英王世子發生衝突了，若是這消息被誠帝知道，造成英王世子抓走瑞王的假象，也能給邊城一個緩和的餘地。

「也不知道岳文找好地方了沒。」

「想來是找好了。」安寧笑著說。「岳文做事一向妥當。」

沈錦聞言突然一笑。「我記得岳文至今也沒娶妻……」

安寧的臉一下子紅了起來。「他有沒有娶妻和我有什麼關係啊。」

沈錦輕笑出聲，沒再說什麼。岳文人不錯，配安寧倒也不錯，到時候她把安寧的賣身契還給安寧就可以了，就是不知道岳文對安寧有沒有意思。

太后年歲已經不小，所以路上走得不僅慢，還時常停下來休息一段時間。沈錦並不怎麼下車，倒是安怡她們也會下車走動一番，畢竟是太后出行，總歸聲勢是要大一些的。沒承想晚上的時候，太后忽然讓人請沈錦過去，吩咐道：「這兩日妳讓丫鬟把隨身東西收拾下，我們和儀仗分開走。」

沈錦有些疑惑地看向太后，太后笑了一下說道：「越老越惜命，我自然也是怕英王世子的。」

「知道了。」沈錦聞言開口道。「皇祖母放心。」

太后點了點頭，說道：「放心吧，我都安排好了。」太后不過是打著明修棧道暗渡陳倉的主意，用儀仗明面上吸引外人的注意，而她們暗中偷偷離開。

沈錦應了下來，問道：「對了，皇祖母，那個安胎的藥丸還有嗎？」

「怎麼了？」太后疑惑地看著沈錦，今日她讓人送了一瓶，裡面有十粒，足夠沈錦用幾日的了。

沈錦的手輕撫了一下肚子說道：「我最近總覺得不大舒服呢。」

「等用完了，讓丫鬟與我說一聲。」

沈錦聞言開口道：「可是東西不放在我身邊，我不放心啊。」

「對皇祖母還不放心？」太后說道。「也好，不過藥可不能多用。」

「是。」沈錦應了下來。

太后又讓身邊伺候的人給沈錦拿了兩瓶，沈錦收了起來，說道：「謝謝皇祖母。」

沈錦回到屋中後，就把藥瓶交給安怡，安怡把每顆藥丸都捏了一點仔細嚐了嚐，確定沒有問題後，就把藥丸仔細收了起來，壓低聲音說道：「奴婢今日倒是瞧見了岳文他們留下的記號。」

當太后和沈錦悄無聲息地和儀仗分開的時候，誠帝派來的那些人根本沒有發現，沈錦並沒有問太后，準備的地方是哪裡，不過看著路線心中隱隱有了猜測。安怡她們也趁著休息的時候，在路上留下了暗號。

太后和沈錦都只穿著常服，就像是富貴人家出門探親似的。沈錦和太后並沒有在一輛車上，畢竟沈錦是孕婦，身邊是少不了伺候的人，而太后身邊也需要留伺候的，如此一來就有些太過擁擠了。

皇宮中誠帝並不知道這些，可是看著密報的消息，皺了皺眉頭說道：「這瑞王世子是發瘋了嗎？」

李福低著頭沒有說話，倒是誠帝問道：「李福，你覺得呢？」

「回皇上的話，奴才沒什麼見識，只是覺得……不管瑞王世子怎麼想的，都是他與英王世子的事情。」李福恭聲說道。

誠帝聞言笑罵道：「狗奴才。」

李福就算被罵還是笑呵呵的，誠帝隨手把密報扔到一邊。「不過確實是這個理。」就算是瑞王世子的人死光，也和他沒什麼關係，又不是他讓瑞王世子動手的。

不過瑞王世子如此，莫非是得了瑞王的消息？否則怎麼會忽然跟英王世子發生衝突？若是瑞王和瑞王妃僅落在英王世子手中，瑞王世子也不敢如此，莫非……

「有瑞王一家的下落了嗎？」誠帝忽然問道。

李福恭聲說道：「回皇上的話，並沒有查到。」

「繼續查。」誠帝厲聲說道。

誠帝想了一下說道：「去皇后宮中。」

「是。」李福趕緊去傳話。

誠帝到的時候，皇后正在和三個女兒聊天。誠帝因為剛得了一個好消息，心情倒是不錯，皇后親手給誠帝倒了茶。誠帝用東西前，一般都由李福先試毒，只是這是皇后親手倒的，而且皇后和三個公主用的都是同一壺茶水，誠帝就直接喝了，還問了不少關於邊城的事情，茹陽公主一一回答，甚至還說了駙馬的事情。「開始時倒是艱難一些，還好那時候永甯侯不在邊城，只有永甯侯那個表弟，根本抵不住事情。」

「辛苦妳和駙馬了。」誠帝心中滿意，感嘆道。

茹陽公主笑道：「這都是女兒和駙馬該做的。」

誠帝聞言笑了起來。「朕會記住你們的功勞的。」

「謝謝父皇。」茹陽公主笑著說道。

皇后見皇帝的茶水用完了，就笑道：「皇上前幾日剛賜的茶我喝著不錯，不如讓晨陽給皇上泡一壺？」

「也好。」誠帝點頭應下來。

晨陽公主心中一動，帶著羞澀說道：「女兒獻醜了。」

昭陽公主咬了咬唇，偷偷看了皇后一眼，心中有些不滿，畢竟她也會泡茶，甚至比晨陽泡得更好。誠帝看出來了，不過心中也不在意，他覺得皇后此舉不差，雖然昭陽是皇后所出，可是皇后對晨陽更照看一些，也是應當的。

「父皇的昭陽怎麼了？」誠帝故意說道。

昭陽嬌嗔道：「女兒也想孝順父皇。」

誠帝哈哈一笑，皇后無奈地嘆了口氣說道：「皇上您瞧，平日我使喚她們給我泡茶，都推三阻四的呢。」

茹陽開口道：「不如昭陽給彈一曲？」

昭陽公主聞言期待地看向誠帝，誠帝說道：「朕也許久沒聽昭陽彈琴了。」

「那女兒去準備。」昭陽這才喜笑顏開。

茹陽公主開口道：「兩位妹妹都有事做，若是女兒不做什麼，倒是顯得女兒懶惰了呢。」

皇后笑道：「那妳去把香換了吧。」

「是。」茹陽公主這就下去準備了。

皇后柔聲解釋道：「屋中現在燃的果香就是茹陽自己弄的，有些甜膩，想來皇上不太喜歡。」

誠帝也注意到了，說道：「怪不得與皇后平日用的不大一樣。」

皇后抿唇一笑，若是誠帝真知道她平日用的什麼香就好了。「妾也不大喜歡，不過茹陽一片心意。」

第六十九章

英王世子看著手下的人，簡直不敢相信自己聽到的。「你再說一遍！」

「回王爺的話，山脈……」山脈那邊晚上忽然著了大火，藏的糧草也都被燒得一乾二淨，若只是如此，英王世子還能撐得住，可是也不知怎的那邊炸營了，本就是英王世子的人馬和蠻夷那些人混在一起，兩邊關係只是表面的平和，除此之外還有那些被強押來挖礦的人，這一把火使得眾人直接拚殺起來。現在存活下來的不足二、三成，而且每個人身上都帶傷，有些傷得重的恐怕也活不下來了，最終還能打仗的人，怕是連一成都不到。

英王世子沒忍住，一口血吐了出來，他身體不好的事情，都是瞞著外面的人，只有親信知道。可是如今正是議事的時候，所有將領都在，眼看已經瞞不住了，軍師趕緊拿了藥給英王世子服下，可是英王世子神色難看，喘著粗氣……

大夫來後，趕緊給英王世子處理，英王世子眼神掃向面色各異的眾人，除非把他們都殺了，否則……英王世子微微垂眸，遮去眼中的神色，說道：「你們都下去吧。」

「是。」眾人一連得知兩個噩耗，心神不寧，在出了門後，互相交換幾個眼神，心中都各有思量，那個山脈的重要和隱蔽他們都是知道的，如今等於被人掀了老底，再加上英干世子的身體……

等誠帝得知山脈的消息時，楚修明已經接到了還存活下來的人，正在趕回邊城的路上。

誠帝的第一反應，就是讓人去追回沈錦，太后是去是回，誠帝並不在意。若是英王世子無一爭之力了，那麼楚修明……

忽然外面有個小太監有事稟報，誠帝看了李福一眼，李福行禮後出去了。等聽完小太監的話，李福面色也變了，進來後，小心翼翼地說：「皇上，剛剛皇后讓人送了消息……露妃小產了。」

「什麼！」誠帝年歲已經不小，後宮之中也很久沒有子嗣出生，而且事情正趕上剛剛那個消息，一時間怒火中燒，像是找到了發洩的途徑。「怎麼回事？」

李福低著頭說道：「說是露妃這段時間因為禁足的事情，心情不爽，成日打罵宮女，今日……一時不慎，摔倒在地。」

誠帝深吸了一口氣，猛地抓過硯臺砸向李福。「滾！」

「去皇后宮中，朕要看看，她是怎麼當的皇后，怎麼管的後宮。」

李福趕緊下去安排，偷偷讓人給皇后送了消息，他也必須給自己選好退路了。

皇后得了消息後，並沒有慌張，只是說道：「好了，茹陽和昭陽妳們兩個先下去吧。」

皇后扶著嬤嬤的手，到一旁的香爐，細細換過一種後，又去淨了手……

誠帝一入皇后宮中，皇后直接哭著請罪，求著誠帝禁足中宮。看著皇后瘦得只剩一把骨頭，想到自從兒子死後，皇后的身體就一直不好，一時間有些心虛，可是到底心中窩火。

「到底怎麼回事？」

「實在是……」皇后像是覺得難以啟齒似的，依舊跪在地上，她第一次知道，中宮的地給人一種寒氣入骨的感覺，微微垂眸說道：「實在是露妃自己不小心，自從上次禁足後，露妃一直……光這段時間從甘露宮抬出來的宮女太監都不知有多少，不過因為露妃有孕在身，妾只是派了嬤嬤去勸說。」

誠帝皺了皺眉頭，莫非露妃是在怨恨自己？這麼一想誠帝心中有些不悅，露妃還真不識好歹，雖然禁足了，可是對露妃也是保護。

皇后開口道：「就是這段時間露妃的分例，妾都是親自過目的，就怕有的人不長眼，怠慢了露妃，就算露妃要了不是她分例能用的東西，妾也從自己這邊給她撥去。」說著就讓嬤嬤去拿了宮中專門登記用的冊子，找到甘露宮的給了誠帝。

誠帝接過去翻看起來，見確實如此，露妃用的甚至比他都還好，臉色更加難看了。

皇后一直跪著，開口道：「妾本以為讓嬤嬤去勸，多多少少會好些，誰承想……今日她……她拿宮女出氣，把那宮女打得……那宮女就把她給推倒了，就撞到了肚子。」

「那宮女呢？」誠帝厲聲問道。

「那宮女自知不好，撞柱子上了。」皇后開口道。

「李福，把屍體抬上來。」誠帝沈聲說道。

李福恭聲應下，就安排著去抬人了，皇后又讓人拿了冊子。「這是甘露宮伺候的人名單，勾掉的是這段時間被露妃打死打殘的人。」

誠帝拿過來翻了翻，抿了抿唇說道：「皇后起來吧。」

「是。」皇后這才扶著嬤嬤的手站起來，身子晃了晃才站穩了。

誠帝走到位子上坐下。「皇后也坐。」

皇后這才在誠帝的身邊坐下，很快李福就帶著幾個人把那宮女的屍體抬上來，已經用白布蒙了起來，誠帝說道：「掀開。」

李福沒有說話，就把白布掀開。皇后有些不忍地扭過頭，顯然是見過了。誠帝看了也是一驚，那宮女渾身是血。李福看著誠帝的眼神，把宮女的袖子給擼上去，就見宮女的胳膊上全是傷痕。

「抬下去。」誠帝揮了揮手，李福趕緊讓人把屍體抬走。

皇后這才開口道：「皇上，露妃……」

誠帝問道：「其他人也是如此？」

皇后看了眼身邊的嬤嬤，誠帝也看了過去，那嬤嬤行禮道：「有些比她傷得還重。」

誠帝皺眉。「都怎麼傷的？」他還是覺得，露妃那般嬌弱，怎麼能把人打死了。

嬤嬤開口道：「大多是剪刀、簪子一類的，還有熱水等。」

誠帝沒再說什麼，皇后問道：「皇上，露妃……」

「妳不用管了。」誠帝沈聲說道。

皇后果然沒再管，誠帝在知道露妃都做了什麼後，也不再管這件事。蘭妃宮中，常妃開口道：「沒想到皇后……」

這段時間的事情，都是皇后安排的。不管是蘭妃還是常妃都以為，在露妃第一次打死人的時候，皇后就會出面，誰承想皇后一直沒動。露妃起先是惶恐的，可是後來膽子越來越大。而死了人自然要送新人進去，皇后不過是讓人送了幾個剛被選進宮的，這樣的人還沒被宮中磨平脾氣，最終的結果就是如今這般。

蘭妃開口道：「我們最近避著點。」

誠帝雖然派人去接沈錦，可是一來一回也要花費時間，再有太后的人在那邊牽扯，弄得誠帝再心急也無可奈何。

卻不知道太后那邊心中也著急。「皇帝怎麼會忽然派人……」

那人也不知道，低聲說道：「怕是京中出了什麼事情。」

「去給沈錦送消息，明天天不亮就走。」

「是。」

此時能做的就是拖時間，只要到她安排好的地方，怕是誠帝到時候也抽不出手來找她們，還要想盡辦法隱瞞她們失蹤的消息。

因為沈錦已經睡下，太后派去的人，就把事情和沈錦身邊的丫鬟說了一下，就見那兩個丫鬟也是滿臉惶恐連連點頭。

天未亮時，沈錦就被人扶著上馬車，太后身邊的嬤嬤親眼看見沈錦進了馬車才問道：「怎麼少了兩個人？」

安怡恭聲說道：「安瀾她病了，夫人留了安寧照顧，讓她病好後，再趕來。」

「行了，伺候好郡主。」

「是。」安怡恭聲說道。

因為天還沒亮，馬車走得並不快，誰知道沒多久，他們剛剛離開的宅子忽然著了大火，就聽見沈錦驚慌的聲音。太后也派了身邊的嬤嬤來，就怕沈錦心慌意亂再出什麼事情，沈錦的臉色難看，嬤嬤看了一眼也不覺得奇怪，這種時候臉色不難看才怪。「郡主，怕是有人要對付我們，太后說可能是英王世子的人，讓郡主坐穩了，下面的路要趕得快一些。」

「我的丫鬟還在裡面。」沈錦有些慌亂地說道。

嬤嬤低著頭說：「這也是沒辦法的事情。」

沈錦開口道：「派人去看看！」

嬤嬤開口道：「人手不夠。」

沈錦抿了抿唇。「安怡，妳去。給安怡一點銀子和馬。」她身邊就剩下了這麼幾個丫鬟。

安怡恭聲應下來。「奴婢去去就回，夫人小心。」

「若是安寧她們……把她們安置妥當了再回來。」沈錦有些沒精神地靠在軟墊上，咬了咬唇，雙手輕輕撫著肚子說道。

嬤嬤當然不會阻止，親自送安怡離開，眼睛眯了一下，回去和太后稟報。

太后思索了一下，問道：「沈錦還好吧？」

「瞧著臉色有些不好。」嬤嬤恭聲說道。

而此時真正的沈錦和安寧，早就離開了那個院子，在昨晚太后派人送了消息後，沈錦她們就把事情安排妥當，趁著天色暗上車的是安瀾，與太后的嬤嬤見面的也是安瀾。岳文因為怕被太后的侍衛發現，跟得比較遠，接到沈錦之後，就帶著沈錦去了一個巷子裡面。

其實會留下安寧，就是引太后對安寧出手，因為沈錦故意讓安寧在太后的人面前露過兩手，太后是不會允許沈錦身邊有一個會武功的貼身丫鬟，因為她想做的是完全把沈錦控制住。

而沈錦也恰恰需要安寧在身邊保護，所以也就將計就計了。

此時的沈錦氣色並不好，她到底有孕在身，自從有孕後又一直沒有真正靜下來休息過。安寧心中擔憂，岳文也趕緊去請大夫。沈錦臉色有些白，但是精神倒不錯，反而笑道：「整個人都輕鬆了一些呢。」

「夫人先喝點溫水，奴婢去熬點粥。」安寧給沈錦打水淨臉。

沈錦搖了搖頭說道：「沒什麼胃口。」其實她也害怕，若是太后發現安瀾是假的要怎麼辦。

安寧勸道：「夫人，您肚子裡還有孩子，不能不吃。」

沈錦想了想說道：「那好，隨意做點即可。」

「是。」安寧這才開口道：「那奴婢先給夫人更衣。」

「我自己來吧。」沈錦看著床上的那套衣服。「妳也去換一下。」

岳文很快就把大夫請來，是一個老大夫。沈錦並沒有露面，隔著床幔讓老大夫把了脈，這位大夫經常給那些富貴人家的女人看病，自然知道什麼該問什麼不該問，看診後很快就開了方子。

安寧去送大夫的時候，多問了幾句，那大夫也沒隱瞞，說道：「這位夫人心思重，只是如今有孩子不比以往，最好靜養些，別想那麼多。」

安寧問道：「大夫，可會對夫人的身子有礙？」

大夫猶豫了一下說道：「好好養著，也是無礙的。」若不好好養著，就不好說了。

「那孩子呢？」安寧追問道。

「若是養不好了，怕是孩子生下來會弱些。」

「謝謝大夫。」安寧直接塞了銀子給大夫。

那大夫明白這是封口費，收下來後，就不再說了，岳文從後門把人送走，又去抓了藥。

安寧回屋後，沈錦就問道：「如何？」

「大夫說靜養些是無礙的。」安寧咬了咬唇才說道。

沈錦皺了皺眉頭看向安寧，安寧低著頭說道：「若養不好，怕是夫人和孩子身子都會虛。」

若只有沈錦自己，這般時候，自然都以安全為上，可是關係到孩子，沈錦雙手輕輕撫著肚子。「我知道了，趁著這兩日好好調養一番。」

安寧也知道並沒有別的辦法，就應了下來，心中思量著這兩日多弄些滋補的給沈錦用。

他們現在的情況，太好的也指望不上，可是起碼要買幾隻老母雞來燉湯。等岳文回來的時候，安寧就把需要的東西與岳文說了，岳文應下來，安寧開口道：「廚房爐子上有吃的，你們幾個自己去盛著吃吧。」

「好。」岳文開口應下來。

安寧也沒再說什麼，就端著東西給沈錦送去了。沈錦並沒有坐在床上吃，而是等安寧擺放好後，就坐在椅子上說道：「安寧，把妳的也端過來，我們一起用。」

「夫人先用吧。」安寧笑著說道。「一會兒奴婢去廚房用就行了。」

「以後時間長著呢。」沈錦開口道。

安寧聞言說道：「那奴婢去端來，夫人先用著。」

沈錦點點頭，其實她現在沒什麼胃口，只是此時不是她能挑剔的時候。

安寧到了廚房，看了眼岳文他們，說道：「夠嗎？不夠我再做些。」

「夠了。」岳文開口道。「夫人用完了？」

「夫人讓我與她一道用。」安寧說要去找碗筷，卻見岳文端了一碗粥遞給她，筷子也是放好的。安寧笑了一下，臉微紅道謝後，就端著東西離開了。

岳文又重新坐下吃飯，另外兩個人對視一眼，問道：「岳哥什麼時候請吃喜酒？」

「等回去。」岳文也不害羞，直接說道：「到時候我與將軍說。」

「說定了啊。」

岳文點了點頭，沒再說什麼，等回邊城，他先去問問安寧的意思。

沈錦他們在等到安怡後，就離開了這個鎮子。並非他們不想再等安瀾她們，而是已經不容再等了，不說太后發現了會怎樣，就是誠帝那邊如果順路找來也是不妥的。

岳文準備的馬車，外面瞧著並不起眼，裡面佈置得倒是不錯，沈錦她們都換了衣服。

而太后那邊，安媛看著安瀾問道：「真要這般做嗎？」

安瀾點了點頭。「再晚些讓他們起疑，再弄就來不及了。」

安桃抿了抿唇，最終什麼也沒有說，可是眼睛卻紅了，笑著說道：「說得也是，起碼我們都在一起。」

安媛點了點頭，臉上也帶著笑容。「是啊，我們都在一起。」

雖然這麼說，可是弄不好連命都沒有了，只是她們也知道，這確實是最好的選擇。

因為太后身體不適，所有人在這個鎮上多停留了一日。安瀾推說身體不適，並沒有出門，只在房中休息，太后像是已經起疑了，多次派了身邊的嬤嬤來請，說再不去的話，太后要親自前來。安瀾她們心知不能再躲，安媛給安瀾梳妝打扮了一番，就陪著安瀾往太后那邊走去。

太后身邊的嬤嬤一直跟在安瀾她們身後，倒是覺得太后有些多疑了，永甯侯夫人雖然臉色不好看，但是瞧著也沒什麼異常的，太后其實並無大礙，不過畢竟年紀大了，這一路奔波有些撐不住了。

安瀾進去後，就笑道：「祖母。」

太后仔細看了看安瀾，才開口道：「來坐祖母身邊。」因為是在外面，所以她們之間的稱呼都改了。

安瀾依言走到太后的身邊坐下，太后仔細看了看安瀾。「怎麼瞧著瘦了不少，孩子還好嗎？」

「嗯。」安瀾雙手輕輕撫著肚子，說道：「覺得有些累了。」

太后眼睛瞇了下，她年紀也大了，眼神不好，並沒有懷疑眼前已經換了人，而是懷疑沈錦心中打著別的主意，萬一忽然消失可就不好了。

安瀾陪著太后聊了一會兒，太后就說累了，安瀾忽然說道：「祖母，既然在此休息，不如請個大夫？」

太后聞言說道：「萬一被人注意到就不好了。」

安瀾伸手輕輕撫著肚子。「還是祖母的身子要緊，而且這段時間，我也不舒服。」

「再忍忍，到前面的鎮子上就請。」太后如今事事小心。

安瀾看著太后問道：「那不如我們去邊城？想來夫君會護著我們的。」

太后說道：「再看看。」

安瀾點了點頭，不再說什麼，就先告辭離開了。當天晚上院中忽然起了大火，而安瀾主僕幾個人也失蹤了，太后派了身邊的侍衛去追，就見兩個男子護著安瀾她們逃跑，最後馬車失控跌落山澗，無一生還。

邊城之中，楚修明已經帶著人回來了，最終活下來的不足五人，而且個個帶傷。

楚修明看著有些欲言又止的楚修遠問道：「怎麼了？」

楚修遠也是得了京城那邊的消息，開口道：「嫂子和太后失蹤了。」

楚修明眼睛眯了下，楚修遠繼續說道：「岳文那邊也聯絡不上。」

「誠帝呢？」

楚修遠給楚修明倒了杯熱茶說道：「誠帝暗中派人去尋，太后出宮祈福，身邊就帶著嫂子。後來誠帝知道了英王世子那邊的消息，就派人去帶嫂子回來，誰知道太后在這之前已經帶著嫂子和儀仗分開了。在這之前岳文曾送過一次消息，說了這件事，誰知道後來就消息全無。」

楚修明端著茶杯，把杯中的茶水都喝了，才說道：「我知道了。」

「哥，要不要派人去把嫂子接回來？」楚修遠問道。

楚修明如何不想去，甚至恨不得現在就帶人去找回沈錦，可是此時卻不行，問道：「還有別的事情嗎？」

「英王世子來信了。」楚修遠開口道。「就在昨日。」

楚修明拆開看了起來，和上次的不同，這次英王世子措辭更加謹慎，甚至拉攏楚修明的條件也更好。

楚修明隨手把信件扔到一旁問道：「慈幼院的人回來了嗎？」

楚修遠搖了搖頭。「要見見嗎？」

「見。」楚修明微微垂眸說道：「地點定在昆城。」

楚修遠略一思索就知道昆城到底是什麼地方，離邊城有段距離，只是同樣離英王世子那邊也不近，算是兩人都能接受的地方。而且這個昆城明面上是屬於誠帝，那邊的官員也是誠帝派下來的，可是楚修遠知道，那個官員其實是自己父親的人。

既然英王世子為表誠意，讓楚修明定時間地點，那麼楚修明也不會客氣。「加一條，保證我哥和姪子的安全，還有交出當初永嘉三十七年邊城的奸細和費安，要活的。」

「是。」楚修遠明白，若是什麼條件都不提，反而無法取信英王世子。「那嫂子……」

楚修明抿了抿唇，搖頭說道：「無礙的。」不管沈錦最後落入誰的手中，那人都不會傷害沈錦，因為他們還需要沈錦跟自己談條件，如果此時他們派人去尋了，反而不妥。更何況楚修明覺得沈錦會借機脫身，等安定下來了，就會與自己聯繫。

楚修遠猶豫了一下問道：「不若打探下，嫂子還在不在太后身邊？」

楚修明眼睛瞇了下說：「知道太后現在在哪裡嗎？」

楚修遠搖頭說：「需要花點時間。」

楚修明開口道：「那麼現在要做的，就是讓沈軒繼續帶兵……」

岳文找的地方是離京城不遠的一處山村，路上走得並不快，就算有安寧和安怡的照顧，也能看出沈錦日漸消瘦下來。

等他們六人趕到岳文提前安排妥當的地點時，已經秋末，沈錦已有近五個月的身孕。岳文找的那個山村並不富裕，甚至離最近的城鎮也需要走近一天，會選這般的地方也是因為京城附近是最安全的。英王世子現在已經無力再帶兵攻入京城，唯一有實力做此等事情的就剩下楚修明，而楚家的軍隊從不會做這般傷天害理的事情。

誠帝也不會在意這般偏僻的地方，畢竟這裡是連稅官都不愛來的地方。

馬車是過不了的，這裡的山路很崎嶇，馬車在鎮上的時候，連同馬一併給賣了。岳文買了毛驢，又買了不少生活用品，沈錦還是第一次坐驢車，因為驢車上放了不少東西，所以安寧和安怡都是自己走著去。

岳文帶的兩個侍衛，一個代號甲一，一個是甲四。甲四有些微胖，看起來很喜慶的樣子，又很和善，所以岳文就先讓甲四和安怡上去收拾了，也運送了一批東西。沈錦他們則先在鎮子上休息了一日，才慢慢往山村走去。

院子已經收拾好了，這院子裡面弄的是炕，被褥一類的都很齊全，不過因為只有兩間屋子能睡人，所以沈錦、安寧和安怡一間，岳文他們三人一間。因為炕挺大的，倒也不擠。

沈錦也不挑剔，安怡已經燒好熱水，伺候沈錦梳洗一番，又用了一碗雞湯麵和安胎藥後，沈錦就先睡了。

等第二天醒了，沈錦發現旁邊的兩床被褥已經整理好，外面還傳來說話的聲音，聽著聲音並不像是安怡他們。沈錦揉了揉頭起來了，旁邊放著衣服，沈錦換好衣服，又踩著藍灰色的布鞋，這才一手扶著肚子一手扶著腰慢慢往外走去。也不知道為什麼，這次有孕後，她一直覺得腰瘦疼，安寧幫著揉了兩次也不管用。

推開門就是院子，就見一個穿著藍布衣的中年女人正在和安怡說話，剛剛沈錦聽見的聲音就是她發出的。安怡見到沈錦出來，趕緊過去扶著她說：「二妹，妳先進去休息，我讓安寧給妳打水。」

安怡會這般稱呼，也是事先商量好的，為避免太過打眼，所以直接裝成三姊妹。安怡年紀最大，自然是大姊，而沈錦排行老二，最小的就是安寧。

「哎喲，這就是安家二姊吧。」中年婦女見到沈錦，就笑著說道，眼神在沈錦的肚子上掃了掃。

沈錦笑著說道：「不知道怎麼稱呼？」

中年婦女開口道：「叫我張大家的就行。」

沈錦點了點頭。「張大嫂。」

中年婦女呵呵一笑。「我就是來打個招呼，問問你們這裡需要個洗衣做飯的不？瞧著一個比一個水嫩的，我們這兒的水涼……」

安怡心中有些煩躁，這個人根本聽不懂拒絕一樣，安寧已經被煩得直接躲進廚房。甲一和甲二兩人去鎮上照著安怡她們寫的單子買東西，而岳文去山裡弄柴火了。「張大嫂，我們真不需要，這些我們自己都能做。」

「這可不對……」張大嫂的嗓門很大，根本不管安怡直白的拒絕，開口道：「再說了，要洗衣服只能去那邊的河邊，妳又不知道哪一塊是妳們的……」

安怡其實早就聽明白了，說來說去這人就是想占便宜。沈錦身子不舒服，只覺得被這人的聲音鬧得頭疼，看見安寧過來，直接說道：「安寧去叫岳文回來，順便把村長請來。」

「是。」安寧擦了擦手，先把手裡的盆子端進去，說道：「夫……二姊妳先進去吧。」

沈錦點了點頭，又看了那位張大嫂一眼。「這位大嫂，妳先回去吧，等村長來，如果村裡真有這個規矩，到時候讓村長給我們指一塊就是了。」

「我是一片好心……」那張大嫂仍不死心地說道。

沈錦的想法和安怡並不同，就算他們為人再和善，對這個村子裡的人來說，他們都是外人，再說他們又不想一直住在這裡，便直接道：「安寧，請人出去。」

「是。」安寧不再猶豫，直接說：「這位請。」

張大嫂見此冷哼了一聲，說道：「妳們別後悔。」

安寧臉上的神色變都沒變，那個張大嫂轉身就出去了，到了門口還呸了口口水。安寧當著她的面直接把門給關上，然後看向沈錦問道：「夫人，還叫村長嗎？」

「叫。」沈錦開口道：「先叫岳文。」

安寧趕緊應下來，說道：「那奴婢去了，夫人把門給關好。」

沈錦聽著安寧的稱呼，有些無奈地笑著點了點頭。

第七十章

等安寧出去後，安怡就把門從裡面鎖好，然後扶著沈錦進去，等沈錦梳洗完，又用了小半碗的雞絲粥，岳文和安寧也回來了。岳文換了一身褐色的衣服，等安怡開門讓兩個人進來後，安寧就去端水給岳文淨手，岳文說道：「夫人，我這就去請村長來。」

「不急。」沈錦開口道。「先吃點東西。」

岳文應下來，安寧去廚房給他端了粥和餅，這是她早上起來做的，甲一他們走的時候，路上也是吃這種餅，因為家裡東西不齊全，只有炒好的白菜和鹹菜。

等岳文吃完，沈錦也用完了，安怡和安寧早上起來就吃過，岳文去請村長，安怡問道：「等夫人休息好了……」

「以後都依照我們定下來的叫吧，私下也是如此。」沈錦開口道。

安怡聞言說道：「是。」

沈錦看向安寧，說道：「安寧？」

「是。」安寧也應下來，臉紅了下叫道：「二姊。」

「記好了呢。」沈錦笑得眼彎彎的。

安怡問道：「二妹，這般做好嗎？畢竟我們是外人……」

「正因為我們是外人。」沈錦微微動了動腰說道。「沒那麼多工夫來和他們打好交道，不如讓他們怕我們，不敢招惹就行了。」

安怡愣了一下說道：「是我想差了。」

安寧倒是看了看屋中說道：「二姊，我這兩日給妳做幾個軟墊吧，到時候妳靠著也舒服點。」

「好。」沈錦說道：「不急。」

安寧笑呵呵地應下來，正準備說什麼，就見岳文已經把村長給請來了。村長才四十多歲，可瞧著像五十多的樣子，身上的衣服還帶著補丁，腳上的鞋子也看不出原來的顏色。

岳文請人坐下，安寧去倒了水，用的是大碗，裡面放著茶葉，直接用滾水一沖，然後倒了點糖進去，這是岳文特地交代過的，這邊的人都喜歡這樣喝茶。老村長也不怕燙，端著就喝了一口。安怡扶著沈錦出來，安怡把今日的事情說了一遍，然後說道：「我們姊妹的意思呢，若是真有這個規矩，我們自然是遵守的。」

老村長心中暗罵張大家的，還沒摸清到底是什麼人，就直接上門做這樣的事情。

沈錦開口道：「村長，我也不瞞您，等我生下孩子後，自然就有人來接。我們在這裡最多住一年，住在村子裡少不了要麻煩村長，等我們走後，這院子就當我送給村長的。」

這話一出，村長眼睛亮了亮，看向沈錦，這院子當初是岳文花錢買下來，後來又重新修葺。沈錦看了安寧一眼，安寧笑著掏出一塊碎銀，然後當著村長的面兩指一捏，看起來沒費什麼力氣就把碎銀給捏扁了，然後放到村長手邊的桌子上。「剩下的事情，就麻煩村長了。」

村長嚥了嚥口水，眼睛都沒從那銀子上移開，趕緊收起來說道：「不麻煩、不麻煩，有什麼事情儘管吩咐。」

沈錦看向安怡，安怡才開口道：「那就麻煩村長幫我們買幾隻母雞……全部按照市集的價錢，多出來的就當送給村長了。」

沈錦以拳頭加紅棗這般強硬的方式融入卻又隔離在村子中，特別是在村長回去警告過那幾家人後，有幾戶人心中不滿，半夜三更翻牆進了院子，想要給沈錦他們一個教訓，誰知道反被教訓了一頓。岳文直接把人吊在村頭的那棵老樹上，雖沒有生命危險，但是也不好受就是了。

自此以後，就連村中那些無賴也不敢來這邊了，每日遠遠看著。岳文他們時不時地去山裡打一些野物回來，還透過村長買了不少東西，比如村子裡自家的菜、家裡養的雞，還有雞蛋，零零散散不少。

也不知道是村子裡太過悠閒還是別的原因，和當初相比，沈錦氣色好上不少，甲一他們還時常去鎮上，買許多新鮮的東西回來。

與此同時，楚修明懷裡抱著兒子東東，看著拘謹地站在大廳中間的孩子，那孩子瞧著又瘦又小，像是三、四歲，可是楚修明知道，這孩子至少已經五歲了，從這孩子還未長開的眉眼間，沒有人懷疑這不是楚家的孩子。而楚修明一看見這孩子，心中就知道，這就是他的姪子，和楚修曜小時候最少有八分相似。

楚修明心中也是慶幸的，多虧那時選擇的地方沒有錯，費了許多功夫，今日終於見到了這個孩子。

東東有些好奇地看著，楚修遠神色難掩激動，就連一旁的趙嬤嬤都紅了眼睛，這孩子因為眾人的眼神往後退幾步，藏到了把他帶回來的那個侍衛的腿後面。

林將軍、金將軍和吳將軍因為帶兵並不在，王總管沒忍住，開口道：「是三少爺的孩子，是三少爺的孩子啊！」王總管是看著楚修明和楚修曜長大的，此時老淚縱橫。「蒼天有眼啊！」

「父父？」東東微微側臉看向楚修明。

楚修明抱著東東起身走到那孩子的面前，然後蹲下來，他強忍著想把兩個孩子一起抱進懷裡的衝動，只是說道：「東東，這是哥哥。」

東東眨著眼睛，小嘴微張，看了看楚修明，又看了看那個黑乎乎的哥哥，伸出肥嘟嘟的小手，就要去摸那孩子。「啊。」

那孩子見到東東，倒是沒有躲，但是也沒有讓東東摸到他，他身上很髒，東東動了動小手，索性伸開小胳膊，奶聲奶氣地說道：「啊，抱。」

楚修明也沒阻止，反而鬆開了東東，讓東東朝著那個孩子走過去，一把抱住那孩子。

「唔，抱！」

那孩子這次被抱住了，小心打量一下周圍的人，他看著瘦但是因為從小就幹活，力氣倒是有的，也沒被胖墩墩的東東給壓倒。見周圍的人沒有露出嫌棄或者斥責的神色，才小心翼翼伸手抱住東東，東東蹬著小腿，使勁要往這孩子的身上爬去，弄得孩子也滿是狼狽，沒站穩一下子坐到地上。東東驚訝地睜開眼睛，發現好爬了許多，就蹭蹭蹭爬到了這孩子的懷裡，然後得意地看向楚修明說道：「啊。」

楚修遠不知道說什麼好，可是他也看出被東東鬧的，這孩子一開始的戒備小心消失了不少。

楚修明並沒有讓他們在地上坐太久，直接把兩個孩子都給抱起來，那孩子嚇了一跳，可下意識地抱緊懷裡的東東。東東小沒良心地哈哈笑個不停，楚修明微微垂眸，然後說道：「我先把孩子帶回去，下面的事情交給修遠了。」

楚修遠點了點頭，他也發現這麼多人，孩子容易緊張，而且有些話，楚修明也要仔細對孩子說，在這裡並不適合。「哥，放心。」

楚修明應了一聲，和趙嬤嬤說道：「去煮點羊奶，還有……」

「糕！」東東馬上叫道。「吃！」

趙嬤嬤笑著說道：「好，老奴這就去準備。」

那孩子有些不安地扭頭看向侍衛，這裡面他最熟悉的就是把他送過來的侍衛了，那個侍衛笑著點了點頭，孩子這才乖乖被抱走，他不知道發生了什麼事情，只知道這個侍衛說，送他過來見親人。

那麼抱著自己的就是親人嗎？又看了看那個胖乎乎的孩子，這是他弟弟嗎？會不會是認錯了？如果發現認錯了，他會被重新送回去嗎？

東東可不知道這位小哥哥心中的想法，忽然開始哭起來。「母親……」哥哥都來了，怎麼母親還沒有回來啊？

楚修明剛想問東東怎麼了，可是聽見東東的話，心中一酸，柔聲說道：「東東別哭，父親很快就把母親給接回來好不好？」

這孩子聽著楚修明溫言哄著哭泣的東東，父親？母親？眼前的這個人是他的父親嗎？

東東吸了吸鼻子，抽抽噎噎被楚修明哄著喝安平剛端來的蜜水，東東這點特別像沈錦，就愛吃這些甜的東西。小孩子的脾氣來得快，去得也快，東東哭了一會兒就不哭了。喝完自己的那杯以後，就眼巴巴看著哥哥手中的那杯，吧唧了一下嘴，然後笑得格外甜，從楚修明懷裡下去，就跑到自己坐在椅子上的孩子身邊，抓著他的腿叫道：「哥……」

那孩子有些猶豫地看向東東，因為第一次喝這樣甜甜的水，所以他喝得很慢，還剩下大半杯，看見東東的樣子，就要端著杯子餵東東，楚修明看了笑道：「別給他喝了，他每天只能喝一杯。」

東東氣鼓鼓地看向楚修明，那孩子看了看楚修明又看了看東東，想了想一口把剩下的喝完，然後說道：「沒有了。」

「啊。」東東鼓了鼓腮幫子，也不惱，就抓著那孩子的褲子，想要往人家懷裡爬去。

安平看向楚修明，楚修明揮了揮手，讓她下去後，就自己過去把東東也抱到椅子上，然後拿了軟墊給兩個孩子塞好，椅子大，兩個孩子年紀小，坐起來也不會擠。東東果然高興了，楚修明就坐在兩個孩子旁邊，說道：「我是你四叔。」

那孩子沒有吭聲，東東趴在他的身上，他只覺得又暖又軟的，小孩子都這麼胖嗎？

楚修明問道：「我該怎麼叫你？有名字嗎？」

狗蛋算名字嗎？男孩不想說，所以搖了搖頭。楚修明眼神暗了暗也沒有再問，說道：「你父親是我的三哥，楚修曜，而你們這輩是晨字輩，東東叫楚晨暉，而你應該叫楚晨博。」博這個字是當初楚修曜說過的，楚修曜說想要自己的兒子叫博，因為想要兒子博學多才。

楚晨博看向楚修明，楚修明伸手蘸著水在桌面上把他的名字寫下來，他並不認字，可是卻覺得這三個字很漂亮。小孩子最能感覺善惡，他發現楚修明對自己沒有惡意，而且很溫和，就問道：「弟弟呢？」

楚修明又把楚晨暉三個字寫下來。

楚晨博看了看，發現他們前面兩個字都是一樣的。「我叫楚晨博。」

楚修明又把楚修曜的名字和自己的名字寫下來，說道：「你父親的名字，我的名字。」

楚修明指著上面的那個。「楚修曜，你父親。」又指著下面的。「楚修明，我的。」

楚晨博仔細看了看，點了點頭，楚修明開口道：「你父親現在生死不知，你母親……我並不知道是誰，我也是前段時日才知道你的存在，然後派人把你找回來……」楚修明並沒有因為楚晨博年紀小而隱瞞什麼，反而仔細把事情的經過都說了一遍。

東東有些無聊地打了個哈欠，楚晨博一直靜靜地聽著，等楚修明說完，就問道：「所以並不是我的父母不要我？」

「不是。」楚修明開口道。「你父親最喜歡孩子了，如果知道你的存在，一定會很高興的。」

「可是我……」楚晨博很想說，他並不是被期待出生的，而是父親被人算計了，這才生下來的。

楚修明眼神閃了閃，他看出了楚晨博的意思，說道：「不是你的錯。出生不是你能選擇的，既然你生下來了，你父親就有責任。」

「那父親能回來嗎？」楚晨博小心翼翼地問道。

楚修明抿了抿唇說道：「會回來的。」不管是活還是死，他都會把兄長帶回來的。

楚晨博鬆了口氣。

楚修明笑道：「一會兒用點東西，休息會兒，我帶你們去洗澡。」

東東聽見洗澡兩個字，眼睛都亮了，根本沒有剛剛無精打采的樣子，高興地啊啊叫個不停，楚晨博有些羞澀地笑了笑。

楚修明打開門，讓一直守在外面的安平去廚房端東西，這麼久的時間，趙嬤嬤應該已經準備好了，除了杏仁羊奶外，還有幾樣小孩子喜歡吃的糕點，趙嬤嬤還沒摸清楚晨博的喜好，所以只能挑揀著做。

看見東西，東東就乖乖被楚修明抱到旁邊的椅子上，然後讓東東自己吃，這奶已經放溫了，並不會燙著孩子。楚晨博看了看楚修明，楚修明揉了揉他的頭說道：「吃吧，要不要我餵你？」

楚晨博紅了臉，低頭趕緊吃了起來，東東已經抓了糕點往嘴裡塞，然後看著杏仁羊奶對著楚修明啊了兩聲，楚修明笑著坐在一旁餵了他一勺，東東滿意了。

英王世子那邊也得了消息，因為山脈要塞的損失慘重，特別是和蠻族的關係緊張，誰能想到死的人其中有一個部落的少首領，那個部落的首領就這麼一個兒子，當初還被偷偷送到天啟學習過，所以很被看重。那個首領根本不相信是意外，認為是英王世子刻意坑害了他兒子。

薛喬回來後，英王世子只去見了一次，薛喬自然把邊城的事情描述了一遍，可是其中更多的是為了給自己開脫添加的，使得英王世子對邊城的情況越發地不瞭解，倒也沒有責怪薛喬，畢竟薛喬帶回來不少消息。

不僅如此，英王世子還把薛喬接回府裡，薛喬一直期待這一日。可是到了英王府後院後，薛喬才發現，這裡的情況遠不如外面自在，在外雖然是個沒有名分的外室，可是薛喬有兒子，金銀這類的東西更是不缺，薛喬就是女主人，過得富貴自在。

可是到了英王府後，薛喬的日子就難熬了，除了正妃外，英王世子還弄了四個側妃，甚至為了平衡外面的人心，側妃下面又劃分了等級……而薛喬只是個外室，若不是有個兒子，怕是日子更難過，可是就連這個兒子，她如今都保不住了，因為英王世子的正妻要把孩子抱過去養。

外面的情況危急，府中也不安生，英王世子連個安靜養病的處所都沒有，當知道慈幼院中那個孩子被人帶走的消息時，英王世子一揮手把藥碗打翻了，厲聲問道：「去追。」

「已經派人去了，只是那孩子已失蹤十幾日，怕是追不上了。」侍衛低頭說道。其實楚修明的人能這般輕易把孩子救出去，也是英王世子的原因，他自信沒有人會想到他把孩子藏在前幾年剛發過災的慈幼院，安排的人手並不多。

英王世子只覺得喉頭腥味很濃，剛想張嘴說話，低頭先吐了口血，用手背一擦，阻止了大呼小叫的人，說道：「楚修曜呢？」

「回王爺的話，楚修曜依舊被關著，至今沒有好轉。」侍衛開口道。

英王世子躺回床上，如此的話情況還不算太差。「為什麼那邊沒有送消息？誰也沒有稟報！」

侍衛不敢多說什麼，其實會如此，也是英王世子一直對那邊不在乎，慢慢地那邊的人也懈怠了。就連英王世子身邊的人，也難免疏忽，說到底就是英王世子不太重視那個孩子，不過楚修曜就一直被英王世子看管得很嚴實。

雖然這般說，英王世子是不會從自己身上找錯處的，把掌管消息的幾個人全部拖出去杖斃了，也算是殺雞儆猴，給眾人提個醒。

英王世子心裡也明白自己怕是撐不了多久，如今也把幾個年紀大些的兒子都帶在身邊，想從中選出一個能繼承英王府的人。可是如今活下來的，英王世子妃只有一女，四個側妃中只有一個側妃有兒子，被養得驕縱不堪，剩下的兒子也沒一個拿得出手的。

英王世子並非無能之輩，所以就算知道山脈的事情脫不了楚修明的干係，也只能選擇和楚修明合作，因為現在的情況，他沒有第二條路可以走。

如果英王世子知道有太子的嫡孫在邊城，那麼他是絕不會這般選擇的，可是這世間沒有早知道。

在收到楚修明的回信，把地點定在昆城後，英王世子仔細看了地圖，也就同意了，他並非一個人去，而是帶著側妃所出的兒子，這個兒子他打算押在楚修明那邊當人質。英王世子現在只想保住英王一脈剩下的勢力，只要再給他一段時間，手把手把兒子教出來，再潛伏幾年，英王世子相信到時候還是有一爭之力的。

英王世子覺得此次棋差一著，只不過是運氣不佳，若非被楚修明知道了山脈那邊的秘密，誰勝誰負還不一定。

京城中，誠帝整個人都消瘦不少，最近精神也不濟，就算找了太醫也查不出什麼來，只說讓他養生禁慾。其實太醫發現了蹊蹺，誠帝中毒已深，卻不敢開口，太醫院中，有太后的人有皇后的人，就是沒有誠帝的人。

誠帝的臉色很差，看著下面的眾多臣子，說道：「你們的意思是現在就讓朕派兵去剿滅英王世子？」

「是。」兵部尚書沈聲說道，當初英王帶兵攻入京城，沿途沒少禍害，他去探親的姑姑一家，就死在那些人的手上，甚至連個屍首都沒能找回來。

不僅兵部尚書，很多大臣都跪在殿中說道：「請皇上派兵剿滅逆賊。」

誠帝眼神陰霾，可是卻沒辦法指著這些大臣質問，如果楚修明借機發兵威脅京城怎麼辦。「容後再議。」

「皇上……」戶部尚書雖然是誠帝提拔起來的，可是他的父母都是死在英王手裡，所以此時也說道：「機不可失啊！」

誠帝再也忍不住脾氣，一揮手把御案上的東西掃到地上說道：「退朝。」

跪在地上的眾多大臣對視一眼，雖沒有再說什麼，心中已經有了別的打算。

昆城之中，費安被五花大綁押到楚修明的面前，除了他之外，還有幾個當初出賣邊城，替蠻族引路的人。英王世子和楚修明面對面坐著，在這個院子中，他們兩個人都沒有帶太多的人手，可是在外面卻不少，甚至昆城內也埋伏了不少人馬，英王世子此舉可算是冒險，誠意不可謂不大。

楚修明只看了費安一眼，就揮手把人押了下去，然後說道：「我兄長呢？」

英王世子開口道：「我總要給自己留點底牌，這還是我們二人第一次見面。」

英王世子說：「據本王所知，永甯侯夫人，不過是瑞王的庶女。」

楚修明挑眉，沒有開口。

英王世子開口道：「本王有一女，為王妃所出嫡女。」

「我兄長呢？」楚修明再一次問道。

英王世子說道：「等永甯侯和我女成親之日，永甯侯的兄長自然是要觀禮的。」

楚修明的唇緊抿著，開口道：「我此生只娶一人。」

英王世子聞言一笑。「本王聽聞永甯侯夫人為了永甯侯願進京為質，這般女子本王也是敬佩的。本王之女賢良淑德，願為平妻，以永甯侯原夫人為尊，甚至……本王願意把手中所有兵馬人脈交予永甯侯，只要事成之後，立本王之女所出子嗣為太子。」

這種誘惑不可謂不大，楚修明面色微變，像是有幾分心動，開口道：「英王可捨得？」

英王世子開口道：「本王正妃只有一女，剩餘幾個兒子中，身分最高的就是側妃所出，本王都把兒子帶來，願送兒子到邊城為質了，永甯侯還不相信本王的誠意？」

看著楚修明平靜的神色，英王世子本以為萬無一失的提議竟然說不下去了。楚修明的手很漂亮，並不像是武將的手，更像是文臣的，不過也僅僅是手背而已。他執起茶壺給英王世子手旁的茶杯中斟到八分滿，又給自己倒了一杯，這才放下茶壺，端著茶杯慢慢喝起來。

「英王若是真有誠意，就不會身邊跟著這麼多高手了。」

英王世子開口道：「永甯侯考慮得如何？」

楚修明放下茶杯，手指在杯緣上輕輕抹過，說道：「英王很有自信。」

「因為永甯侯也不想冒天下之大不韙吧。」英王世子沈聲說道。「若是娶了我的女兒，生下的子嗣也是有皇家血統的。」在英王世子看來，誠帝那麼多小動作，楚修明一直忍讓，正是因為名不正言不順，在大義面前站不穩腳跟。

楚修明面色不變，說道：「我妻也姓沈。」

「可是瑞王能給你什麼幫助？」英王世子反問道。

楚修明不說話了，英王世子接著道：「瑞王夫妻失蹤，你卻要送你妻子進京為質，這般的侮辱……」英王世子有些話並沒有說完，可是意思已經很明白了。

忽然傳來敲門聲，英王世子身邊的護衛瞬間戒備起來。「侯爺，時辰已經不早了，要不要先用些飯？」

楚修明看向英王世子，英王世子笑道：「我讓身邊的人去準備。」他放心不下楚修明的人準備的東西。

「嗯。」楚修明應了一下。「準備我一個人的。」這話是對著外面的人說的。

因為楚修明說一個人用，所以只是簡單的一葷一素一湯，還有主食米飯，楚修明說道：「我先用了，王爺請自便。」

「好。」英王世子開口道。

楚修明拿出筷子，挾了一筷子嚐了一口，糖醋排骨的味道有些濃，選了小排骨先炸過才做的，味道很好。楚修明不緊不慢地把兩盤菜都吃了，然後盛了一碗湯喝幾口。英王世子那邊的飯菜也端上來，楚修明這才放下勺子，趙管事把空了的盤子和碗都收下去。

等英王世子用完飯，一個侍衛把碗盤送出去之際，楚修明忽然對英王世子動手，而楚修明身邊的侍衛，也有目標地對著英王世子周圍的人動手。英王世子帶進屋的人比楚修明多，他面色一變，一把掀開桌子，讓侍衛護著他往外退去，同時他的護衛忽然大吼一聲，外面也傳出了打鬥的聲音。

楚修明的動手毫無預兆，甚至英王世子根本沒有想到，好不容易被侍衛護著衝出屋子，到了院子中，就見院子已經被包圍，眾多兵士手持弓箭對著英王世子等人，地上也有不少血和屍體。英王世子看見那個穿著一身官服的人，忽然扭頭看向楚修明，他知道楚修明為什麼敢動手了。

中年男人並沒有靠近，他看著英王世子，眼中帶著刻骨的仇恨，揮手說道：「皇上有命，拿下賊匪。」

英王世子張嘴就要喊，可是中年男人再也沒有給他機會，那些弓箭已經射向英王世子一夥人……

恐怕終其一生英王世子也沒有想到，自己會死得這般窩囊，他的那些抱負和想法還沒能實現，就死在昆城一個偏僻的小院子中，亂箭之下就算有高手的保護也是無用，英王世子是被亂箭射死的。中年男人閉了閉眼，殿下……終有一日臣會為您報仇雪恨的。

中年男子正是昆城的郡守，此時沈聲說道：「于英帶人到外面等著。」

「是，大人。」一直站在中年男人身後的侍衛，比劃了一個手勢，很快牆上房頂的眾多弓箭手都下來了，跟著于英離開，像是沒有看見這滿地的屍體似的。

楚修明從屋中走出來，走到英王世子的身邊，確定這人已經死了，才看向中年男人。中年男人的唇抖了抖，說道：「皇孫還好嗎？」

「嗯。」楚修明開口道：「保重。」

中年男人笑了下，又看了眼地上的屍體，說道：「放心吧，人已經救回來了，就在城外的馬車上。」

楚修明沒有再說什麼，直接帶著人離開，出了院子，自然有中年男人安排的人帶著他們朝城外走去。

其實這次楚修明根本沒帶多少人來，英王世子錯就錯在太小看費安。費安雖然被人看著，可是一路上按他的觀察和計算，甚至路程一類的，早在因為英王世子把人給藏起來的時候，費安已經算到了大概的地點，再加上楚修明對英王世子的瞭解，很快就派人找到了。趙管事送來的那盤糖醋排骨就是一個暗示，若是沒有找到，那麼排骨是不會先炸的，而是直接做，如此一來，那麼楚修明也只能放過這次機會了。

等楚修明帶人離開，于英就帶著幾個人進來，中年男人冷聲說道：「把他們的頭給我砍下來，一會兒把院子燒了。」

「是。」于英並沒有多問。

楚修明帶著人趕到城外的時候，就見馬匹、馬車和乾糧一類的都已經準備好了。而此時楚修曜就在馬車之中，楚修明抿了下唇，趙管事開口道：「將軍……」

楚修明搖了搖頭說道：「上路。」說著就先上了馬車，馬車裡面躺著一個男人，男人像是昏迷不醒一般，而且他很瘦，不過……

人活著就好。

第七十一章

山村中，岳文已經派甲一回邊城送信。沈錦一手扶著後腰，一手虛托著肚子，在安寧的陪伴下慢慢在院子周圍散步。「安桃她們幾個還沒有下落嗎？」

安寧微微垂眸，說道：「二姊不用擔心，想來是因為害怕被人跟蹤。」

沈錦輕輕撫了撫肚子，說：「我知道了。」

安寧柔聲勸道：「二姊，妳說要不要等天暖和了，讓岳文去買幾隻母雞養在家裡？讓岳文他們弄個雞舍，再養窩兔子，到時每日都有新鮮的雞蛋可用。」安寧笑盈盈地問道：「二姊覺得怎麼樣？」

沈錦聞言點了點頭，其實他們並不缺這些東西，她也明白安寧是為了不讓她多想。「也不知道東東怎麼樣了，小不點會不會又長胖了？」

安寧開口道：「有將軍在，想來小不點胖不了。」

沈錦低頭看著自己的肚子，這裡還有她和楚修明的孩子，有東東的弟弟或是妹妹。

此時的沈錦還不知道楚修明直接把英王世子給弄死，說到底楚修明也是受了沈錦的影響，有些事情看似直接粗暴，可是效果很好。

想到京城的情況，楚修明又看了看還昏迷不醒的兄長，伸手握住他的手。雖然楚修曜因為瘦了許多，容貌上變化很大，可是楚修明卻不會認錯，他們是血脈相連的兄弟。

英王世子的死，並沒有引起任何的動盪，因為除了邊城這裡，外面根本沒有得到這個消息，趙端甚至有一種不真實的感覺。「英王世子……」死了？

趙端思索了許久說：「會不會太草率了？如果沒有英王世子，那麼誠帝萬一……」

楚修遠明白趙端的意思。「不用擔心，京城那邊也不安生。」

趙端皺了皺眉頭，楚修遠手指點了點京城的位置，說道：「誠帝至今還沒明白，太后的離京意味著什麼。」

楚修遠他們都不知道沈錦有孕的事情，所以猜測太后離京的原因，不過是放棄了誠帝。除了太后外，皇后也不是什麼省油的燈，因為皇后眼皮子淺，所以讓誠帝放心，可有時候這樣沒有遠見，恰恰是最危險的，皇后長子的死，就使得皇后和誠帝分了心。露妃的事更是讓皇后如驚弓之鳥般，這樣一來皇后會做出什麼，誰也不敢確定了。

再加上一直潛伏在皇后身邊的探子煽風點火，皇后會做什麼就不言而喻了。皇后一心想讓自己的兒子登基，卻沒有考慮如果誠帝駕崩，幼主登基的話，能否坐穩皇位這點。

「不僅如此，皇后對誠帝下手了。」楚修遠收回了手，轉身看向趙端開口道：「恐怕就是過年前後的事情了。」

趙端臉色變了變，若是如此的話，那麼英王世子的死絕對是件好事，而且皇后幼子剛滿十歲，上面還有不少兄長，按照皇后的性子，恐怕這些皇子都不會留。「等到誠帝駕崩，讓瑞王以誠帝及其子嗣死得蹊蹺的名義質問皇后和幼帝。」

楚修遠開口道：「其實無須如此。」等他們攻進京城後，由瑞王公布楚修遠的身分，這樣可以保證萬無一失。

趙端笑了下說道：「我去與我姊商量。」

楚修遠搖頭道：「等我哥回來再說吧。」

趙端猶豫了一下，才開口道：「殿下，你有沒有想過，等登基稱帝後，該如何？」

楚修遠一時沒有反應過來，有些疑惑地看向趙端，趙端開口道：「善始容易善終難。」

「楚家忠心耿耿，殿下與將軍感情深厚，自然是無礙的，可是以後呢？誠帝固然是因為心性多疑，可是也因楚家掌管了天啟兵馬太久之故。」

楚修遠握緊了拳頭，他心裡明白趙端說得沒錯。「若是我登基，有天啟一日，就有楚家一日的權勢富貴。」

趙端皺眉看向楚修遠，嚴肅地說道：「殿下，您可有想過，這般猶如把楚家放入烈火烹油之中。」

楚修遠抿唇，其實楚修明早與楚修遠說過。「我哥……當初說若是有日我能登基，他想退隱。」

這話一出，趙端心中對楚修明更多了幾分敬佩，說道：「是我小人之心了。」

楚修遠有些頹廢地坐下，說道：「不是你的緣故，是我哥不讓說，怕人心不穩。」

趙端明白楚修明的擔憂，畢竟楚修明退下後，兵權肯定是要再找人接手的，誰能保證底下的人不動心？

人心浮動的話，在還沒開始的時候，他們就輸了。

趙端也理解了，為什麼楚修遠會說出剛剛那樣的話，而楚修明在這麼早就與楚修遠打過招呼，也是極聰明的作法。楚修明選擇放手兵權，不僅加深了楚修遠對楚家的信任，也表明了楚家的態度。

太祖曾想讓他的太子娶楚家女為后，卻被楚家當時的家主拒絕，說楚家絕不參與皇家之事。直到先帝的時候，因為英王的事情，先帝無奈之下，多次密信與楚家，最終楚家才有一女嫁予太子為側妃，其實那時，楚家就準備退了。

楚家鎮守邊疆，幾乎沒有壽終而死者，他們心繫百姓安危，可是看著楚家人才凋零，甚至有些旁系都再無後繼者，楚修明的祖父也不想等幾十年後，再無楚家一脈。

楚修明這次帶著楚家抽身，也算是對楚家的一種保全。

楚修遠看向趙端，說道：「這件事你心裡知道就好。」

趙端點頭，忽然說道：「殿下可是覺得對不住楚家？」

楚修遠沒有說話，臉上的神色已經說明了一切。

趙端開口道：「不如給爵位，還有以後楚晨博和楚晨暉的前程，邊城這邊……太危險了。」

「嗯。」楚修遠何嘗不明白這些，只是心中還是有些失落的，他覺得等他坐上那個位置，可能會失去很多東西。

「你還是稱呼我二將軍吧。」殿下這般的稱呼，楚修遠並不喜歡。

「是，二將軍。」趙端恭聲說道。

馬車裡，楚修曜一直沒有醒，等到了安全的城鎮，特地請大夫來，才知道被人餵了藥，藥量下得太大。那大夫又開了一些別的藥，說是解藥性，再休息一日就可以了，除了身體有些虛，倒是沒有別的事情。

楚修明讓人送走大夫，等侍衛熬好藥後，親手給楚修曜餵下，索性就和楚修曜同屋休息。誰知道還沒等到大夫說的時間，楚修曜就醒了，楚修曜一動，楚修明就去點燈看向楚修曜……

天還沒有亮，楚修明就派人再次把大夫給請來，雖然楚修明想過楚修曜能活下來，怕是會有些問題，可是看著這個呆呆傻傻的兄長，楚修明只覺得心中抽著疼。

因為診金給得足，大夫沒什麼怨言，仔細給楚修曜檢查以後，又把脈說道：「怕是傷到了頭，而且是陳年舊傷，若是初開始，還有些辦法，此時在下真的有心無力。」

趙管事的臉色變了變，看了看楚修曜，又看向楚修明，此時楚修明面色平靜，開口道：「謝謝大夫，送大夫出去。」

「是。」趙管事也沒再說什麼，親自送大夫離開。

到了門口，大夫猶豫著說道：「也是在下醫術不夠，若是能找到醫術高超的，用針灸的話，也有一線希望。」

「謝謝大夫。」趙管事開口道。

大夫搖了搖頭，轉身離開了，若是早點的話，開一些活血化瘀的藥說不定還有效果，可是如今一檢查，明顯是陳年舊傷，而且這個人身體底子又不好，藥也不敢下太重……

村子裡的日子很平靜，院子裡面也養了幾隻雞，是安怡到村長那裡買的小雞仔，毛茸茸的格外可愛。安寧還把岳文他們打來吃不完的獵物醃製一番，弄成臘肉這類好存放的，畢竟等天氣再冷點，山裡的動物也不好抓了。

沈錦本就有些怕冷，穿著厚厚的襖，包裹得嚴嚴實實的，岳文買了不少柴火堆放在院子的角落，他們已經開始準備過冬的事情，沈錦雙手捧著熱呼呼的紅棗湯，問道：「甲一該到邊城了吧？」

「該是到了，不過路上難走的話，怕是還要再等等。」若是不出意外，沈錦大約要在二月分左右生產，所以安怡她們開始給孩子準備東西。

雖然他們幾個都竭盡全力照顧夫人，可是日子也不好過，這裡的條件根本沒辦法和邊城或者瑞王府相比，就連每日去如廁都是問題。

這邊村子裡的人，大多家中沒有如廁的地方，都是直接去地裡，洗澡更是不方便，夏天時還好些，冬天時格外的麻煩，吃食上也是如此，肉這類的雖然不缺，可是蔬菜卻少，家中存了不少白菜，多虧了安寧會積酸菜，還能給沈錦換個口味，水果根本想都不用想，可是沈錦從沒有說什麼，每日用的也不少。

安寧從外面進來，身上帶著寒氣並沒有往身邊這裡靠，滿臉笑容說道：「二姊姊，岳文抓了一窩兔。」

「真好。」沈錦聞言臉上也露出喜色。「是在哪裡抓的？」

「他前段日子就發現了，不過當時兔子太小，怕活不了就等到今日才給抓回來。」安寧笑嘻嘻地說道。

「岳文去給兔子弄窩了。」安寧開口道。「等天氣暖和點，兔子適應了，我去給兔子好好洗洗，到時候抱來給二姊姊玩。」

沈錦點頭。「好。」

安寧看著沈錦的樣子，心中有些酸澀，當初夫人懷東東小少爺的時候氣色極好，不僅面色紅潤看著還漂亮了許多，可是現在夫人氣色雖然不差，卻和那時候沒辦法比，若是將軍見了，不知有多心疼呢。

沈錦像是沒看出安寧的心思，招招手讓她過來，剛想說什麼，就聽見外面的說話聲，中一被派去給楚修明送信，此時留在沈錦身邊的是岳文和甲四，因為甲四的樣子看著淳樸老實，一般都是他去鎮上買一些東西和打聽消息。

安寧此時離門最近，就開門問道：「甲四，可是有什麼消息？」

甲四聞言說道：「是啊。」

沈錦放下手中的小衣服說道：「讓岳文和甲四進來吧。」

「好。」安寧應了一聲，然後讓岳文和甲四兩個人進來，她去廚房端了大碗的熱湯來給兩人。

等他們兩個都喝下熱湯，沈錦才問道：「是出了什麼事情嗎？」

他們住的這個村子雖然偏僻，可是離京城並不算遠，真要打聽消息還是能打聽到不少的，特別是鎮上也有楚修明當初安排的探子，甲四和那邊的人聯絡上，探子也會送一些消息來，如果發生什麼事情，他們也好提前戒備。

甲四恭聲說了起來，短短一個月內，宮中已經死了兩位皇子，一個是病死一個是淹死，誠帝在早朝的時候忽然昏倒……

皇子的死是瞞不住的，可是誠帝暈倒的事情，怎麼也傳出來了？

甲四道：「京城已經傳遍，因為太后不在，如今又沒有太子，誠帝早朝暈倒後宮中也沒了主事的人，大臣、侍衛甚至宮女太監都知道了。」

沈錦輕輕撫著肚子，說道：「皇后呢？」

「沒有皇后的消息。」

沈錦抿了下唇說道：「讓人打聽下承恩公府最近有沒有什麼動作。」

「是。」甲四應了下來。

岳文愣了一下說道：「夫人懷疑宮中的那些事情是皇后動的手？」

「承恩公府如何得的爵位？」

這話一出，知道內情的人都明白了，當初誠帝能繼位，承恩公府在其中出了大力氣，這件事能做第一次，自然能做出第二次，更何況女婿是皇帝還是孫子是皇帝，根本不用考慮就知道哪一種對承恩公府更有利。

沈錦記得她離京的時候誠帝的身體還很好，宮中甚至還有妃子有孕，如此說來……恐怕京城要亂了，那麼是不是快可以見到夫君了？

沈錦抿了抿唇，微微垂眸看著自己的肚子，眼睛有些發熱，她想夫君、想東東了、更想母親。

「岳文你們最近多買一些糧食回來。」沈錦咬了咬唇，吐出一口氣才開口道：「還有藥材上也多備一些，能不能請個大夫來。」

甲四開口道：「夫人放心，已經聯絡好大夫。」那大夫也是楚修明安排的探子，絕對可靠。「而且那大夫的妻子也略通醫術，到時候也可以照顧夫人。」

沈錦聞言笑著說道：「好。」

岳文也開口道：「這兩日院中的地窖也快好了，到時候我和甲四多去弄點糧食來，放到下面，就算有事了也有個躲避的地方。」

沈錦應下來，幾個人都商量起來，要選些好儲藏的東西，除此之外還有大夫一家人住的地方也要收拾出來。

邊城之中，甲一並沒有見到楚修明，只見到楚修遠。聽完甲一的回報，楚修遠臉色大變。「嫂子有孕在身！」

甲一恭聲說道：「是。」

楚修遠站起身，有些焦躁地在屋中走來走去。「嫂子身體可好？」

「夫人身體並無大礙，大夫說靜養即可。」甲一開口道。

楚修遠面上一肅說道：「不行，要馬上派人去接嫂子回來。」

「二將軍。」甲一沈聲說道。

趙端也開口道：「二將軍不要衝動。」

甲一看向楚修遠說道：「二將軍，夫人在村中反而更加妥當，更何況夫人路上禁不起顛簸了。」

楚修遠的唇緊抿著並沒有說話，倒是趙端開口道：「二將軍，不如請瑞王妃和陳夫人來？」

趙端會這麼說，並非因為瑞王妃是他姊姊的緣故，而是趙儒曾經說過，若是真有拿不準主意的時候，就讓趙端去請教瑞王妃這個姊姊。其實趙儒一生最驕傲的反而是這個女兒，不管是才智還是心性都是極佳，可惜命不好。

楚修遠想到楚修明離開前說的話，點了點頭說道：「請瑞王、瑞王妃和陳夫人一併來吧。」

趙端趕緊派人去請，楚修遠看向甲一說道：「你把具體的情況說一遍。」

「是。」甲一恭恭敬敬地把從進京的路上到後來的事情都說了。

楚修遠抿了下唇說道：「原來太后出宮這麼急，還有這個原因。」原來皇后竟然對誠帝動手了。

甲一沒有開口，楚修遠問道：「知道太后現在……」

話還沒有問完，就見外面有人跑回來，正是剛剛趙端派去請人的小廝，小廝開口道：「二將軍，將軍他們回來了，已經到城門口，此時怕是已經進城了。」

楚修遠眼中露出驚喜，說道：「太好了。」

小廝問道：「那還請瑞王和瑞王妃前來嗎？」

「暫時不用。」楚修遠擺了擺手，直接往外走去。「我去接我哥。」

楚修遠是見過楚修曜的，可是那時候楚修遠年紀還小，所以當看著眼前這個頭髮都有些花白、呆呆傻傻又瘦骨嶙峋的人時，竟然沒有認出來。「這是你三哥。」

這話一出，楚修遠眼睛都紅了，男兒有淚不輕彈，只是未到傷心處，就算他那時候小，可還記得楚修曜在練武場拿著大刀揮舞的樣子。「三哥……」叫出的同時，再也忍不住落了淚。「三哥！」

楚修曜沒有任何的反應。

楚修明笑了下。「人回來就好。行了，回府再說。」

楚修遠使勁點頭，然後走在楚修曜的身側，用袖子蹭了下眼，擦去眼淚說道：「會好的，一定會把三哥治好的。」

楚修遠忽然想到沈錦的事情，說道：「對了哥，甲一送信來了。」

楚修明的腳步頓了一下，問道：「安頓好了嗎？」

「嗯。」楚修遠開口道：「只是嫂子有孕了。」話出口，就見在一旁的趙管事臉色變了變，這話……怎麼聽都不大對啊。

楚修明是信任沈錦的，並沒有往旁處想，只覺得心中抽著疼，自家小娘子有孕在身，還受了這麼多苦……

回到將軍府，楚修明先叫趙嬤嬤來，給楚修曜安排住的地方和伺候的人，不僅如此，還特地請大夫過府。

甲一不僅帶來沈錦的消息，還帶來沈錦親手寫的信。楚修遠把信交給楚修明，楚修明拆開看一遍後，就收起來。楚修遠道：「哥，你去接嫂子吧。」

楚修明開口道：「這段時間可遇到什麼為難的事情？」

楚修遠見楚修明不願意談，雖然心裡著急，可還是仔細把這段時間的事情說了一遍，楚修遠主要說的是在知道英王世子死後的一些安排，楚修明神色一直不變。楚修遠說完後有些惶惶不安，問道：「哥，我是哪裡安排得不對嗎？」

楚修明拍了拍楚修遠的肩膀說道：「很好。」

其實在楚修明離開前，他們就著幾種可能已經商量了大概的方式，其中自然有英王世子死後邊城需要的應對，這些安排上，雖然楚修遠還有欠缺，可是他能聽得進去別人的話，倒也沒什麼紕漏。

楚修遠開口道：「哥，你準備去接嫂子嗎？」

楚修明搖了搖頭道：「你嫂子讓我們等事成以後再去接她。」

楚修遠皺了皺眉頭說：「可是嫂子有孕在身，那邊的環境……」

楚修明開口道：「我有分寸。」

若是可能，楚修明也想馬上奔赴到沈錦的身邊，可是現在的情況，他過去反而會給沈錦帶來危險。

英王世子已死，這樣的情況下，現在待在那村中反而安全。若是英王世子沒死，那麼楚修明絕不會下如此的決定，定是要想盡辦法把沈錦接回來，因為英王世子是條瘋狗，如果他帶兵進京，沿途的村莊就要遭罪了。

楚修明看著手邊的信，沈錦的字其實很漂亮，不過比一般人的要更加圓潤一些。沈錦並沒有在信上寫她現在的藏身之處，這樣就算出了什麼意外，信落在旁人手裡，沈錦的安全也不會有問題。她倒是提了一下自己的現狀一切都好，讓楚修明不用急著找她，她會照顧自己和孩子一類的。楚修明粗略一數，信上提了他三次，提了東東五次，提了岳母四次，甚至提了小不點和雪兔們兩次，可是提了趙嬤嬤九次！

楚修明有些無奈，又覺得哭笑不得，他和東東加起來的次數都比不過趙嬤嬤，可見沈錦對離開邊城後每日用的飯菜多麼不滿意。

楚修遠還想再勸，卻又不知道怎麼說好，倒是楚修明說道：「我休息幾日，這段時間邊城的事務還交給你。」

「哥，你打算帶兵進京？」楚修遠愣了一下。

如果楚修明是帶人去接沈錦，那麼楚修遠是贊同的，可是從楚修明的話中，楚修遠覺得他準備進京，並不是去接沈錦，而是去冒險。根據現在掌握的情況，等誠帝一死，幼主繼位，英王世子那些人，沒有一個領頭的，怕是會亂起來，一部分人會投靠邊城，一部分人會投靠朝廷，還有人會擁兵自重或者繼續推英王世子的兒子出來。可是不管哪一種，對天啟百姓來說都不是一個好消息。

所以楚修明打算在亂起來之前，控制住大局，那麼秘密帶兵進京，在誠帝剛死幼主繼位，英王世子那邊的殘餘勢力還沒有整合前，把大局給定下來，楚修遠的身分也是該公開的時候了。

楚修明讓楚修遠繼續管理邊城的事情，就是有了再次離開的打算，楚修遠反應過來，沒等楚修明回答就說道：「哥，讓我去吧。」

「我和趙端一起進京。」楚修明沒有瞞著楚修遠的意思，他們兩個也是最合適的人選，更何況楚修明也想在事情塵埃落定後，馬上見到沈錦。「我哥和兩個孩子就交給你了。」

楚修遠忽然問道：「哥，你覺得我真的適合當皇帝嗎？」

楚修明看向楚修遠，問道：「為什麼這樣問？」

「除了太子嫡孫的身分，我覺得自己……」楚修遠有些不知道怎麼說好。

從小楚修遠就知道自己的身分，當時的他並沒有這些疑惑和懷疑。可是漸漸長大，親身經歷了這麼多的戰爭，看到的越多，知道的越多，經歷的越多，反而更多了幾分恍然。

楚修明教了很多東西給他，可是從來沒有人教導過，他如何能成為一個皇帝。

楚修遠不敢去想，如果他坐在皇位上，讓百姓失望了怎麼辦？讓那些死去的人失望了怎麼辦？讓楚修明失望了……怎麼辦？說到底，楚修遠也只是一個不滿十六歲的少年。

楚修明看著楚修遠，當初那個小不點也長大了，伸手摟住楚修遠的肩膀，開口道：「我相信你。」

楚修遠能想這些，楚修明心裡是安慰的，會害怕會惶恐就不會因為皇位而迷了眼睛。楚修遠愣了下，不知道為什麼，只是一句話，自從知道英王世子死後，就一直不安的心忽然平靜下來。

「我會當一個好皇帝的。」楚修遠沈聲說道。「哥，我會當一個好皇帝的！」楚修遠很想說，讓楚修明看著他，看著他成為一個好皇帝，可是他知道這樣說太自私了，特別是就算他說了，楚修明也不會答應，還不如不開口比較好。

楚修明拍了楚修遠頭一下。「這是應該的。」

楚修遠呵呵笑了起來。「不過哥，你答應過讓嫂子幫我找妻子的。」言下之意還是想要留一留楚修明。

「嗯。」楚修明對親人從來都是心軟的，當初和沈錦保證的五年，本就有等楚修遠適應皇位的時間，坐上皇位和坐穩皇位並不一樣。

第七十二章

村子中的沈錦還不知道楚修明將要來京城的消息，她被安怡扶著看外面的鬧劇。安寧擋在沈錦的面前，岳文和甲四也守在門口，就見兩個老人躺在他們院子門口，還有幾個人哭鬧不止。其實會如此也是因為前日岳文在河裡救了兩個落水的小孩，因為只是路過，所以救上來的時候已經晚了，而且只有岳文一個人，救孩子的時候難免有個先後，後救上來的那個孩子因為落水時間太長，沒有熬過去。

而先救上來的那個是孤兒，父親死了以後，母親改嫁，這孩子只有一個叔叔，可是叔叔也有孩子要養，根本管不了這個孩子，只是保證這個孩子不死罷了，而另外一個死去的孩子，家裡就這麼一個男孩。

到底為什麼落水，誰也不知道，而那個落水救回來的孩子一直昏迷沒有醒，因為沒有人願意管，就被岳文安置在院子裡面，此時這些人找上門，是要那個孩子賠命。

「孩子沒醒，誰也不能帶走他。」岳文沈聲說道。

「是你們！是你們一起害死我兒子的！」死去孩子的母親紅了眼睛，若不是顧忌著打不過，怕是都要衝上來廝打。「你們害死了我的兒子，你們和那個小雜種一起害死了我的兒子……」

岳文皺了皺眉頭，沒再說什麼，心中卻有些計較，絕對不能鬧到官府，或者把事情鬧大的，因為會給沈錦增添麻煩，可是讓他放著那個孩子不管，他也絕對做不到。

「十兩銀子。」沈錦忽然開口道。「這件事情到此為止，若是還不滿意，你們就躺著吧。」說完轉身就進屋了。

在牙行買個樣貌齊整的死契丫鬟或小廝，最多也不過二兩銀子，沈錦說十兩已經不少了，甚至這件事和沈錦毫無干係，若不是看在屋中昏迷不醒的孩子分上，沈錦甚至不會開口。

岳文狠狠瞪了眾人一眼，跟在沈錦她們身後進屋了，然後把門給緊緊關上。

屋子外面的男女對視了一眼，地上的老人哀嚎了幾聲，見確實沒有人出來，也不哭了，就被人扶起來，這天氣躺在地上也冷得慌，哭得眼睛都腫了的女人忽然說道：「孩子他爹咋辦？」

「十兩銀子。」剛剛還要死要活的老婦人，此時瞧著雖然瘦可是精神倒是不錯。「那麼多。」

男人也有些心動，兒子死了固然傷心，可是已經死了，之後再生就有，就算妻子不能生，有了十兩銀子，再買個媳婦也行。男人想著就看向父親，他父親卻說：「先回去。」

「行。」男人應了一聲，一家人也不鬧了，就回家了。

這個村子本來就窮，而這家人在這個村子裡算很窮的，可以說得上是家徒四壁，如果不是當初為了生個兒子，他們也不會窮到這個程度，連生了七個女兒才有了唯一的命根子。為了養大這個孫子，老漢直接把七個孫女都給賣了，如今他們家唯一的孫子死了，老漢也是傷心。

回去以後，男人就看向老漢問道：「爹，您說咋辦？」

老漢在門口踢了踢腳，把腳上的泥給弄掉，說道：「老婆子做飯去。」在這個家裡，如果要談正事的話，是沒有女人插嘴餘地的。男人的媳婦也不吭聲，和老婦人一起進廚房做飯了，她兒子的屍體還沒有下葬，就放在家裡的院子中，找了麻布蓋著。

老漢說道：「十兩太少。」

男人忽然反應過來說道：「對，他們那麼有錢，最少要給……要給一百兩！」

老漢點點頭。「這可是我家的獨苗，他們害死了娃子當然要賠錢，反正他們那麼有錢，一百兩根本不算什麼，你一會兒去多找些村裡的人……」

父子兩個越說越覺得如此，甚至覺得如果不是他們，自家的娃兒就不會死。

安怡輕輕給沈錦揉著有些腫脹的腿，安寧去照看一下那個昏迷的孩子，才回來說道：「二姊，那些人已經走了。」

「嗯。」沈錦應了一聲，問道：「孩子還沒醒嗎？」

安寧搖了搖頭說道：「還沒有。」

「讓中四明日下山把大夫提前請上來吧。」沈錦想了一下道，他們能做的都做了，能不能熬過來就要看這個孩子自己了。「村長還沒回來？」

「沒有。」說話的是安怡。「村長一家去走親戚了，最少還要十幾天才會回來吧。」

沈錦點了點頭沒再說什麼，安寧問道：「二姊，妳說他們拿了這十兩銀子會善罷甘休嗎？」

「不會。」沈錦微微垂眸，說道。「明天怕是還要鬧騰了。」

安怡雖然喜歡孩子，可是明顯沈錦更加重要，說道：「那不如讓甲四晚點走，畢竟雙拳難敵四手。」

「無礙的。」沈錦開口道。「明日就讓岳文出去，他們不願意要這十兩銀子，有得是人願意要。」

安怡愣了一下，反應過來說道：「是啊，這十兩銀子對這些人來說可不是小數，到時候誰把這些鬧事的人處理好了，讓他們不會再來打擾，就付給誰十兩銀子好了。」

「嗯。」沈錦不再為這家人費神，說道：「安怡，明日和岳文出去處理即可。」

「是。」安怡仔細思量了下，覺得還是不能把銀子都拿出來，先取出一貫錢來……

岳文此時也不大舒服，明明他只是救了人，又不是他把兩個孩子給推下水的，怎麼那些人就鬧個不停，若是因為他反而使得夫人動了胎氣，那他怎麼還有臉見將軍，這麼一想心中格外愧疚。

「二姊讓甲四明天提前把大夫一家請上山來，看看那孩子。」安寧進來後開口道。

岳文皺了皺眉頭說道：「怕是明日那些人還會鬧事，不如再等等？」

安寧開口道：「放心吧，二姊已經有辦法了。」

邊城中，大夫已經都請來給楚修曜診治，可是結果和上一個大夫相同，不過倒是有個老軍醫說道：「其實這種事情急不得，先把身體調理好才是正事，這些年虧損得厲害，人的頭最是神秘，說不定在熟悉的地方他會慢慢想起來的。」

楚修明也覺得老軍醫說得有道理，所以在將軍府的時候，就把楚修曜帶在身邊，此時他們正在趙嬤嬤特地佈置出來的房間，這個房間地上鋪著厚厚的褥子，上面還有毛茸茸的皮子，東東正抱著小不點玩。楚晨博有些小心翼翼地看著楚修曜，楚修明已經告訴他，這個人就是他的父親，不過生了很嚴重的病，如今都認不得人。楚晨博對父親的最後一點怨恨也隨著見到楚修曜的情況消失了，父親不是不要他，也不是不找他，而是病了，沒有辦法找他，父親現在連叔叔都不認識了。

楚晨博也在玩九連環，可是卻坐在離楚修曜比較近的地方，時不時地抬頭看看他，就算是和東東一起玩，隔一會兒也會扭頭看看楚修曜。楚修明雖然在一旁看著公文，可是也注意到他們的情況，東東玩了一會兒就爬到楚修明的身邊，然後自己坐進他的懷裡。

東東已經會走路了，可是在剛學走路的時候，明明走不穩，東東卻很喜歡自己走，甚至還蹬著腿想要跑，等能走穩了，卻又變得不喜歡走路，反而喜歡爬來爬去，弄得眾人也不知道說什麼好。楚修明索性招手讓楚晨博一起坐過來，楚修曜就在楚修明的身邊，楚晨博選擇坐在兩個人中間，小手偷偷去碰了碰楚修曜的手，只覺得楚修曜瘦得很厲害。

而楚修曜依舊是呆呆傻傻的，動也沒有動，楚晨博覺得有些安心，又有些失落，楚修明伸手揉了揉楚晨博的頭。因為楚晨博原來長大的環境，身上還有蝨子一類的，最後索性把他的頭髮都給剃光，如今頭髮又長出一些了，雖然還很短，但是瞧著已經不錯了。

楚修明抱著東東，然後拿著公文一個字一個字地讀起來，楚晨博也被吸引過來，他一直很羨慕那些有錢人家的孩子能認字，現在有機會了，自然不願意放過。

別人家的孩子啟蒙都用的《三字經》一類的，而楚修明直接給他們用公文，特別是東東還不滿兩歲，此時根本聽不懂，有時候只是跟著楚修明的話蹦出一個、兩個字。而楚晨博也格外吃力，他努力把讀音和公文上的字對照起來，楚修明雖然放慢了速度，可是卻沒有停下來的意思。

朝堂上，誠帝已經很久沒有來上早朝，現在大多事情都是朝中的丞相和幾位重臣一起處理，這是誠帝傳出來的旨意，還親自叫了這幾位到床邊，仔細交代許多事情，不過等他們處理完，還是要送到誠帝面前過目，其中就有承恩公。

如今的丞相是一個朝中的老臣，公認的老好人。

此時老好人一言不發地看著眾人在爭論，關於要不要出兵的事情下面已經吵了好幾天，一直沒有說話的老好人終於開口道：「就算要派兵，可是誰領兵？」他掃了眼下面的眾人。「誰又有能力一定能生擒打敗英王世子？」

雖然安怡他們都料到那戶人家不會甘休，可是誰也沒有想到會無恥到這般地步，直接把孩童的屍體搬到他們院子門口。如今天寒地凍，雖已經死了幾日，倒也沒有腐爛。可是見到了也絕不是會讓人開心的事情，特別是沈錦如今有孕在身，他們邊城的人雖然不迷信這些物事，可也是忌諱的。

沈錦還不知道這些，甲四本準備一大早下山去請大夫，岳文和安怡他們也起來幫著收拾東西，安寧守在沈錦的身邊。安怡在廚房準備東西好讓甲四帶著走，誰知道就聽見門口窸窸窣窣的聲音，雖然那些人故意壓低嗓子說話，可是岳文和甲四都是楚修明特意訓練出來的，這點動靜根本瞞不住他們。他們本來不動聲色想看看外面那些人要做什麼，可是聽見他們的討論，別說甲四就是岳文也忍不住了。

此時安怡正端著東西出來，看見兩人的神色扭曲，輕聲問道：「可是怎麼了？」

甲四指了指門口，安怡不再說話，靜下來聽了聽，她聽不清外面的人說什麼，可也聽見了動靜，甲四沈聲說道：「那些人把那孩子的屍體搬到院子門口，商量著要錢的事情。」

「欺人太甚！」安怡就算再好的脾氣此時也忍不住了。

岳文說道：「我去收拾他們。」

安怡冷聲道：「我看他們這段時間過得太舒服了。」

沈錦其實已經醒了，她的腿抽筋疼得難受。安寧就算在屋中，也聽見了院中的動靜，她心中思量怕是出了什麼事情，否則按照安怡他們的性子，在沈錦起身之前是不會說話的，因為他們都知道如今沈錦休息不易，哪裡捨得打擾了。

安寧扶著沈錦坐起來，想了一下說道：「二姊，好像出了什麼事情。」

「嗯？」沈錦揉了揉眉心，外面的天色還沒亮，她這胎懷得格外辛苦。

安寧去端了一直溫著的紅棗水來，沈錦端著喝了幾口，才覺得清醒一些。「妳去問問怎麼回事。」

「是。」

此時岳文正準備出去，聽見腳步聲停下來問道：「可是擾了夫人休息？」

「二姊讓問問是出了什麼事情。」安寧說道。

安怡見沈錦醒了，就先進廚房給沈錦準備吃食。岳文把事情大致說了一下，外面的人還不知道他們已經醒來，自以為隱密地商量著，院子中為了不打擾沈錦休息，除了廚房外，都沒有點燈。

安寧露出不悅的神色，還是點了點頭說道：「我先去問問二姊。」

安怡已經燒好熱水，拎著銅壺說道：「我與妳一道去。」

安寧幫忙端著銅盆，兩個人一起進去，甲四靠在樹上忽然說道：「真憋屈。」若不是為了夫人，這些跳梁小丑都算不得人，哪裡能在他們面前蹦躂。

岳文沈聲說道：「我們忍讓又不是怕了他們。」

甲四呵呵一笑，那看起來老實的臉竟多了幾分厲色。「說得也是。」他們護的可是夫人和小主人。

岳文說道：「行了，你去看看屋裡那小孩怎麼樣了。」

甲四點了點頭。「我再去給他搽搽身子。」說著就去廚房弄了烈酒。那小孩落水後一直發熱，甚至整個人都抽搐不止，沈錦作主弄了人參鬚來給他喝，每日岳文或甲四都用烈酒給孩子搽身，雖然因為救這個孩子給他們帶來不少麻煩，可是他們都不是遷怒的人。

進屋後，那小孩還沒有醒，甲四先去弄了炭盆，把屋裡弄得暖呼呼的，這才倒了烈酒在盆裡，開始給那孩子搽身，這孩子身上的溫度倒是降下來一些，只是人還沒有醒過來。

安寧和安怡進屋後，就把燈點上了，然後邊伺候沈錦梳洗，邊把外面的事情說了一遍，沈錦微微皺了皺眉頭，說道：「和岳文說，找村裡的人把那孩子的屍體抬回家，剩下的人全部吊起來吧。」

沈錦扶著安怡的手站起來，只是剛起來就皺了皺眉頭，肚中的孩子踢了她幾下，緩過來後，才輕輕撫了撫肚子說道：「安怡，我覺得我想岔了。」

「二妹為何這般說？」安怡有些疑惑地問道。

沈錦微微垂眸，說道：「我本以為躲在這般偏遠的地方更安生一些，可是如今想來……哪裡都不安生。」言下之意指的是村子的事情。

安怡皺了皺眉，沒有說什麼。

沈錦開口道：「說到底我身邊就你們四個人，就算每日防備著，又哪裡防備得過來。」

「二妹可是有別的辦法？」安怡猶豫地問道。

沈錦開口道：「我想不如搬到鎮上去。」

「這般太過冒險了吧。」安怡遲疑了一下說道。

沈錦微微垂眸，她何嘗不知道這些，選這個地方也是因為萬一有什麼事情，他們也可以到山裡避上一避。如今他們四個護著自己一人倒還可以，若是孩子生下來了呢？也可能是那個孩子的死，讓沈錦心中不安，她總覺得這個村子沒有她想像中那麼安全。

他們現在還好，若是等自己生產的時候，或者孩子生下來的時候，有絲毫的疏漏……沈錦不由得有些擔心。

安怡看見沈錦的神色也不好說什麼，沈錦聽著外面吵鬧的聲音，抿了抿唇。

甲四給那孩子搽完身，重新穿上衣服弄好被子，就出去幫岳文處理外面的人。這些人來的時候身上竟然帶了東西，甚至有一個還帶了菜刀，正是當初晚上想來偷東西被岳文收拾的人，除此還有扁擔什麼的。岳文根本不怕這些，他和安寧花了一些工夫就把人收拾了，甲四出來就和岳文一起把人給綁了，這番動靜惹了不少周圍的人家出來，但是沒有圍過來。

岳文開口道：「誰家願意把這孩子的屍體抬回他家，我給誰一貫錢。」

這話一出，沒多久就有幾個莊稼漢站出來，岳文選了兩個人，安寧取了兩貫錢交給他們，他們也不覺得晦氣，在別人羨慕的眼神中，抬著那孩子的屍體走了。

甲四說道：「岳哥，交給我。」

岳文點了點頭。因為那兩貫錢的緣故，使得剛剛村中怪異的氣氛緩和了許多。雖然不少人知道是怎麼回事，可說到底沈錦他們是外人，眼看著村子裡的人被這般收拾，他們心中不是沒有想法的。

可是岳文拿錢出來，他們又想到這些人住進村中的好處，經常出錢買不少東西，只要不招惹他們，也算好相處的，有時候遇到小孩了還會給些糕點。

安寧的聲音清脆，說道：「前日我家哥哥在回來的路上救了兩個落水的孩子，如今一個昏迷不醒，因為沒人願意管，就在我家，我家也給妥善照顧了，而另外一家的孩子沒有挺過去，我們也知道這家人傷心。」說著就指了指被綁起來的人。「昨日他們就來鬧事，非說是我家哥哥害死他的兒子，還要我們交出那個昏迷的孩子，說讓那孩子賠命。我家姊姊可憐他們喪子之痛，給他們十兩銀子，讓他們回家好生安葬了孩子，可是如今這人卻不依不饒，以後誰還敢救人？死的那個孩子是你們村的孩子，我們救的那個就不是你們村的人嗎？

「要我說，我家哥哥就不該冒險下水救人，那麼冷的水……當時看見兩個孩子落水的可不只我家哥哥一人，可是願意下水救人的就我家哥哥。」

安寧本就長得不錯，剛剛幾個男人都不是她的對手，此時扠腰一站還真有幾分氣勢。「要我說你們不救人也就算了，看看救人落到什麼下場。」

安寧紅了眼睛。「二哥，快把人都弄走，看著心煩。」說完就直接回院子裡了。

一進去後，安寧哪有落淚的樣子，直接去廚房看看燉著的補品，見已經燉好就端進屋中。

因為剛剛沈錦的話，安怡心中一直在思量，到底是村中更好一些還是去鎮上，若是真說起來，還是鎮上方便一些，而且這裡離京城近，鎮上的人大多也都是知禮好面子的。

安寧不知道這些，笑著說：「二姊，快用一些吧，我照妳昨日教我的說了一番。」

沈錦說道：「一會和甲四說，讓他去鎮上找處合適的院子，到時候我們搬到鎮上住。如果可以，就和那個大夫他們家離得近些，就說我們是投親戚的。」

安寧點了點頭。「二姊放心，我一會兒就去與甲四說，一定會安排妥當的。」

沈錦看向安怡說道：「你們這兩日把東西收拾收拾，該帶走的帶走，那些糧食什麼的就先不動了。」畢竟挖的地窖很隱蔽，若是真有什麼事情，這裡還可以當成退路。

既然決定要搬到鎮上，院子中就忙碌起來，那幾個人被掛在樹上，也沒人敢去把他們放下來。那個老婦人和死去孩子的母親一直央求，也沒有人搭理她們，倒不是他們不顧忌同村的情誼，而是這家人本身在村裡和別人的關係就不好。

而村中的人也得罪不起沈錦他們，免得被牽累了，再說這又不是第一次，上一次也是同樣情況，不過晚上就把人放了。

被掛在樹上的那些人，從開始的叫罵到哭求，直到最後連說話的力氣都沒有了，而老婦人和死去孩子的母親只能在樹下哭個不停。另外一個孩子的親戚一直都沒有露面，因為沈錦他們要離開了，不可能把孩子一個人留在院子裡，所以甲四和安怡無奈之下就找人問了那孩子親戚的住處，只不過等他們回來的時候臉色都不好看。

沈錦坐在炕上，看著安寧收拾東西，見到安怡回來就問道：「怎麼了？可是不願意接走孩子？」

若是願意管那孩子，也不至於會是現在這樣，所以沈錦讓安怡拿了點銀錢去，只說當孩子看病的錢，可是看安怡的樣子，沈錦就知道事情不順利。

安怡開口道：「那家人不願意養孩子，說孩子並不是他們家的。」

沈錦看向安怡，手輕輕撫著自己的肚子問道：「那孩子的母親呢？」

安怡也沒想到這孩子的身世是如此，怪不得叔叔一家不願意搭理，說道：「這孩子並不是他哥哥的，當初他嫂子一直沒有生養，家裡最後商量著從弟弟家過繼個孩子，誰知道他嫂子不樂意，說孩子大了都認父母，不願意給人養孩子。最後還回了娘家一段時間，回來後就抱回了這個孩子，只說是親戚家的。」

沈錦皺了皺眉頭。「那也不是孩子的錯。」

安怡點了點頭說道：「孩子他叔說家裡窮，實在不想管這個孩子，說把孩子送給我們家，是死是活他們都不管了。」

沈錦感覺到肚子裡的孩子踢了自己一腳，想了想說道：「既然如此，就去讓他寫個賣身契，該給的錢給了，這孩子以後有沒有出息，都和他們沒有關係了。」

倒不是沈錦以惡意猜測人，這種事情牽牽扯扯得不清不楚，反而不妥。

安怡點了點頭，當即寫了賣身契，然後交給甲四，讓甲四去辦這件事。沒多久甲四就回來了，還帶回那孩子的賣身契，沈錦看了看就讓人收起來。

等晚上的時候，甲四才把人從樹上放下來，那些人連動的力氣都沒有了，甲四沈聲警告了一番。本想休息前去看看救回來的孩子，推開門的時候，卻發現那孩子已經醒了，聽見動靜就扭頭看向門口，見到甲四，他有些迷茫也有些驚訝。

甲四看見孩子醒了挺高興的，趕緊過來摸摸他的頭說道：「終於退熱了，醒了就好。」說完還沒等那孩子有反應，就趕緊到外面叫來岳文。

岳文進來的時候，那孩子已經坐起來，不過是靠著牆的，他畢竟病了幾天，每日只能被灌一些米湯，渾身沒有力氣也是正常的，岳文過來看了看說道：「廚房正好還有麵條，叫四，一會兒端碗來給他吃。」說完就先離開，既然醒了，也就沒什麼事情了，他還要幫忙收拾東西。

甲四應了一聲，笑呵呵的樣子，哪裡還有剛剛陰沈的模樣。「你等等。」說完就去廚房，準備端麵。

安怡正在廚房忙活，見到甲四問道：「那孩子怎麼樣了？」

「醒了，不說話。」甲四說道。

安怡點頭，先盛了碗湯，說道：「你先給他喝點溫水，然後喝幾口湯，我來下麵。」

甲四點頭，就端著湯先出去。進去後，就看見那個孩子還是沒有動，甲四把湯放到一旁，先給他倒了杯水，心中感嘆還是女人細心，他只想著趕緊和岳文他們說一聲，倒是忘記先給這個孩子弄水喝了。

這孩子清醒了不少，雙手接過水，捧著喝了幾口才說道：「謝謝。」他的聲音有些啞，他本就黑瘦，病了這一場像是只剩下一把骨頭似的。

甲四開口道：「沒什麼。」

等這孩子喝完水，甲四就端了湯過來，直接餵這孩子吃，大概把事情說了一遍，那孩子開口道：「不是我推他的，是我看見他落水，想下去救他……村裡二牛他們都看見了，他們說結冰了想上去玩，可是就掉下去了……」孩子很著急地解釋。「真的不是我。」

「好了，不用急。」甲四安慰道。「我會去問的。」

安怡下好麵直接端過來，在門口聽見這孩子的話。這孩子像是傷了嗓子，聲音很難聽，說話的時候不自覺地皺著眉頭，怕是疼的，說道：「先不要說話了，我們已經知道是怎麼回事，你吃完麵再喝點藥，就繼續休息吧。」

甲四餵完了湯，就把碗放到一旁。安怡餵孩子吃麵條，柔聲說道：「放心吧，我們不是壞人。」

「我知道你們。」男孩其實沒什麼胃口，可是聞著這麵又很想吃，他已經很久沒有吃到這麼香的東西。「上次你們給我的白饅頭，裡面還有肉。」

不管是沈錦還是安怡她們都很喜歡小孩，見到了難免會給些吃的，說實話安怡已經不記得了，不過聽著男孩的話，笑了笑。麵並不多，畢竟這孩子剛醒也不適合吃太多東西，很快就吃完了，然後安怡說道：「再過一刻鐘，你去廚房給他端藥。」

安怡又檢查了下屋裡，見什麼都不缺才離開。

沈錦已經用過飯，正在屋中慢慢走動，見到安怡進來就笑道：「那孩子醒了，鬧了嗎？」

「倒是沒鬧，懂事得很。」安怡開口道，把那孩子說的話說了一遍。

沈錦皺了皺眉頭，說道：「那明日就把那幾個孩子都找出來問問好了。」

安怡點了點頭，她們其實並沒有收拾太多東西，到鎮上再買就是了。安寧把東西都打包好了，安怡重新檢查一遍，沈錦說道：「明日問問那孩子願不願意跟我們走。」

第七十三章

皇宮中，皇后正溫柔地給誠帝擦著汗，說道：「皇上，會沒事的。」

誠帝格外虛弱，甚至連藥都喝不進去，剛才就是把藥給吐出來，還弄了皇后一身，皇后也沒有嫌棄，只是把他照顧得更加仔細。誠帝心中難免感動，再想到其他的妃嬪，心中暗恨只等自己好了，定要那些人好看。

皇后重新餵完了藥後，才到一旁的屋中梳洗，玉竹伺候著皇后，小聲說道：「娘娘，七皇子死了。」

「哦？怎麼死的？」皇后面色如常，她只是把事情交代下去，如今自然多的是人願意替她辦事。

玉竹低聲說道：「昨日夜裡七皇子怕冷，就多要了幾個炭盆，宮人大意，忘記開窗戶了。」

「真是可惜了，厚葬吧，那些宮人伺候不周，全部處死。」

「是。」玉竹恭聲應下來。

「皇上身子不適，就不要拿這些事情煩他，免得讓皇上病情加重。」

皇后出去的時候，就看見有侍衛正在向誠帝稟報，前面說了什麼皇后沒有聽到，不過自然會有小太監一會兒來告訴她，她只聽見那個侍衛說已經找到了太后。

誠帝面色變得很難看，直接說道：「馬上派人去請太后回宮。」

等侍衛走了，皇后才回到皇帝身邊，溫柔地照顧起來。等誠帝睡著了，這才親自去換了熏香，微微垂眸，本想讓誠帝再多活段時間，讓父親他們準備妥當，如今卻等不得了。

邊城中，楚修明已經安排妥當，又選了五十人跟著他一起進京，邊城的事務也都交給楚修遠，而王總管和趙管事在一旁幫忙。楚修明很久沒有見過瑞王妃了，瑞王妃瞧著氣色紅潤，甚至比在京城還要好。

瑞王妃直接交給楚修明一份名單，上面寫著幾個人名，有宮中的也有外面的，說道：「這些人可用。」

楚修明接過看完，仔細記下來後，就交給趙端。趙端同樣記下來，就把紙給燒了，說道：「謝謝姊。」

雖然收拾完東西，可也不是說搬走就能搬走的，沈錦肚子大山路難走，東西都必須準備齊全，就連鎮上的住所都必須重新安排，這些都需要時間的。甲四還把大夫接上來一趟，仔細給沈錦診治一番，確定沈錦的身體能撐得住山路的顛簸。

大夫摸了摸鬍子，有些猶豫地說：「夫人此胎懷的怕是雙生子。」

「什麼？」

大夫點了點頭，說道：「當初夫人在鎮上的時候，因為月分尚淺，在下也沒能察覺出來，此次卻可以確定了。」

「那為何肚子還這麼小？」沈錦有些擔憂地問道，現在和當初懷東東的時候差不多，若是兩個孩子的話，難道不該更大一些嗎？

安怡在旁邊也是緊張，她雖然略懂醫術，可到底比不得正經的大夫，平時照顧沈錦足夠，也能把出滑脈，可是雙生子這般的脈象，她並沒有把出來。

大夫其實也是許久後才確定的，雖然是兩個孩子，可是其中一個怕是過於虛弱。「還是等夫人下山，讓我妻給夫人好好診察一番。」

沈錦咬了咬唇，問道：「大夫，孩子們可有……可有問題？」

大夫只說道：「等到了鎮上，讓我娘子給夫人好好檢查一下比較好。」

沈錦知道此時再問也問不出什麼來，抿唇說：「那山路會影響嗎？」

「在下會與岳文好好交代一番的。」說到底還是會有些影響，但是沈錦這般留在村中也不合適，到時候他再去請專門的大夫來看看，畢竟他更專精的是外傷。

「我知道了。」沈錦不再說什麼，微微垂眸看著自己的肚子。

大夫去找岳文仔細交代一番後，又給那個孩子看了看，開了一些藥，在村中休息一夜後，就被甲四送下山了。他在鎮上已經待了多年，回去後有意無意和人說起了和沈錦商量好的身世。

從救了孩子到現在，沈錦還是第一次看見這個孩子，可是瞧著就覺得挺喜歡的，招了招手讓那孩子過來，開口道：「若是再胖些就好了。」

安寧聞言笑道：「再養養就好了。」

沈錦點頭，讓那孩子坐下後，又把紅棗糕遞給他，這才說道：「我們這幾日就要去下面的鎮上，怕是不回來了，你要不要跟著我們一起去？」

那孩子看向沈錦，很安靜的樣子，沈錦瞧這孩子最多四、五歲的樣子，不過剛剛遞給他紅棗糕的時候，已經看出他的手上有很多繭子和傷口。「要不就跟著我們一起走，要不我們給你留些東西，再給你安排個地方？」

「我跟你們走。」孩子張口說道，他養了幾日，聲音已經好了許多，帶著幾分孩子特有的清亮。

沈錦抱著肚子看向孩子的眼神很柔和，問道：「對了，你叫什麼？」甲四和岳文都是個粗心的，一直沒有問這孩子叫什麼，直接小孩小孩的叫。

「汪強。」那孩子開口道。「夫人再給我取個名字吧。」

沈錦也知道了這個孩子在村中過的日子，就算是他養父沒死的時候，那日子也不好過，畢竟不是親生的，又沒有絲毫血緣關係，那男人也不會上心。

「也好。」沈錦的手輕輕撫著肚子，仔細思索起來，讓這個孩子跟著自己姓並不合適，而楚？也不合適。如此一來沈錦也有些為難了，想了想說道：「既然是岳文救了你，你就跟著姓岳吧，岳青雲。」

「岳青雲……」男孩唸了唸這個名字說道：「好，我以後就叫岳青雲了。」

沈錦笑著說道：「安寧，把岳文叫進來吧。」

「是。」安寧應下來後，就把外面的岳文叫進來。

沈錦看向岳文說道：「因為是你救了這個孩子，索性讓孩子跟著你姓了。」

岳文點了點頭說道：「好。」

沈錦開口道：「岳文，你一會兒陪著他回原來住的地方收拾下東西吧。」

岳青雲趕緊說道：「我自己去就可以。」

「讓岳文陪你去，安全些。」沈錦柔聲道，那些人家奈何不了沈錦他們，可是保不準不會為難這個孩子，還有死了孩子的那家人。所以沈錦才讓岳文陪著他，也算是保護他。

事情安排妥當後，沈錦就繼續動手做小衣服，當初只做給一個孩子，如今知道是雙生子，自然要再多做一套出來。

等沈錦他們全部弄好搬去鎮上的時候，已經快過年了。岳青雲跟著他們一起走，本來說讓他也一併坐驢車的，可是這孩子逞強，非要跟著安寧他們一起走，最後還是被岳文強制抱上驢車，陪沈錦坐著，這才老實了。

因為驢車小，坐了沈錦和岳青雲後也就沒地方了，再多人驢子也會拉不動，所以安怡他們都是跟著走，岳文則是牽著驢子。

甲四透過那位大夫在鎮上租的院子離大夫家很近，收拾得也不錯，他們到的時候，裡面不僅做好了飯菜，還燒好了熱水，都是大夫的妻子弄的。

楚修明和趙端帶著人上路，因為要避人耳目，眾人都是散開走的，其中甲一跟在楚修明身邊，楚修明騎在馬上忽然問道：「村子裡都有什麼吃的？」

甲一微微垂眸，說道：「村子裡雖然窮了一些，可是挨著林子，岳哥他們經常去打一些野味，還有……」

楚修明聽得格外仔細，絲毫不覺得厭煩。

甲一本就不是多話的人，說得也都是乾巴巴的，等說完沈錦喜歡鎮上的一家蜜餞後，就開口道：「將軍，不如我們先去看看夫人？」

楚修明聞言，眼神閃了閃，到底放心不下，點頭說道：「也好。」到時候先把趙嬤嬤做的那些肉脯給自家小娘子，想來小娘子也想吃了。

沈錦第二天早上是被餓醒的，安怡在錢嬸子的帶領下，已經給周圍的鄰居打過招呼，每戶人家也都送了錢嬸子準備好的糕點。岳文和甲四到街上採買東西，安寧守在沈錦的身邊，見到沈錦醒來，就去打水伺候沈錦梳洗。岳青雲那孩子也懂事，起得很早，就要打掃院子，最後被岳文拎著一起出門。

錢嬸子和安怡回來後，就給沈錦做了個詳細的檢查，不僅是把脈，還讓沈錦把衣服脫了，仔細看了看沈錦的肚子，確定了沈錦懷的是雙生子，如此一來這孩子的出生時間怕是要提前了。

沈錦因為幼時的經歷，最會察言觀色，所以在安怡和安寧因為雙生子而高興的時候，沈錦也察覺到錢嬸子的猶豫和擔憂。

個。

「錢嬸子，可是有什麼不妥？」沈錦並沒有繞彎子，直接問道。

安寧臉上的喜悅一下子僵住，看向錢嬸子，安怡也是滿臉的緊張，沈錦倒是最平靜的一個。

錢嬸子猶豫了一下說道：「雖是雙生子，可……怕是其中一個孩子太弱了，幾乎感覺不到存在。」

沈錦面色一白，手下意識地護住自己的肚子。「我知道了，錢嬸子盡力就是了，若是真有什麼，也不怪你們。」

這話一出口，沈錦只覺得心裡揪著疼，不自覺紅了眼睛，可強忍著沒有落淚。錢嬸子聞言心中鬆了一口氣，她並不知道沈錦到底是什麼身分，可是也看出了丈夫對沈錦這幾個人的重視，說道：「那這段時間夫人的伙食一類都交給我安排，還有作息之類的。」

沈錦點頭說道：「好，讓安怡幫妳打下手。」

錢嬸子應下來，當即就下去準備了。

屋中就剩下沈錦和安寧，安寧再也忍不住哭了出來。「夫人，我們給將軍送信吧。」

沈錦招了招手，讓安寧坐到她的身邊，開口道：「就算送信過去，夫君再過來，也來不及了呢。」這話不假，從送消息到邊城，就算楚修明接到消息馬上趕過來，來回也要一個月以上的時間，再加上大雪封路，最少要兩個多月，那時候孩子怕都要出生了。

這一刻安寧恨死了誠帝和英王世子，也怨恨上瑞王，若不是瑞王，夫人也不用冒險入京為質。在邊城的話，就算是雙生子，有將軍和趙嬤嬤他們的照顧，定不會有事的。

除了誠帝他們，安寧還滿心的悔恨，若是她再用心些，照顧夫人細緻一些就好了。

沈錦伸手握住安寧的手，開口道：「放心吧，會沒事的。」

「夫人……」安寧咬著唇。

沈錦嘴角微微上揚，她握著安寧的手放在自己的肚子上。「不會有事的。」

「一定不會有事的。」安寧開口道。

「嗯，因為他們是夫君和我的孩子。」沈錦笑得眼睛彎彎的。

安寧使勁點頭說道：「奴婢聽說這附近山上有間廟很靈驗，奴婢明日就去上香替夫人祈福。」

沈錦應下來。「替我多捐點香油錢。」

「嗯。」安寧開口道，正好感覺到沈錦肚中的孩子動了一下，安寧吸了吸鼻子，也不知道是說給自己還是說給沈錦聽的。「一定會沒事的。」

第二天安寧並沒有馬上去廟裡祈福，也不知道聽誰說的，花了五天時間來茹素，然後沐浴更衣，格外的虔誠，而且到了當天，還是徒步走去的。

當鎮上下起大雪的時候，也到了臘八，安怡她們早早就熬起臘八粥，雖然沒有邊城中的精細，味道也不差，還給周圍的鄰居送去不少，別人家也送來自家煮的，倒是一片其樂融融的樣子。

沈錦在眾人眼中是個被休棄的，所以不出門這點也不會讓人覺得奇怪，而且有錢孀子的面子在，安怡他們幾個又會做人，鄰里間的關係倒是不錯。

一間小客棧內，滿臉鬍子的楚修明看起來多了幾分落魄，一進來就坐在角落裡，點了不少東西，和甲一埋頭吃將起來。他的動作沒有一絲優雅，看起來帶著幾分粗魯和灑脫，就算是認識楚修明的人，恐怕也認不出他來。住在這裡的大多是走南闖北的商人，低聲說起了邊城、英王世子和誠帝之間的事情。

「聽說為了讓誠帝安心，永甯侯夫人都進京為質了。」其中一個微胖的商人說道。

「嘖，不過瑞王和瑞王妃雙雙失蹤了，這永甯侯夫人在京城的日子怕也不好過。」

另外一個穿著短打的人冷笑道：「永甯侯鎮守邊疆這麼久，瞧這一件件事情做的，也不怕寒了人心。」

「小心點，話不能亂說，免得惹禍上身。」這人也是好意提醒。

甲一也裝作好奇問道：「最近怎麼沒聽到那邊有什麼消息。」甲一手指了一下英王世子那邊的方向。

「對啊，我最近也沒聽說。」

「我前段時間從那邊過，那裡戒備嚴了不少，最後還扣了我半車的貨，呸，不僅要收什麼城門費、過路費，每次檢查貨物那些人手腳都不乾不淨的，走這一趟再加上上下疏通的錢財，根本賺不到什麼。」

「不僅是你，我有個兄弟都改道了，現在開始去閩中那邊，自從永甯侯帶人剿匪後，那邊安全了不少，還有不少海貨，倒是賺了一筆，不過也嚴得很，根本不讓不熟的商隊進城。」

「聽說閩中現在是瑞王世子管理，還和英王世子那邊發生了不少衝突。」

「不說了不說了。」清醒的人趕緊打斷，說道：「我們再喝幾杯就各自休息吧。」

「對，這次的貨賣完，也能過個好年了。」

甲一陪著眾人喝了酒，楚修明不知何時已經離開，甲一上樓到他們訂的房間，確定沒有人偷聽，才壓低聲音說道：「將軍，怕是那些人已經懷疑英王世子是不是出事了。」

楚修明並不覺得詫異，英王世子失蹤這麼久，一點消息都沒有，那些人沒有懷疑才讓人奇怪。

甲一說道：「將軍，外面的雪有點大，明日要不要休息一下再趕路？」

楚修明點了下頭，心中估算著他到京城的時間，若是不出意外，是能趕上沈錦生產的，到時候他想陪在沈錦的身邊，看著他們的孩子出生。只是怕不能陪沈錦過年了。

這雪連下了數日，等雪停了以後，他們也沒辦法馬上上路，要等天氣轉暖一些，起碼等路上的冰化了。而趙端他們那邊同樣遇到了麻煩，趙端也果斷地帶人投宿在客棧。

趙端他們整天窩著，等著雪停，雖然出發前都預計到有雪，可是誰也沒想到會下得這麼大。趙端嘆了口氣，看著呼出來的白煙，怕是有的地方要受災了，看朝廷現在的情況，也不能及時賑災，還不知道有多少百姓要受苦。

雖然這麼想，可是趙端也明白，他們能做的有限，等楚修遠登基，趙端相信那時候天啟會重新富足起來的。

這個年天啟的百姓注定要過得不安生，在大年三十的時候，整個京城戒嚴，弄得人心惶惶根本沒心思過年。沈錦住的這個鎮子離京城較近，也受了影響，小販們都不敢做生意，就連酒樓茶館這類的店家都關門了。

錢大夫和錢嬸子已經搬到他們這個院子來住，他們兩人的兒女都已經成家，女兒嫁到外地，兒子也在成年後，被錢大夫安排去外面自己闖蕩，醫館裡也就錢大夫收的幾個學徒，過年也都給他們放了假。

沈錦在知道京城戒嚴後，就趕緊讓錢嬸子和安怡買來不少肉食，等喪鐘敲了，市面上就買不到一點肉了。

對誠帝可能沒了這件事，沈錦其實並沒什麼感覺。

安怡隱隱猜到一些，可是也沒敢確定，安寧倒是沒這麼多想法，埋頭吃了起來，還要照顧沈錦。家裡燉了一隻雞，沈錦不愛吃雞肉，就喜歡啃雞翅膀，所以安寧就把兩支雞翅膀都挾給沈錦。錢嬸子和岳青雲一人一隻雞腿，雞胸脯的肉先給安怡一大塊，剩下的再給岳文、甲四和錢大夫各一份。

岳文看著心疼，把自己的那塊雞肉分給安寧。

錢嬸子被逗笑了，說道：「這雞腿安寧吃吧。」說著就要把自己碗中的挾給安寧。

安寧說道：「錢嬸子妳吃吧，我不缺這些，就愛啃一些沒肉的。」

安怡也笑道：「錢嬸子，我和安寧分著吃就夠了。」說著挾了不少肉給安寧。

沈錦看著岳青雲，養了這段時間，他胖了不少，小臉也白淨許多，身上穿著錢嬸子給做的新棉襖，看著又精神又秀氣。沈錦瞧著格外合眼緣，喜歡得很，給他挾了一筷子紅燒肉。

岳青雲初來的時候，不管做什麼事情都小心翼翼的，就算吃飯也不敢過多地挾菜，別人盛多少他就吃多少，就算吃不飽也不敢說，弄得錢嬸子格外心疼，如今已經好許多。

當第一聲喪鐘敲響的時候，他們已經用完飯，眾人站在院子裡面，看著皇宮的方向。沈錦聽敲了九下後，就一手扶著腰，一邊讓安寧扶著往屋中走去，皇帝駕崩是要鳴鐘八十一下的。安怡去端了溫水來，裡面放了艾草，是錢大夫交代的，讓沈錦沒事用艾草多泡泡腳，對身體有好處。

就算沈錦有時忘記了，安怡和安寧也不會忘的。安寧和錢嬸子學了怎麼給沈錦按腳，就坐在小圓墩上慢慢給沈錦按著，說道：「二姊，妳別難過。」雖然她覺得誠帝死的好，可是想到誠帝也是沈錦的親戚，這才小聲安慰著。

沈錦聞言笑了一下。「我並不是在想那位的事情，而是那位走得突然，也不知道夫君他們提前做好準備沒有，英王世子那邊還不知要出什麼么蛾子呢。」

只是沈錦不知道，此時的楚修明和甲一就在離這個鎮子不遠的村子裡——

楚修明和甲一借住在一個農戶家中，聽著喪鐘的聲音眼睛瞇了一下，甲一低聲問道：「將軍，明日要不要先去鎮上休整一番？」

「不用。」若沒有聽見喪鐘，楚修明可能會選擇去鎮上買些東西梳洗修整一下，再上山去找沈錦。可是如今他要抓緊時間，若是去了鎮上耽誤時間，就不能多陪沈錦一會兒了。

甲一也不再勸，只說道：「這村中的土雞我瞧著不錯，明日不如買一些帶上山。」

楚修明聞言點了點頭，說道：「嗯，還有這些臘腸燻肉，到時候也多買一些。」

皇宮中，皇后哭得格外傷心，承恩公強忍著心中的激動和興奮，跪倒在誠帝的床邊，哭嚎道：「皇上啊……皇上，您怎麼就這麼去了啊……皇上您再睜開眼看看啊……」

皇后所出的皇子也哭個不停，使勁地喊父皇，他年紀雖然不大，心中卻明白。茹陽公主用沾了薑汁的帕子給弟弟擦了擦眼睛，弟弟哭得更加傷心了。

茹陽公主也哭個不停，一邊哭還一邊小聲安慰著弟弟，承恩公哭了一會兒就擦淚說道：「國不可一日無君，皇后娘娘，不知道皇上可留下遺詔？」

皇后擦了擦淚，從床邊拿出一個盒子，說道：「皇上彌留之際，讓李公公拿了這份遺詔給我。」

李福站在角落處，此時見眾人看向他，才走出來說道：「皇上這兩日感覺身體不適，就提前立下了遺詔。」

丞相聞言說道：「為何此時我們誰也不知？」

承恩公開口道：「皇上也是為了以防萬一，才在前兩日召我入宮，寫下這份遺詔。」

丞相眼睛瞇了下問道：「不知可否讓下官一瞧？」

皇后看向了承恩公，承恩公厲聲說道：「史俞，你莫非想抗旨不遵，皇上可是屍骨未寒啊！」

史俞正是如今的丞相，不管是皇后還是承恩公都沒有想到首先發難的竟然是這個有名的老好人，史俞開口道：「下官不敢，只是此乃關係江山社稷，下官斗膽請聖旨一看。」

承恩公看向皇后，皇后微微垂眸說道：「父親，就給史丞相看吧。」這個遺詔是承恩公寫的，皇后和李福勾結，弄了玉璽蓋上，自然不怕人檢查，再說了，他們還有後續的準備，若是這些人不識相……

史俞接過聖旨仔細看了以後，眼神閃了閃，態度恭敬地還給李福，說道：「下官失禮了。」然後又站在一旁不說話了，剩下的人見此也不吭聲了，心中卻是不安，若是永嘉三十七年的事情重演就不好了。不過……他們更擔心的是至今沒有消息的瑞王，而非眼前這個小皇子。

第七十四章

天剛亮，楚修明和甲一就帶著採買的東西匆匆往沈錦所在的村子趕去，馬暫時養在這個村子裡，讓人照看著。甲一知道路，兩個人都有武功，就算揹了不少東西，走得也很快，一路上幾乎沒有休息，傍晚就到達沈錦當初暫時棲身的院子。可是看著院子外面叢生的雜草，還有已經壞掉的門，門鎖像是被人硬生生弄壞就扔在地上，楚修明顧不得別的，直接推門進去了。

院子裡面很亂，甚至還有碎掉的碗和罈子，楚修明把整個院子轉了一圈，裡面連整齊的桌椅板凳都沒有了。楚修明面色變了又變，甚至手都是抖的，看得在一旁的甲一心驚膽戰，夫人他們出了什麼事情，這院子怎麼變成這樣？

楚修明深吸了幾口氣，到底沒有忍住，一腳踹到院子裡的樹幹上，就見那樹晃了晃，發出噼哩啪啦的聲音，足有一人粗的樹竟生生被楚修明一腳踹倒，樹壓壞了圍牆。「去把村長給我抓來。」

聲音帶著濃濃的寒意，上一次甲一聽見這般語氣是在邊城被圍的時候，而那次……血流成河。

甲一根本不敢有絲毫的耽擱，他是待過村中的，自然知道村長住在哪裡。村子裡沒有秘密，他們也知道村中來了人，還直接去了當初那戶外來人住的院子，更何況動靜那麼大，就連院牆都被樹給壓塌了。

那院子發生過什麼事情，村民們都知道，不過當時村長不在，他們多一事不如少一事，沒人會冒險為陌生人出頭。再加上村民多多少少也搬走了東西，如今村中誰家沒有幾樣從那院子裡搬來的東西，不說大件，就是個碗啊勺的可沒少拿。

所以當看著甲一直接架著村長朝那院子去的時候，不少村民想了想，都關緊了自家大門，村長家的人則哭天喊地跟在後面跑。

此時的楚修明已經冷靜下來了，他仔細檢查過院子，這裡面並無血跡和打鬥過的痕跡，而且楚修明還發現了那個地窖，地窖完好無損，裡面的東西擺放得很整齊，想來他們是自己離開的。

楚修明雖然推斷出這般的結論，可是到底關係到自家小娘子，還要仔細問一問。村長來的時候，就看見站在院子中間的那個男人，男人滿臉鬍子看不清長相，一身粗布的衣服，可是不知為何村長竟出了一身冷汗，嚥了嚥口水，這才把眼神移到那棵倒了的樹上。

楚修明看向村長，村長臉色慘白，就連腿腳都打哆嗦了，而村長家的人也都追到了門口，村長夫人剛準備放聲大哭，甲一直接把人給打暈。村長的兒子和兒媳也都是識相的，趕緊扶著村長夫人，楚修明這才微微移開看向村長的目光，甲一冷聲說道：「村長，我記得這是我家院子，剛剛住沒多久的院子。」

村長使勁點頭，甲一哼了一聲，指了指院子，不再說什麼，讓村長自己看。村長不敢不從，可是一看，心中暗罵怪不得人家如此生氣，村中那些人實在太過分了，就連窗戶都給弄走了，整個院子破敗得可以。「這真的不關我的事情，前幾日我帶著家小陪婆娘回娘家了。」

楚修明沈聲說道：「村長不覺得自己走得太過巧合了？」

村長心中一顫。

甲一開口道：「聽說村長的小兒子該娶媳婦了，不知道村長家住得下住不下。」

這話一出，村長晃了晃，直接坐倒在地上，就連村長的大兒子和大兒媳婦心中也是一顫。其實他們會選那個時候去，正是因為知道村中有些人的德行，他在能壓得住，他不在的話，那些人都是不知天高地厚的。當初他就想買這個院子給小兒子當新房，可是那家人要的價錢太高，誰承想沈錦他們橫插一手。若不是沈錦剛來的時候，就弄了一個大棒加紅棗，恐怕連那麼一點休養的清閒都沒有了。

後來還是兒子出了主意，只說村長他們一家不在，按照村中有些閒漢的性子，就算懼怕也難免會找些事，他們不過仗著沈錦這些人不敢殺人而已，打傷了？打傷了還要賠錢。而且看沈錦一家富貴的樣子，怕是受不住這些閒氣，到時候搬走了，那院子不就是他們的了嗎？

村長心中一想也是，就帶著一家人走親戚去了。誰承想這些人太過了些，等村長一家得到消息回來時，這院子已經被弄得亂七八糟，什麼都沒有了。不過房子倒還是好的，村長一家本準備過了年再找人修整一番，小兒子娶妻就可以搬進來了，如今……

說到底還是沈錦他們太嫩了點，沒有和這般人打過交道，所以猜不出這些小心思。楚修明剛剛會如此問，不過是因為知道一個村子中村長的重要，就算是探親戚，也不可能是全家都跟著離開。

而甲一在楚修明開口後，就想到了村長家的情況，說到底村長的一句話被楚修明抓住了線索。

楚修明看向村長，直接問道：「這家人呢？」

「聽說是搬走了。」村長開口道。「搬哪裡了我真的不知道啊。」

楚修明看向甲一說：「去打聽下你走後的情況。」有銀子楚修明不相信撬不開那些人的嘴，不行的話可以多打聽幾個人。

甲一此時也壓著一肚子的火氣，更不敢觸霉頭，趕緊出去打聽消息了。

村長一家數次想開口，卻沒有機會說，光楚修明的眼神就讓他們動彈不得，他們只覺得渾身發冷，就好像脖子上架著把刀般，村長甚至覺得，若是他稍微動一下，惹了眼前人不高興，小命都保不住了。

只要稍微想想自家小娘子是被逼得無奈搬走，楚修明就覺得心裡揪著疼，恨不得把所有讓小娘子受委屈的人給斬盡殺絕。可是楚修明知道不行，不是做不到，而是明白這般做，反而會讓自家娘子難受。

甲一回來後，低聲把事情說了一遍，楚修明心中感嘆，小娘子還是太過心軟了。

楚修明微微垂眸，點了點頭沒再說什麼，只是又看了一眼這個院子，拎起買來準備給自家娘子用的東西，轉身就往山下鎮上走去。自家娘子有孕在身，按月分算已經不淺了，怕是走不遠，而這附近環境好些的也就那個鎮子，更何況那個鎮上還有他當初安插的探子在，其中就有大夫。

甲一也拎起東西跟在楚修明的身後，低聲問道：「將軍，要不要小的……」

「不是時候。」楚修明明白甲一的意思，可是在楚修明心中此時更重要的是去見沈錦，旁的……楚修明眼神暗了暗，他從不是什麼良善之人，有恩必報有仇必究才是楚修明信奉的，讓小娘子受過氣的人，一個都跑不掉。

楚修明和甲一走到的時候，天已經微微亮了。因為走的是夜路，所以兩個人都慢了不少，此時鎮子的門還沒開。因為誠帝的喪事，這邊一點過年的氣氛都沒有，那些紅燈籠一類的全都被取掉，就連婦人的首飾都換成了素色和銀飾。

可就算如此，日子還是照樣過，皇宮的事情畢竟離百姓太遙遠了。此時鎮子門口還等著不少人，有的擔著菜，有的等著進鎮子去買東西。

等楚修明和甲一進鎮子後，兩個人就直接去錢大夫的家中，卻被鄰居告知錢大夫的親戚來了，錢大夫帶著夫人去親戚家住，還順便把親戚的遭遇說了一遍，譴責了一番負心漢，甲一都不敢去看楚修明的臉色。問清了路以後，只說是錢大夫的兒子託他們給家裡送封信報平安的，問清楚住處後，楚修明和甲一就朝離這裡不遠的院子走去。

此時的沈錦已經醒了，不過還沒有起來罷了，因為外面冷，她又因為有孕的緣故晚上睡不著，所以此時有些懶散。

當敲門聲響起時，安寧正服侍沈錦穿衣服。因為肚子太大了，冬季穿得又多，使得沈錦看起來有些笨拙。

腳步聲是朝著這邊走的，而且聽起來不像是一個人，安寧皺了皺眉頭，給沈錦穿好鞋子站起身。「安怡，來的是誰？」

外面卻沒有安怡的回答，安寧緊抿著唇，帶著幾分戒備，倒是沈錦拍了拍安寧的肩膀說道：「岳文他們都在家。」

話還沒有說完，就聽見門被推開的聲音，然後有人再次打開這邊的房門，掀開了棉布簾。看著站在門口的人，沈錦愣了一下，眼睛瞬間紅了，抖著唇叫道：「夫君……」

楚修明快步向前，安寧還沒認出眼前的人是誰，就聽見沈錦的呼喚，然後不敢相信地看著大鬍子的男人，這是將軍？夫人到底怎麼一眼就認出來的！不過安寧也反應過來，怪不得外面一點聲音也沒有，安寧悄悄退了下去，還仔細把門給關上，隱隱聽見裡面將軍的聲音。

「我身上有寒氣，先別過來。」

沈錦滿心的委屈，坐在一旁淚眼汪汪看著楚修明。楚修明在炭盆旁邊烤了許久，去了滿身的寒氣才走過去，小心翼翼把人圈在懷裡。因為頂著個大肚子，沈錦沒辦法整個人窩進楚修明的懷裡。

楚修明環著沈錦坐回床上，摟著人低頭親了下沈錦的額頭。「我來晚了。」

沈錦再也忍不住，哭了起來，拉著楚修明的手放在她的大肚子上。「夫君，寶寶……」

楚修明聞言整個人頓了一下，手竟然有些顫抖，下頷一緊。「不怕，我在。」

「夫君，你身上好臭……」沈錦哭個不停。

「嗯。」楚修明親吻著沈錦的髮，她的頭髮並不像在邊城的時候那樣綰起，而是編成了辮子，簡簡單單束在後面。

沈錦也不知道是哭累，還是因為楚修明在安心了，沒多久竟然在楚修明懷裡睡著了，甚至連早飯都沒有用。楚修明幫沈錦脫去衣服，然後把被子蓋好，可以讓她睡得更加舒服。沈錦眼睛一直沒有睜開，睡得迷迷糊糊，卻還記得抓著楚修明的手。

等沈錦睡熟了，楚修明才抽出自己的手，悄無聲息地走出去，讓安寧進去伺候，自己去找錢大夫問了沈錦的情況。當知道沈錦肚中是雙生子的時候，楚修明眉頭皺了起來，雙生子是好，可是懷孕時候的負擔也大，再加上沈錦哭的時候說得不清不楚的。「孩子可是有什麼問題？」

錢大夫點了點頭說道：「怕是有個孩子保不住。」這話當著沈錦的面他是不敢說的。原本剛出生的孩子就體弱需要仔細養著，可是如今幾乎感覺不到另外一個孩子的存在，只能說在孕中的時候，有個孩子就先天不足。

楚修明拳頭握緊，問道：「那夫人呢？」

「夫人需要好好養著，最好坐足雙月。」錢大夫恭聲說道。

楚修明閉了閉眼，再睜開的時候已經強迫自己平靜下來。「夫人無事就好。」

楚修明抿著唇，仍舊吩咐道：「萬一夫人發動的時候我不在，不管夫人說什麼，都不用聽，保住夫人即可。」他願意為孩子付出一切，可是不能為了孩子而犧牲沈錦。

錢大夫面色一肅，說道：「是。」

楚修明沒再說什麼，起身離開錢大夫這裡。岳文他們已經備好熱水，他要去梳洗一番，然後再去陪自家娘子。

沈錦並沒有睡多久，醒來的時候就看見已經換了一身衣服的楚修明坐在她的身邊，正拿著她隨手放在桌上的遊記看著。她剛睜開眼，楚修明就已經放下了書，然後扶著她坐起來，問道：「可是餓了？」

「想你了呢。」沈錦嬌聲說道，她還想和楚修明說說話。

楚修明眼神柔和，笑了一下道：「我從邊城給妳帶了吃食，等……」

「忽然有些餓了。」沈錦眼睛一亮說道：「夫君，可有趙嬤嬤做的蜜汁肉脯？」

「……有。」楚修明忽然覺得自己好像說錯了什麼。

因為是給沈錦吃的，從最開始的片肉醃製到最後的烤製都是趙嬤嬤一手做的，雖然有段時日沒有給沈錦做過飯，可是仍舊很合沈錦的胃口，熬得軟糯的米粥配著肉脯和醃菜，沈錦足足用了兩碗，臉上的神色格外的滿足。

楚修明也吃了不少，安怡還切了滷肉，這些東西都是偷偷吃的，如今外面的肉鋪一類的店家都關門不做生意了，多虧家裡存下不少。

用完了飯，沈錦就抱著大肚子，讓楚修明陪著她到院子裡散步。錢嬸子也見到了楚修明，並不知道他就是永甯侯，可是看到他對沈錦的態度，心中隱約猜到一些。錢嬸子和錢大夫夫妻幾十年，如何會一點都不知道錢大夫在給外面傳遞消息，幫人做事是假的。不過錢嬸子並沒追問，甚至有時候還會幫著錢大夫掩護。

沈錦見到錢嬸子就露出笑容，她一直都是個喜歡笑的，可是錢嬸子覺得今日的沈錦好像笑起來更好看一些，多了朝氣。錢嬸子笑著點點頭，就去一旁幫忙了，沈錦小聲說道：「錢嬸子做的酸菜魚可好吃了。」

沈錦期待地看著楚修明，她饞魚肉很久了，可惜挑魚刺的那個人不在身邊。楚修明笑著點了點沈錦的額頭，說道：「還想吃什麼？」

沈錦想了一會兒，說道：「一時想不起來呢。」

「那想起來再與我說。」楚修明開口道。

沈錦應了一聲，低頭看著自己的肚子，問道：「夫君什麼時候離開？」

楚修明握著沈錦的手，一起輕輕放在她的肚子上說道：「再過兩日。」

沈錦咬了咬唇，小聲問道：「寶寶們出生的時候你會在嗎？」

「會。」楚修明低頭吻了吻沈錦的髮，說道：「我會陪著妳和寶寶們的。」

這樣的情況，楚修明怎麼會讓沈錦自己一個人，若是真到了保大還是保小的時候，這個決定還是讓他來做，以後的愧疚難受都讓他來背負就好。「我問過錢大夫，大致發動的時間，到時候我會提前趕回來陪在妳身邊。」

沈錦點了點頭，沒有再說這些事情，而是把這段時間甲四他們打聽到的事情與楚修明說了，楚修明忽然說道：「對了，英王世子死了。」

「啊？」沈錦疑惑地看向楚修明。「怎麼死的？」

楚修明把英王世子的事情說了一遍，沈錦皺了皺眉頭問道：「三哥和他的孩子都怎麼樣了？」

「我出來的時候，三哥情況仍不大好。」和滿臉大鬍子不同的是，楚修明的聲音很溫柔，扶著沈錦往屋中走去。錢大夫說讓沈錦每日適當地走動，卻也不能走動得太過，免得對身體的負擔大。「不過有大夫給他調理身體，孩子也很懂事，和東東在一起玩得很好。」

楚修明發現，沈錦竟然都沒有問東東的事情，怕是心中內疚。果然提到東東後，沈錦的眼睛又紅了。「東東怎麼樣了？」

「東東很好。」楚修明低頭親了下沈錦的額頭，安撫道：「他很想妳，已經會清清楚楚地叫母親了，有安平和趙嬤嬤照顧著，長胖了不少。」

沈錦咬了咬唇說道：「多與我說說東東的事情吧。」

楚修明應了一聲，和沈錦說起東東的事情。

晚上的時候，沈錦也吃到了心心念念的酸菜魚，這次倒是眾人一起用飯的。有楚修明在，沈錦自然吃得舒暢，楚修明會先把魚肉放在自己面前的碟子中，挑出刺後，再給沈錦挾過去。楚修明還拿了東東寫的信給沈錦看，其實東東這麼點大哪裡會寫字，不過是按了不少小手印，雖然都是黑乎乎的一團，可是沈錦還是仔細收了起來。

晚上的時候，楚修明自然是陪沈錦休息，沈錦半靠在楚修明的懷裡，聽著楚修明講著如今的情勢，她抿了抿唇問道：「夫君要私下和那些人接觸嗎？」

「嗯。」楚修明安撫道：「無須擔心，已經有人開始與那些大臣接觸了，最後選了可信的，我去見見即可。」

沈錦點了點頭，其實有些事情她聽不大懂，畢竟朝廷上的事務，她知道的不多，接觸的也不多，可是她知道就算楚修明說得輕鬆，其中還是很危險的。

楚修明知道自家娘子一向聰慧，開口道：「史俞是我的人。」

「那是誰？」沈錦疑惑地看向楚修明。

楚修明在沈錦耳邊說道：「就是如今的丞相。」

沈錦滿臉驚訝，瞪圓了眼睛，扭頭看向楚修明，楚修明捏了捏沈錦的臉，說道：「沒有人知道，他本來就是先太子的人，本想下放幾年後，歷練一下，等太子登基了，再召回來的。」後來就出事了。史俞性格有些軟弱，可也是個有成算的，就裝成老好人的形象，誰也沒有想到最後他竟然當上了丞相。

沈錦抓著楚修明的手說道：「你答應我要回來陪我一起等孩子出生的。」

「嗯。」楚修明輕輕撫著沈錦的肚子，這裡面有他的兩個孩子。

因為楚修明在身邊，沈錦很快就睡著了，晚上腿疼的時候，稍微一動楚修明就會起來幫她揉，這一覺睡得倒是很舒服。可是楚修明卻一夜沒有睡，因為他看見睡夢中的沈錦哭了，還一直說著對不起。

楚修明沒有叫醒沈錦，也沒有吭聲，只是輕柔地撫著她的後背，直到沈錦安靜下來重新入睡。

第二天醒來時，楚修明也沒有說出這件事情，只是陪著沈錦說話，看沈錦給孩子做的小衣服。沈錦還給東東做了幾件，不過要等回去才能給東東穿，楚修明還和沈錦說了陳側妃的事情。

「修遠還說要妳記得給他找媳婦的事情。」楚修明開口道。

沈錦想了想，問道：「夫君，這樣好嗎？」

楚修遠的身分特殊，她幫楚修遠找媳婦，會不會給楚修明帶來麻煩？等楚修遠繼位，楚修明的位置就有些尷尬了，如果楚修遠成為皇帝，十年、二十年還好說，長久了會不會心中也忌諱楚修明功高震主？

楚修明一下就聽明白沈錦的意思。「無礙的。等修遠坐穩了皇位，我就辭官，到時候帶妳和孩子們遊山玩水去。」

沈錦眼睛亮亮的，臉上是止不住的笑容，使勁點了點頭說道：「好。」

「給修遠找媳婦的事情也不用急，等事成之後再說。」楚修明會讓沈錦接下這件事，其中自有關心楚修遠的原因，可是也有給沈錦撐腰的意思，到時候只要楚修遠放出這個意思，整個京城誰還敢給自家娘子氣受？

雖然楚修明自己會護著沈錦，可是到底有楚修明接觸不到的部分。沈錦雖然不愛整日與人交際，可是也不好成天待在府中。楚修遠若登基的話，到時需要楚修明忙的事情很多，楚修明也想多些人陪著沈錦，那些人不管真心實意，到時都要捧著沈錦，讓沈錦開心。

沈錦還不知道楚修明已經想到以後的事情，和楚修明隨意聊著，楚修明只能在這裡陪她幾日，所以她格外珍惜這幾天的時間，兩個人時時刻刻都要在一起。

楚修明離開時天還沒有亮，沈錦因為心中有事，楚修明一動她就醒了，可是她並沒有睜眼，就害怕看見楚修明，忍不住哭著讓楚修明留下來。可是就算如此，淚水還是順著眼角不斷流下，楚修明看得心疼，卻也沒有拆穿自家小娘子，只是出門前走到床邊，低頭吻去她眼角的淚。「等我。」

第七十五章

因為楚修明的離開，弄得安怡他們對待沈錦更多了幾分小心翼翼的態度。楚修明這次沒有帶走甲一，而是把岳文給帶走，甲一和甲四留在沈錦的身邊。

和錢嬸子他們擔心的不同，沈錦沒有因為楚修明的離開而難過，她醒來後根本沒有問楚修明的事情，反而和楚修明來之前一個樣子。

如今新帝還沒有登基，閩中瑞王世子沈軒就足夠承恩公他們忙得暈頭轉向了。沈軒一邊接手英王世子那邊投靠過來的人馬，一邊卻打著清君側、除妖后的名義，開始兵變了。而且沈軒並不是沒有絲毫證據，他手握皇后毒殺誠帝的證據，弄得京城中人心惶惶。

因為沈軒那邊的證據，就算皇后和承恩公說再多，不少世家心中都知道怎麼回事。雖說有自己的心思，要保全自家的榮耀和地位，可是他們也知道一個道理，國破家何在，天啟好了，他們這些世家自然水漲船高；若是天啟不好了……

其實這些人都不相信瑞王世子是純粹要替誠帝報仇，怕也是圖謀皇位，不過這也說得過去，除了還剩下的皇后所出的皇子外，也就是沈軒兄弟兩個了。

皇后看著丞相等人，厲聲問道：「有皇上的遺詔在，為何不讓我兒登基，不讓皇上下葬？」

史俞沒什麼精神也沒什麼主見的樣子，倒是兵部尚書沈聲說道：「回皇后的話，太后正在回京的路上，等太后回京也好主持大局。」

「你們是想造反嗎？」皇后氣急敗壞地怒斥道。

茹陽公主扶著皇后，並沒說話，而皇后所出之子沈智年紀小，按捺不住脾氣地說道：「你們怎敢如此！等我登基定不輕饒你們。」

這話一出，本還有些猶豫的人都微微垂眸，史俞眼神閃了閃，終是開口道：「殿下恕罪。」雖然這麼說，可是一點惶恐的意思都沒有，想來今日後，不少游移不定的人，都會下定決心了。

沈智本就被皇后養得驕縱，如今知道自己馬上就是皇帝，哪裡還有絲毫顧忌，直接拿了手邊的茶杯朝史俞頭上砸去。小孩子的力氣雖然不大，可是那茶杯正好砸在史俞的頭上，兵部尚書趕緊扶著他，這才沒讓他倒下。

史俞被砸得可謂極其狼狽，滿臉茶水，還有茶葉落在官服上。史俞雖然是個老好人，可仍是天啟的丞相，就算是誠帝在的時候，也沒敢如此對待丞相，而且他們都不覺得史俞做錯了什麼。

承恩公雖然因為外孫馬上要坐上皇位得意，也因為這些人的阻礙而心中不悅，可到底沒有糊塗到家，給皇后使了個眼色。皇后並沒有把史俞放在眼裡，她這般的態度也影響了兒子，皇后說道：「丞相莫要見怪，智兒年幼，也是心疼其父皇如今都不得入土為安。」

史俞抿了抿唇說道：「容臣先行告退。」說完理都沒理皇后的話，轉身就走人。

兵部尚書也開口道：「臣先行告退。」

「放肆！」沈智怒斥道。「狗奴才！你們敢這般目中無人，等我……」

皇后伸手捂住沈智的嘴，可是那一句「狗奴才」讓還留下的禮部尚書等人面色都變了。他們是科舉出身，文人最重的就是風骨，禮部尚書等人也直接告辭離開。一時間屋中就剩下皇后、沈智、茹陽公主和承恩公。

承恩公皺了皺眉頭說道：「皇后還是勸勸殿下，收收脾氣，等登基了再處置那些人也來得及。」

皇后也知道剛剛兒子說錯話了，說道：「父親，一會兒我備些禮，您幫我給丞相他們送去吧。」

承恩公點了點頭說道：「嗯。」

沈智可不覺得自己做錯了，直接問道：「外祖父，我到底什麼時候能登基？」

承恩公說道：「殿下，這幾日不如到大行皇帝（注）……」

「我不去。」沈智直接說道。「那邊陰森森的。」

皇后伸手摟著兒子，其實她也不願意去誠帝的靈堂，若是可以她早就想把誠帝的屍體移到皇陵下葬了。那皇陵在誠帝剛登基沒多久就開始修建，如今已經完工了，只要把誠帝的屍體抬進去就可以，可是所有朝臣都不同意，要等太后回來主持大局。

太后已經找到了，更知道是皇后在香中加毒，使得誠帝中毒而死，若說絲毫不傷心是不可能的。可是太后現在更重視自己的性命，根本不可能回來，儀仗雖然回宮，可是太后暗中

注：大行皇帝，中國封建帝制時代對皇帝死後且諡號未確立之前的稱呼。

已經往閩中那邊去找沈軒，所以一時半會兒根本不會回來。

出了皇宮，史俞微微嘆了口氣。宮中的事情不是什麼秘密，史俞回府沒多久，該知道的人都知道了，一時間游移不定的人，都有了選擇。

楚修明此時正在史俞府中，對外只說是給家裡晚輩請的師傅，書房中史俞把事情說了一遍後，就見楚修明微微皺著眉頭沒有吭聲，史俞問道：「怕是晚些時候，就該有人來了。」

「嗯。」楚修明點了點頭。「沈智也算幫了我們的忙。大人，不如今日就開始閉門養病，不見外客。」

史俞問道：「那朝堂上的事情……」

楚修明看向史俞說道：「不急，因為急的不會是我們。」

史俞想了一下，點頭應下來，沒再說什麼。

楚修明看向史俞滿頭的白髮，開口道：「這些年苦了大人了。」

聽到楚修明的話，史俞哈哈笑了一下，然後正色道：「都是為了天啟，為了天啟的百姓。」

邊城中楚修遠看著席雲景送來的消息，趙管事開口道：「二將軍，不得不防。」

席雲景只說最近沈軒小動作很多，暗中與英王世子的殘餘勢力多次見面，還以為能瞞天過海，卻不知他的一舉一動都被席雲景的人監視著。

王總管也是面色一沈，說道：「二將軍，莫要養虎為患。」

楚修遠思索了一下說：「我知道了。」

王總管還想再說，卻被趙管事阻止了。

楚修遠抿了下唇說道：「我去瑞王那邊一趟。」

趙管事也知道瑞王妃是個聰明人，並不詫異楚修遠的決定，王總管想了想也沒有說什麼。

楚修遠讓人給瑞王那邊送消息後，當天下午就過去了。瑞王和瑞王妃都在府中，瑞王看向楚修遠，他知道楚修遠的身分後，對楚修遠也多了幾分親近和照看的意味，甚至經常拉着楚修遠說先太子的事情，楚修遠也沒有絲毫不耐。可是瑞王卻不大知道楚修遠生父的情況，畢竟那時候楚修遠的生父年紀還小。

客套了一番後，瑞王妃就直接問道：「可是出了什麼事情？」

瑞王坐在一旁看著楚修遠。「你儘管說就是了。」

楚修遠在來之前就想好了，直接把英王世子已死，還有沈軒最近的動作與瑞王和瑞王妃說了。瑞王還沒反應過來，就見瑞王妃面色一肅，直言道：「我兒糊塗了。」

瑞王看向瑞王妃，有些詫異卻又有些明白了。楚修遠並沒有說什麼，瑞王妃直接說道：「閩中的事情不如讓沈熙去，我也許久沒有見過軒兒，心中想念，而且軒兒的年紀也該娶妻了。」

楚修遠看向瑞王妃，點頭說道：「也好。」

瑞王妃抿唇一笑，看向瑞王，說道：「王爺不如給軒兒寫封信吧。」

「喔。」瑞王說道：「我知道了。」

瑞王妃開口道：「就說我身體不適，讓軒兒回來一趟。」

楚修遠心中對瑞王妃也是敬佩的，沒想到瑞王妃會如此當機立斷，不過也確實保住了沈軒。沈熙在趙端身邊許久，怕是比沈軒要看得清楚多了，還有席雲景在，到了閩中也不會出什麼差錯。

瑞王點了點頭，當即去寫了信。

瑞王妃也寫了一封，然後交給楚修遠，說道：「還要麻煩修遠給軒兒送去。」除此之外，瑞王妃還叫了兩個侍衛來，當著楚修遠的面交代。「到時候好好護送世子回來。」

沈軒接到信的時候，心中也是有掙扎的，甚至連手下剛收攏的人都多有勸阻，可是送信的人是沈熙和瑞王的親信，信上確實又是瑞王和瑞王妃的字跡，所以沈軒還是決定跟著人回去，把這邊的事情暫時交給沈熙。

沈熙看著沈軒，心中很是複雜，他是被人從戰場上叫回來的，那時候他剛帶兵清理了一個五百多人的蠻族部落，身上還帶著血和傷。可就算這般，沈熙也是滿腔豪氣，覺得以往在京中的日子簡直是浪費時間，可是偏偏被叫回來，去處理他哥那邊弄的爛攤子，若不是沈軒是他親哥，怕是沈熙都不願意來這一趟。

沈軒還是因為接手的人是親弟弟，所以放心了不少，等晚上只剩下他們兄弟的時候，沈軒就拉著沈熙交代許多事情。

沈熙聽得出了滿身的冷汗。楚修遠他們也是個念舊情的，這才提前與母妃說了，讓他過來，想到出發前母妃的話，沈熙微微垂眸說道：「哥，你真覺得父王能坐上那個位置？」

「為何不能？」沈軒壓低聲音問道：「除了父王外，還有誰有資格？」

沈熙問道：「哥，你覺得姊夫會幫我們？」

「難不成他還想造反？」沈軒沈聲說道：「這天下可是我沈家的。」

沈熙皺了皺眉頭，想勸解什麼到底沒有說，不過晚上就寫了一封信，讓侍衛秘密交給瑞王妃。

沈軒收拾了東西，又把手上的勢力交給沈熙後，就跟著人走了。沈軒剛離開時，沈熙直接把沈軒身邊的軍師和英王世子那邊投靠來的人，當著所有人的面把那些背後誘導沈軒做出這般事情的人一一杖斃了，再有席雲景提供的名單，一個都沒有落下。

而且沈熙還發現沈軒竟然在外面置了宅子養起外室。沈熙也是個狠得下心的，直接叫了大夫給那些外室和沈軒養著的女人把脈，還真發現了兩個有孕的。沈熙也沒讓人通知沈軒，按照瑞王妃的意思，全部灌下墮胎藥。

沈熙的手段乾淨利索，雖然血腥了一些，可是也把沈軒留下的後患清理得一乾二淨。其實沈熙恨透了這些人，他哥人不差，就是沒有主見，缺少了一些歷練。來到閩中後，明面上他是閩中這邊最大的，又是瑞王世子，眾人都捧著他、順著他，漸漸地就把他的心給養大了。再加上英王世子那些殘餘勢力為了自己的小心思，不斷蠱惑著沈軒，沈軒心裡也覺得自己有資格爭一爭那個位置，他並不是什麼壞人，只不過沒看清自己和局勢罷了。

而且沈熙知道母親的手段，想著把沈軒交給母親就沒問題，所以在處理完這些事情後，沈熙果然把所有權力扔給席雲景，自己就到軍營練兵去了。這邊的軍營自然有楚修明安排的人來管理，沈熙進去後也沒有爭權奪位的意思，就是跟著人一起訓練，然後主動請命，帶著人去給英王世子的殘餘勢力添亂了。

沒有扯後腿的沈軒，席雲景更加得心應手，還讓沈熙把矛頭直指承恩公府，還提起當初先帝和先太子的死，如此一來京城中的氣氛更加緊張，特別是皇后和承恩公府的人。

年已經過去，可是街上依舊不熱鬧。皇帝駕崩，所有人都要服喪一年，這邊離京城近，格外注意一些，所以街上也見不到什麼鮮亮的顏色，青樓楚館那般的地方也不敢再光明正大地開門了。沈錦如今七個多月的身孕，可是瞧著卻像要生了一般，每日到院子裡散步的時候，安怡和安寧都要扶著，十分地注意。

不過如今在鎮上買東西有些困難，還是甲一和甲四輪流著到遠一些的村子去買來的。豬肉這類的都沒有了，買的多是雞鴨魚這些，前幾日還買了幾條泥鰍，這東西雖然難看了一些，可是最滋補了。錢嬤子他們在廚房弄好後，根本沒有告訴沈錦是什麼，就哄著沈錦吃了。

其實錢嬤子擔心得有些多餘了，泥鰍這樣的食材在邊城早就吃過，當初去互市的時候，奇奇怪怪的東西更多。

在知道楚修明會陪她生產後，沈錦雖然還會擔心孩子的事情，可是也輕鬆了不少。錢嬤子他們一直以為發動的日子會提前，估計約在八、九個月的時候，大概就會生產，可是誰知道肚中的兩個孩子都是慢性子，一點也不著急。

楚修明在花朝節的前一天趕回來，因為沈智這個對手的襄助，比楚修明預想的還要順利一些。

有楚修明在，沈錦的笑容燦爛許多，安怡和安寧也輕鬆了不少，沈錦的事情被楚修明一手包辦了。

楚修明低頭用鬍子蹭了蹭沈錦白嫩的臉，弄得沈錦抱著肚子縮著脖子，一邊躲一邊笑個不停。楚修明也有分寸，並沒有鬧得太過，拿著杯子餵沈錦幾口棗茶後問道：「可是想問什麼？」

「沒什麼想問的。」

楚修明說道：「無須擔心。」

「你什麼時候回邊城？」沈錦忽然問道。

楚修明眼神閃了閃，帶著幾分愧疚道：「怕是不能陪妳坐完月子了。」

沈錦咬了咬唇，她不是那種無理取鬧的人。楚修明已經派岳文回去，如今的情況就算楚修明不說，沈錦也知道其中的緊張，楚修明能留下來陪她生完孩子，她已經滿足了。

楚修明本想說什麼，可是忽然響起敲門聲，他就扶著沈錦坐好後過去開門，外面是端著盆子的安怡和拎著銅壺的安寧，安寧恭聲說道：「將軍，書房有人找。」

「嗯。」楚修明應了一聲，讓安怡和安寧把東西端進來後說道：「安怡，去準備點飯菜送過去即可，我一會兒就去。」

「是。」安怡也沒有多問，就行禮後退下去了。

安寧本想伺候著沈錦用艾草泡腳，卻被楚修明阻止了。「妳先出去，一會兒再進來陪夫人。」

「是。」自從楚修明來後，幫沈錦泡腳按腳的都是楚修明，安寧到外面守著。

沈錦開口道：「讓安寧來就好了，不是有人找你嗎？」

楚修明親手給沈錦脫了鞋襪，讓她把腳放到水裡，水有些燙，可並非不能忍受，沈錦動了動腳趾頭看著楚修明，楚修明彎腰給沈錦洗腳，說道：「不礙事的，應該是趙端來了，一會兒妳先睡，我和他商量完就回來。」

泡夠了錢大夫說的時間，楚修明才把她的腳放在腿上，用布細細擦乾，再換上新的襪子，依次弄好後，就扶著沈錦在床上躺好。

楚修明叫了安寧進來收拾，自己到一旁的銅盆裡淨了手，看向沈錦說道：「別看太久的書，早點睡知道嗎？」

沈錦皺了皺鼻子，說道：「知道呢。」

楚修明等安寧回來，又和安寧交代幾句，這才離開。

安寧笑著拿起沒做好的針線，坐在沈錦床邊的圓墩上，說道：「將軍也是怕夫人晚上看書多了，傷了眼呢。」

沈錦自然知道，抱著肚子動了動，給自己換了個舒服的姿勢。「我已經與夫君說了妳和岳文的事情，夫君說最多一年就幫你們把婚事辦了。」

安寧臉一下就紅了，說道：「就算嫁人了，我也要在夫人身邊伺候。」

自從楚修明來了，安寧和安怡她們就不再稱呼沈錦那個偽裝的身分了，沈錦也沒有勉強，畢竟這兩個人都是楚修明一手調教出來的，心中對楚修明還是懼怕的，這並非什麼壞事。

沈錦抿唇笑道：「那可不行，到時候安寧就是官夫人了，怎麼還能在我身邊伺候呢。」

來的人正是趙端，趙端也是喬裝打扮過的，雖不如楚修明那般滿臉鬍子，可是看著皮膚黝黑，腳上還穿著帶補丁的布鞋，根本不像個讀書人的樣子。此時趙端正捧著一大碗雞湯麵吃得香，他一直在外奔波，整日都吃素，吃得他眼睛都快綠了。

楚修明到的時候，趙端正喝完最後一口湯，然後舒服地吐出一口氣說道：「感覺活過來了。」

楚修明正在翻看趙端帶回來的信件，頭也不抬地說道：「要不要再來點？」

趙端想了想說道：「不用了。」捧著茶杯慢慢喝起來。「這些都是那些人的投名狀。」

楚修明點了點頭，把所有的都看一遍，將這些信分成三份，最左邊的那份最少，僅有三份，中間的那摞多一些，而右邊的有五、六份。

趙端淨手後走過去，看了看說道：「右邊的有問題？」

楚修明應了一聲。「不敢確定。」

「那左邊的呢？」趙端問道。

楚修明眼神暗了暗，開口道：「當初出賣先太子的人。」

趙端面色一肅，楚修明冷笑道：「當初誠帝能這麼順利，也多虧這三家人，不過他們做得隱蔽，查這麼多年才查出來的。」

趙端皺眉說道：「處理掉嗎？」

楚修明開口道：「還不是時候。」

趙端拿起右邊的那三份仔細看了看，把人都記下來後說道：「中間的呢？」

「暫時可信。」楚修明沈思了一下說道。

趙端挑出幾份說道：「可是這幾個人有些搖擺不定。」

楚修明看向趙端。「因為他們還不知道楚修遠。」

趙端愣了一下就明白過來，這些人不過是對瑞王信不過。趙端點了點頭，把人都記下來。兩個人把接下來的安排說了一下，等正事商量完，天已經朦朦亮了。趙端直接在這邊休息，而楚修明回到房內，看了眼床上的沈錦，如今晚上他們誰也不敢留沈錦一個人，免得有些事情也發現不了。所以楚修明不在，安寧就在一旁的軟榻上休息一下。

見到楚修明，安寧就行禮先下去了。

楚修明脫了衣服剛上床，沈錦就翻身蹭到他的懷裡，楚修明輕輕撫著沈錦的後背，柔聲問道：「怎麼醒了？」

沈錦並沒有睜開眼睛，明顯睏得很，小聲說道：「有些餓了。」

楚修明給沈錦掖了掖被子說道：「我去給妳煮兩個雞蛋好不好？」

沈錦想了想，點頭說道：「要紅糖的。」

楚修明應下來，直接翻身下床。此時錢嬤子她們已經醒了，安怡正在廚房準備早飯，見到楚修明就問道：「夫人可是要用什麼？」

「我來就好。」楚修明也是會做飯的，再說只是簡單的糖水蛋，想了想煮了六個雞蛋，然後盛到大碗裡端著回屋。

安怡等楚修明離開後，才重新忙碌起來，錢嬤子進來的時候，安怡已經把粥給熬上了。回到房間時，沈錦正抱著被子坐在床上，楚修明先把碗放到一旁，然後端著水伺候沈錦漱口後，才坐在床上餵沈錦吃東西。沈錦迷迷糊糊的，靠在楚修明的身上，眼睛都閉了起來，只是東西餵到嘴邊就張口吃掉，等吃了兩個雞蛋後，就不再吃了。楚修明把剩下的都吃掉，他把碗放到一邊，見沈錦微微皺著眉頭，問道：「可是不舒服？」

沈錦點了點頭，說道：「肚子有些疼，也不算很疼。」

楚修明面色一肅，伸手去摸了摸沈錦的頭。「我去叫錢大夫來。」

沈錦抓著楚修明的手剛想說什麼，就感覺到一股暖流……眼睛猛地睜圓了，然後看向楚修明說道：「叫錢嬤子，抱我去產房。」

楚修明也明白過來，顧不得別的，用被子將沈錦包起來，朝著外面跑去。聽見動靜，甲一和甲四明白過來，一人趕緊去叫廚房的安怡和錢嬤子，一人去叫正在後院弄藥材的錢大夫。

安怡正在擇菜，聽完甲一的話就看向錢嬸子，錢嬸子在一旁淨手後說道：「你留下來燒水，我和安怡去看看。」

「是。」甲一點頭，開始去打水燒水了。

安怡扶著錢嬸子快步朝產房走去，安寧本就住在這裡，裡面的東西也都是收拾齊全的，楚修明將沈錦放在床上，說道：「別怕。」

安寧趕緊多弄了幾個炭盆，沈錦點了點頭，肚子只是一抽一抽地疼，說道：「我不怕。」

楚修明應了一聲，給沈錦擦了擦汗，伸手握著沈錦說道：「我在這裡陪妳。」

沈錦剛想點頭，可是想到生東東時的樣子，開口道：「不行，你到外面等。」

楚修明看著沈錦的眼神，也顧不得已經過來的錢嬸子她們，低頭在沈錦的額頭親了一口說道：「好，我就在外面。」

沈錦這才點頭，楚修明坐在沈錦的身邊，讓沈錦枕在他的腿上說道：「等一會兒我再出去。」

「好。」沈錦這會兒已經不疼了，整個人也精神了不少。

錢嬸子來問了幾句，又仔細給沈錦檢查一番，然後錢大夫也來把了脈。「怕是還要等會兒呢，現在先用些東西，免得一會兒沒有力氣了。」

沈錦想了想也是，她連早飯都還沒有吃，此時沈錦根本忘記剛用了兩個糖水蛋的事情，安怡笑著說道：「夫人想吃什麼與我說，我這就去弄。」

面。

「酸麵葉。」沈錦期待地看向安怡，她忽然很想吃這種酸酸辣辣的東西。

楚修明揉了揉沈錦的頭，安怡應下來，趕緊去準備了。

現在的疼是一陣一陣的，吃完東西後，楚修明就被沈錦趕出去，站在產房的門口看著裡面。

錢大夫已經準備好藥材，此時安慰道：「將軍放心吧。」

楚修明點點頭，錢大夫想了想說道：「夫人一定會沒事的。」孩子卻不敢保證了。

「嗯。」楚修明微微垂眸，看著自己的手指動了動，然後說道：「甲一，你去買點軟糯的糕點回來，要甜的。」

趙端站在楚修明的身邊，現在他也幫不上什麼忙，只是說道：「等孩子生下來，坐完了月子，不如讓他們去楚原。」邊城離京城太過遙遠，而且那時候京城怕是要亂起來，把他們留在這裡想來楚修明也不會放心的。

楚修明聞言想了想說道：「也好。」

趙端應了一聲。「我回邊城會路過楚原，和我父親說一聲。」

楚修明點了點頭。「那就麻煩趙儒先生了。」

「沒事的。」趙端開口道。「吉人自有天相。」傻人必有傻福。「錦丫頭和孩子都不會有事的。」

楚修明沒再說什麼，趙端也知道楚修明現在心緒不寧，陪了他一會兒就離開了。

甲一買糕點回來的時候，沈錦還沒開始生，楚修明親手把糕點切成可以讓沈錦一口吃下去的大小。錢大夫已經熬了參湯，這人參還是沈錦從皇宮帶出來的。

隨著時間的流逝，產房中沈錦的臉色越發蒼白，安怡和安寧也沒了早先的鎮定。沈錦雙手緊緊抓著褥子，強忍著疼痛，努力配合著錢嬤子。她長相嬌嫩，可性子卻非如此，痛呼一類的只會浪費她的力氣。

產房中的血腥味越來越濃，錢嬤子咬牙說道：「安寧，妳們扶著她在屋中走。」

安寧聞言看向沈錦，沈錦其實聽不太清錢嬤子的聲音了。安怡點了點頭，安寧和安怡強硬地扶著沈錦下了床，錢嬤子給沈錦穿好鞋襪，安寧她們幾乎是架著沈錦在屋中走了起來。沈錦沒忍住痛呼出聲，咬牙隨著安寧她們不斷地走動。

此時天已經黑了，甲一和甲二也不吭聲，就陪著楚修明站在院子中。楚修明的拳頭緊握著，甲一低頭看了看地，地上的血跡有些乾了，有些還是新鮮的，還有血珠子不斷從楚修明的拳頭裡落下。

參湯已經送進去，安寧紅著眼睛餵沈錦喝下。

沈錦只覺得疼，還有一種說不出的感覺，她好像能聽見安寧她們的聲音，又有些聽不清楚似的……可是她知道，她的夫君還等在外面，她的兒子還在更遠的地方等著她回去……夫君、東東……母親……

當孩子的哭聲傳出的時候，天已經亮了，三月初三上巳節。

第一個孩子生下來後，沈錦扭頭看了看安寧抱到一旁清洗的孩子，其實她根本看不清楚那孩子的模樣，不過那孩子的哭聲還真是大啊……

第一個孩子出生了，第二個孩子沒多久也順利地生出來了，沈錦強撐著看向錢嬸子抱著的孩子。此時沈錦看東西都有些模糊了，根本看不清楚。錢嬸子把孩子交給安怡去清洗，開口道：「放心吧。」

第二個孩子哭聲很小，因為在肚子裡時間長了，皮膚也因為剛剛按壓的緣故，有些地方青紫，可是還活著。

沈錦聽了錢嬸子的話，再也撐不住，閉眼暈了過去。

第七十六章

等沈錦再次醒來，屋中已經收拾乾淨了，楚修明就在她身邊，沈錦剛一動，楚修明就注意到了，起身走過來，然後小心翼翼給沈錦扶起來。

沈錦看了看四周，最後目光落在那張小床上，那張床是早早就訂製好的，四周有欄杆護著，裡面的小褥子小枕頭小被子都是沈錦親手縫製的。

楚修明注意到沈錦的眼神，開口道：「孩子被抱去餵奶了。」

沈錦看向楚修明，楚修明先讓沈錦靠著軟墊坐好，去倒了杯紅糖水，餵了沈錦喝下問道：「餓嗎？」

喝了一杯水，沈錦才覺得好些，有些緊張地問道：「孩子都好嗎？」

楚修明放下杯子，給沈錦整理了一下額前的碎髮，她的臉色蒼白，唇也沒有血色，看起來很憔悴。「都還好。」

沈錦這才鬆了一口氣，楚修明說道：「錢嬤子介紹了個奶娘，我讓安怡和安寧都在那邊，錢嬤子也說妳差不多醒了，廚房已經備好吃食，我給妳端些來稍微墊墊。」

「好。」沈錦應了一聲。

楚修明仔細給沈錦掖了掖被子，這才走出門。

趙端和甲四出門辦事，甲一出去收集藥材。錢大夫剛配好藥，見到楚修明就問道：「醒了？」

「嗯。」楚修明開口道。

錢大夫點點頭。「那行，一會兒我去給她把把脈，再重新開藥。」說著就把藥拿了回去。

錢嬸子給沈錦燉了魚湯，楚修明端著東西進去的時候，面色一變，快步走到床邊，就看見沈錦看著空置的小床默默落淚。楚修明把碗放下，拿著帕子仔細給沈錦擦著眼淚。「怎麼了？」

「孩子是不是不好？」沈錦剛醒那一會兒還有些迷糊，所以沒有反應過來，可是楚修明出去後，沈錦也清醒了。若是孩子沒事，楚修明是不會把孩子從她身邊移開的，而且她醒來後，也沒叫人把孩子抱過來給她看。

楚修明嘆了口氣，俯身親了親沈錦的眼角說道：「孩子都活著，不過弟弟西西的身子有些弱罷了。」

沈錦咬唇看著楚修明，楚修明說道：「我讓安寧把孩子抱過來好不好？」

「好。」沈錦的聲音有些啞。

楚修明開口道：「不過妳這次傷了元氣，錢大夫也說妳要好好養養，所以孩子放在屋中，讓安寧她們照顧。」

沈錦使勁點頭，孩子就在隔壁的房間，楚修明出去和安寧那邊說了一聲，就回來坐在床邊，並沒有馬上餵沈錦喝魚湯，因為他知道此時沈錦根本吃不下。很快地安怡和安寧就把孩子抱了過來。

楚修明先接過稍微大些的，說道：「這是姊姊南南。」孩子才出生一天，還沒長開，並不好看，沈錦看了看，見孩子並無大礙，小嘴嚅動著睡得正香，伸手輕輕碰了碰，就看向另外一個孩子。在有孕的時候，錢大夫他們就說肚中雖然是兩個孩子，可是其中一個太過虛弱，幾乎察覺不到。

楚修明把孩子小心翼翼放在沈錦的身邊，從安怡手上接過小的那個，和姊姊南南相比，弟弟西西就瘦弱許多，臉色也有些發黃。沈錦想伸手去摸摸孩子，可是手卻有些發抖，她看向楚修明。

楚修明把孩子放到沈錦的懷裡，溫言道：「我已經讓錢大夫瞧過了，並無大礙，不過身體弱了一些，仔細養著就好。」

沈錦低頭看著孩子，點了點頭，其實心中明白，怕是沒有楚修明說的這麼輕鬆。楚修明從沈錦懷裡把孩子接了過來，同樣放到沈錦的身邊，然後讓安寧去廚房重新端了碗魚湯後，就餵著沈錦喝起來。

楚修明給沈錦收拾一下，讓錢大夫來重新給沈錦把脈，等喝完藥，沈錦躺下就睡著了。

錢嬤子輕輕嘆了口氣，沒再說什麼，安怡挽著錢嬤子的胳膊說道：「錢嬤子，我扶妳去休息會兒吧。」

這兩日他們都沒怎麼合眼，就是錢嬤子也睡不安穩，此時沈錦醒了，錢嬤子也可以放心了，他們幾個還撐得住，可是錢嬤子畢竟年紀大了。

錢嬸子點了點頭。「廚房砂鍋裡面熬著小米粥，等人醒了，餵她吃一些，可以打個蛋花進去。」

安怡應下來，錢嬸子也不用安怡她們送，就自己去休息了，安怡則去旁邊屋中安置那個奶娘。

安寧看向楚修明說道：「將軍，夫人怕是短時間不會醒，不如將軍在一旁休息會兒，奴婢先照看著？」

楚修明開口道：「無礙的，妳到隔壁房間休息會兒。」

安寧說道：「那奴婢和安怡輪換著照看小姐和小少爺。」

楚修明點點頭，沒再說什麼，兩個孩子被放在一旁的小床上，安寧動作輕柔地給兩個孩子解開包著的小被，然後仔細給他們蓋好。

沈錦再一次醒來時，天已經黑了，楚修明不在屋中，安寧正抱著孩子準備出去，沈錦撐著身子坐起來問道：「孩子可是餓了？」

安寧聽到聲音說道：「夫人醒了，奴婢正準備抱著小姐去隔壁餵奶呢。」

「給我吧。」沈錦此時已經好了許多。

安寧聞言就把孩子送過去，然後讓沈錦坐好，又把另外一個孩子抱過來。南南雖然是個女孩，可是很有力氣，一下子就撲到沈錦的胸上，小嘴嚅動著使勁吸了起來。沈錦奶水倒是充足，剛剛都有些脹著難受，輕輕抱著孩子，扭頭看向小的那個，問道：「夫君呢？」

「將軍和趙先生商量一些事情，馬上就回來。」安寧溫言道。「安怡在旁邊屋中給那個奶娘清洗。錢嬤子說夫人晚上會醒一次，所以她去提前給夫人準備吃食了。」

沈錦點點頭，沒再說什麼。

安寧猶豫了一下才開口道：「夫人，小少爺力氣小，都是把奶水擠出來，用勺子餵的。」

沈錦抿了抿唇，只是低低應了一聲。安怡見安寧半天沒有把孩子抱過來，就進到屋中，見沈錦正在餵孩子，她去和那邊的奶娘說一聲後，就去廚房端東西，還把碗和勺子拿過來，又拎了熱水。

安怡回來的時候，沈錦已經餵完南南，安怡趕緊用熱水把碗和勺子燙過，然後淨了手幫著沈錦擠了些奶水到碗中。也多虧了這段時間沈錦被養得好，而且西西吃得也少，沈錦的奶水足夠兩個孩子了。安寧正抱著南南在屋中走動，輕輕撫著她的後背，等她打了個奶嗝，又轉了一會兒，才把她放到沈錦的身邊，孩子還太小，吃飽又睡了。

沈錦看著安怡用勺子一點點餵小兒子，小兒子還沒睜開眼，閉著眼睛小聲地哼唧著，不過奶水滴在他嘴上，他會張嘴吃，沈錦鬆了一口氣，只要能吃下東西就好了。

楚修明進來的時候，兩個孩子已經重新睡下，沈錦倒是沒睡，而是靠在軟墊上正在吃東西。

見到楚修明，沈錦就開口道：「安怡先去休息吧。」

安怡和安寧兩個人輪流休息。奶娘被單獨安排在一個屋中，因為事前有約定，她不能隨意走動，不過給的銀子足，只是餵餵孩子很清閒，自然是願意的，此時已經老老實實睡著了。安怡從外面把門給鎖好，這才回自己的房中休息。

沈錦看向楚修明問道：「你用飯了嗎？」

「已經用過了。」楚修明在炭盆邊站一會兒，散去身上的寒氣後，才坐到沈錦的身邊。「太后已經到閩中，欽天監也選好誠帝下葬和沈智登基的日子，禮部、戶部等都開始準備了。」

沈錦哦了一聲。「你要離開了嗎？」

「再等等。」

沈錦點點頭，吃完後，楚修明把碗都給收拾了，用燙過的毛巾為沈錦擦了擦臉、脖子和手，又伺候著她漱口，弄完以後，就讓沈錦躺好，說道：「西西的事情妳也不用擔心，會沒事的。」

「好。」沈錦應了一聲，扭頭看看小床，許久才閉眼睡了。

楚修明輕輕揉了揉沈錦皺起的眉頭，見她舒展開了，才在心中嘆了口氣。輕輕拍了下安寧的肩膀，讓她到旁邊的軟榻上休息，自己坐在小床邊，看著小床上並排躺著的兩個孩子。分開看還不明顯，可是這般放在一起，兩個孩子根本不像是同一天出生的。

到第四天，西西才會自己吃奶，可是力氣很小吃得也很慢，吃一會兒還要休息下再接著吃。沈錦本來還想按照原來那般餵他，卻被錢嬤子阻止了，只說這樣反而對西西好，沈錦也就不阻止了，只是花更多時間在西西身上，不過也沒有忽視南南就是了。

其實就算沈錦想忽視也是忽視不了，因為南南霸道得很，她的哭聲很大，沈錦又害怕她傷了嗓子，也都哄著她順著她。倒是楚修明很喜歡南南這般樣子，只說脾氣大點好，脾氣大點不吃虧。

沈錦抱著西西餵奶，楚修明抱著南南在屋中走動，沈錦忽然說：「你說南南的脾氣像誰啊？」沈錦覺得自己脾氣很好，楚修明的脾氣也很好，怎麼女兒脾氣這麼差，一點不順心都要哭鬧呢，回去後要問問母親，她小時候鬧不鬧人。

楚修明很喜歡女兒的脾氣，脾氣大點在他看來都不是什麼大事，只要明事理不驕縱就好，聞言看了看懷裡正在啃自己小手的女兒，說道：「我也不知道。」

南南最近長開了，皮膚又嫩又白，明顯是隨了沈錦，而且那一雙杏仁眼看得人心都軟了。楚修明格外喜歡這個女兒，因為長得很像沈錦。而西西也胖了一些，但看著還是有些瘦小，整天蔫蔫的感覺。

沈錦其實就隨口一問，西西吃飽以後，楚修明就把南南交給沈錦，然後抱起小兒子，輕輕撫著他的後背，等他打了個奶嗝，又抱著他走了一會兒，沒多久他就睡著了。西西很少哭，就算哭了也很小聲，貓叫一樣。

南南也睡著了，楚修明就把兩個孩子放在小床上，西西雖然看著體弱，可是他們擔心的事情畢竟沒有發生，這讓兩個人放心不少。錢大夫也說了，只要好好養著，西西長大一些就和普通人一樣。

有楚修明在，伺候沈錦的事情都輪不到安怡她們兩個，楚修明絲毫不嫌棄，每日給沈錦清理，格外的細心。沈錦的氣色好了不少，倒是楚修明看著瘦了一些，弄得沈錦都有些心疼了，伸手摸了摸楚修明臉上的大鬍子，小聲說道：「你也去睡一會兒吧。」

楚修明笑著親了親沈錦的手，說道：「無礙的。」他最多能留到兩個孩子滿月，趁著這段時間，他想好好照顧一下小娘子和兩個孩子，等他離開，又要幾個月見不到。

沈錦咬了下唇說道：「我們以後的日子還長著呢。」

楚修明明白沈錦的意思，低頭親了親她的額頭說道：「我有分寸的，娘子放心好了。」

沈錦這才點了點頭，小聲說道：「楚原是不是和楚家有關係呢？」

楚修明愣了一下，才看向沈錦問道：「怎麼這麼問？」

「那為什麼叫楚原？」沈錦滿心疑惑。

楚修明坐在床邊，絲毫不嫌棄沈錦這麼久沒有洗頭，拿著梳子輕輕幫她順髮，說道：「其實楚原才是楚家真正的根基。」

沈錦滿臉驚訝，扭頭看向楚修明，說道：「那不是楚原趙家嗎？」

楚修明應了一聲。「當初趙家的先祖是楚家先祖身邊的謀士，而楚原也不叫楚原而是昌河，楚家先祖就是出生在昌河的，後來因為世道太差，就出去謀生了，陰差陽錯就跟著造反了。趙家先祖一直跟在楚家先祖的身邊，兩家的關係極好，後來想要互相給對方留條後路，這才分開裝作不認識一般，只是每代家主都會知道這件事。」

沈錦聽得目瞪口呆，心中也明白了，倒不是他們信不過當時的皇帝，而是信不過以後的，不過還真是深謀遠慮。

楚修明將沈錦的頭髮全部編起來，用布包好，這才接著說道：「這也是為何，我會這麼信任趙端。」

沈錦點頭，猶豫了一下問道：「這件事，修遠知道嗎？」

楚修明開口道：「不知道，若不是妳問起，我也不會說，因為楚原這個名字太過光明正大，反而沒有人會往楚家聯想。」

其實沈錦剛剛只是隨口一問，誰承想竟知道了這般的大秘密，這可以說是楚家最後的退路，當然如果趙家出事了，楚家也是趙家最後的退路。

楚修明把梳子放到一旁，道：「以後這件事，我也只會告訴東東。」

沈錦應了一聲，抓住楚修明的手咬了一口，說道：「我都被你寵壞了。」沈錦現在的日子過得飯來張口茶來伸手，不對，連手都不用伸，楚修明直接餵到她嘴邊了。

楚修明笑了下，親了親沈錦的臉頰，沒有說什麼，他就是想再多寵著自家娘子一些。有楚修明在身邊的日子很輕鬆，就算整日只能待在床上，沈錦的笑容也沒有消失過。在楚修明離開的那日，沈錦並沒有去送他，把給東東他們準備的東西交給楚修明，等楚修明離開，沈錦臉上的笑容才消失，多了幾分惆悵。

甲一和甲四還是留在沈錦身邊，楚修明也不是獨自回去，先去了當初寄放馬的那個村子，再帶著幾個人一併離開。

楚修明離開後，安怡和安寧就輪流在沈錦房中守夜，幫著照顧兩個孩子，奶娘也沒有送走，因為孩子漸漸長大，吃得也多了，沈錦害怕一個人餵不飽兩個孩子。只是那個奶娘沒什麼機會見兩個孩子，一般都是把奶水擠出來後，安寧她們端著去餵孩子的。

誠帝下葬的日子很快就到了，只是拖了這麼久，屍體的樣子一點也不好看，而且按照誠帝的身分，這次下葬的儀式倒是有些倉促和簡陋，不過這些都和沈錦沒有什麼關係。沈錦坐足了雙月子後，甲一和甲四就聯絡人送沈錦他們幾人往楚原那邊去了。

如今天氣已經轉暖，正適合上路的時候，其實也不僅因為這個，而是趙端已經從邊城回來，只說最近京城有變，讓沈錦他們早早離開比較好，否則沈錦還想等孩子過了三個月再說。

趙端已經把沿途安排妥當，就是趙家的事情也提前打好招呼了。

京城離楚原不算遠，平常馬車二十天就到了，可是因為沈錦他們帶著孩子，足足走了近四十天。誰知到了趙家，竟還有一個驚喜在等著沈錦。沈錦的馬車是從側門直接進趙府，趙府給沈錦安排的院子離側門很近，出入很方便。馬車停在院子門口，沈錦被安怡扶下來，剛準備讓安寧把孩子遞給她的時候，她就聽見了嗷嗚嗷嗚的叫聲，扭頭看過去，就見一隻雪白的大狗甩著舌頭朝她跑來，可是更讓沈錦在意的是站在院中的兩個小男孩。

沈錦離開的時候，東東走路還需要人扶著，可是此時已經能穩穩當當地站著。小孩子長得很快，一年多沒見，變化就非常大，但是沈錦只看了一眼就認出那是她的兒子，她許久沒見到的東東。

安怡也注意到了，和安寧在後面抱著孩子，並沒有去打擾。沈錦讓過小不點，快步朝著東東跑去，再也忍不住地哭出來。東東已經認不出沈錦，可是在被送來之前，楚修明告訴他是來見母親的，所以等沈錦蹲在他身前，小心翼翼摸他的臉時並沒有躲開，不過抓著堂哥的手緊了緊。楚晨博眨了眨眼睛，看了看沈錦，又看了看東東。
「東東。」沈錦沒忍住，把東東抱到懷裡，哭著說道：「東東，母親好想你……」
這是她和楚修明的第一個孩子，可是他們兩個都因為外事先後錯過了孩子的成長，對這個孩子最感到愧疚。到底是母子連心，被沈錦抱著的東東忽然大哭起來。「母親、母親……嗚嗚嗚別不要我……」
「不會的。」沈錦被東東哭得更加傷心。「不會的，母親最愛你，不會不要你的。」
東東緊緊抱著沈錦，可是他小胳膊抱不住，沈錦柔聲哄著東東，楚晨博站在一旁看著，眼中有些羨慕，他沒有母親，而父親也不像是父親。
沈錦柔聲安撫著東東，然後扭頭看向楚晨博，楚修明說過這個孩子，所以沈錦伸手也把他抱在懷裡，說道：「謝謝你一直照顧東東。」
楚晨博臉一下紅了，他覺得沈錦身上的味道很好聞，低著頭說道：「沒有……」
沈錦抱不動兩個孩子，等東東不哭了，才牽著他們的手往屋中走去。南南和西西兩個孩子已經由奶娘接手，這兩個奶娘是楚修明特意送來的。院子全收拾好了，這裡面伺候的人都是跟著東東他們一起來的，趙府的人沒有插手。
東東剛剛哭得有些猛了，時不時地抽噎一聲，緊緊抓著沈錦的手。因為這兩個孩子的身高，沈錦走路都要微微彎著腰，雖然很辛苦，但是沈錦覺得心裡甜甜的。
就算心情激動，可是當吃到第一口點心的時候，沈錦就認出這是趙嬤嬤的手藝！眼睛都亮了起來，問道：「可是趙嬤嬤來了？安平呢？」

東東和沈錦坐在一張椅子上，楚晨博自己坐在一旁，拿了一塊糕點嚐了嚐，還真沒嚐出什麼不同來，為什麼沈錦只吃了一口，就猜到是趙嬤嬤弄的了？

「嗯嗯。」東東依賴地靠在沈錦的身邊，說道：「是趙嬤嬤做的。」

話剛落，就見安平扶著趙嬤嬤從外面走進來，看見沈錦的時候兩人眼睛都紅了，趙嬤嬤抖了抖唇說道：「夫人都瘦了。」

沈錦點頭。「嬤嬤，我很想妳。」

趙嬤嬤擦了擦眼淚，帶著安平給沈錦行禮道：「夫人，老奴來伺候您了。」

沈錦趕緊開口道：「快起來。」

趙嬤嬤笑道：「老奴給夫人做了紅棗酪、香酥卷、酸莓糕。」

沈錦覺得很久都沒有吃到這些，一時間竟覺得有些餓。這一路上因為坐馬車，她的胃口並不好，眼睛微微彎著笑道：「好的，我帶東東他們去看看兩個小的，嬤嬤與我一併去吧，讓別人把東西端來。」

沈錦給楚晨博和東東一人一塊糕點，自己又吃了兩塊，就帶著他們往內室走去。有趙嬤嬤在，沈錦覺得輕鬆不少，有些事情趙嬤嬤就可以直接處理，而且他們還從邊城帶了人過來，也可以讓安怡和安寧好好休息了，甚至分出一些人去找找安桃他們幾個。

沈錦看向跟在身邊的安平問道：「甲一和甲四安排妥當了嗎？」

安平恭聲說道：「已經安排好了，讓人備了熱水新衣給他們梳洗。」

「給他們多準備點肉。」沈錦開口道。「這幾日妳辛苦些，讓安寧和安怡稍微休息下。」

「是，奴婢明白。」安平開口道。

「錢大夫和錢嬸子也是，派個小廝和小丫鬟去伺候著。」沈錦知道他們二人都不喜歡太多人在身邊伺候，所以才只選了兩個人。「懂事些的。」

安平笑道：「趙嬤嬤特意從將軍府選了幾個人，夫人放心就是了。」

沈錦點了點頭。「青雲那邊，等他休息好了，就讓他和東東他們一起玩，熟悉後一道去讀書。」趙家是有家學的，來之前趙端就與沈錦說過了。

剛進屋就聽見西西的哭聲，沈錦面色變了變，安平也是臉色一沈。安寧正抱著西西準備找沈錦，見到他們過來趕緊說道：「夫人，小少爺不肯吃奶娘的奶。」

「嗯。」沈錦應了一聲，鬆開東東的手，揉了揉他們兩個的頭，先去一旁淨手，才把孩子從安寧懷裡接過來。「南南呢？」

「姑娘剛用完。」安怡抱著南南說道。

沈錦看了一眼，就見南南在安怡懷裡也不老實，正趴著看西西哭，還啊啊叫著。東東仰頭看了看南南又看了看西西，眼睛帶著好奇和喜悅，卻沒有開口。

「東東，你和小博先去陪南南玩好不好？」沈錦抱著哭得滿臉委屈的西西問道。

「好。」東東點頭，和楚晨博牽著手，被安平帶著去和安怡懷裡的南南玩了。安寧伺候沈錦到裡屋，西西使勁往沈錦的胸上蹭，黑溜溜的眼睛看著沈錦，還時不時哼唧兩聲。沈錦知道小兒子餓了，趕緊坐好餵小兒子，西西一下子就撲過去，使勁吃了起來。

安寧鬆了口氣說道：「剛剛奶娘抱著小少爺還沒事，可是餵奶的時候，小少爺就死活不吃還哭了起來。姑娘倒是吃得香，奴婢就想著是不是因為小少爺不喜歡這個奶娘，還特意把小少爺和姑娘的奶娘換了一下。可小少爺還是不吃一直哭，奴婢就想著趕緊帶小少爺去找夫人。」

沈錦看著兒子的小臉，笑道：「挑食的寶貝。」

兩個孩子大一些後，南南就時常吃一些奶娘的奶水，而西西一直是沈錦自己餵養的，畢竟西西吃得少，還吃得慢，若是用擠出來的奶水慢慢餵，難免涼了些對西西身體不好。

沈錦輕輕晃著西西，看向安寧說道：「妳這幾日與安怡好好休息，我這邊有安平她們就可以了。」

安寧聞言也沒有拒絕，不管是她還是安怡，這段時間確實累了，兩個人都沒睡過一次安穩覺，沈錦也是如此，想來將軍也知道這點，特意送了趙嬤嬤她們來，好讓沈錦也能休息一下。「是。」

楚晨博和東東都趴在小床上看著躺在裡面的南南，就見東東拿了一個顏色鮮豔的撥浪鼓說道：「南南，我是哥哥喔。」

楚晨博驚奇地看著小床上正伸手去抓撥浪鼓的南南，感嘆道：「南南好小啊。」

東東扭頭看向安平問道：「安平，我可以摸摸她嗎？」

「可以啊，二少爺輕點就好。」安平柔聲說道。

東東聞言就露出笑容，伸著小手去碰了碰南南的臉。「好軟，哥哥你來摸。」

楚晨博並沒有去碰南南，反而看向站在一旁的安怡。安怡愣了下，反應過來笑道：「大少爺也可以摸的。」

東東疑惑地看了看楚晨博，又看了看安怡，然後捏了捏南南肥嫩嫩的小手，楚晨博這才伸出手指輕輕碰了碰南南的臉頰，然後戳了戳她的肚子。南南伸手抓住東東的手指，弄得東東哈哈笑了起來，楚晨博也沒那麼拘謹了，和東東一起玩起了南南。

「雖然弟弟很可愛，可是我覺得妹妹會更可愛。」東東忽然小聲說道。

楚晨博也贊同地點點頭。「不過弟弟很乖了。」

東東應了一聲，弟弟都這麼可愛，那麼妹妹會不會更可愛？雖然妹妹愛哭一些，可是沒關係，外祖母說了，女孩子就該嬌氣一些才好，有些期待地看了看裡屋，母親怎麼還不抱著妹妹出來呢？

因為兩個孩子的聲音小，在一旁的安怡和安平只聽見他們說悄悄話，倒是不知道他們說的什麼，若是聽見了，定會提醒他們眼前的這個才是妹妹。

當沈錦抱著西西出來的時候，東東眼睛都亮了，噠噠噠跑到沈錦的面前問道：「母親，妹妹乖不乖？」

「很乖的。」沈錦笑著說道。

東東使勁點頭，西西已經打完奶嗝，沈錦就把他放到南南身邊，說道：「你和弟弟妹妹玩，母親去換衣服好不好？」

「好。」東東看向西西，西西長得很秀氣，而且不愛動，吃飽以後黑潤潤的眼珠子就轉來轉去。「母親，我喜歡妹妹。」

沈錦笑著說道：「那就好好照顧妹妹。」然後看向楚晨博，伸手輕輕捏了捏他的臉，此時仔細打量，卻發現楚晨博和岳青雲有幾分相像，愣了下，想到楚晨博的身分。

楚晨博雖然被捏了下，可是並不疼，而且沈錦的手暖暖的還很軟，嘴角上揚露出笑容，可是看見沈錦滿臉疑惑的樣子，問道：「四嬸可是有什麼事情？」

「喔，就是我收留了一個小男孩，和你長得很像。」沈錦因為不敢肯定也就沒有開口，當初也該讓楚修明見見那個孩子了，只是那時候楚修明又要照顧她又要忙外面的事情，在確定那個孩子是無害的後，就沒有見過。

而沈錦也是第一次見到楚晨博，當初會收留岳青雲不僅因為那孩子的品行不錯，還因為她一直覺得那孩子有些眼熟，可是卻沒有往別處去想。如今見到楚晨博，沈錦又捏了捏東東的臉說道：「你們好好玩吧。」

趙嬤嬤也端著東西過來，沈錦就不急著去梳洗了，叫了兩個孩子過來一起吃東西，東東本就隨了沈錦喜歡吃這些，而楚晨博因為小時候沒吃過，所以也愛吃，三個人很快就把東西吃完了，東東仰頭看著沈錦說道：「母親，一起睡覺覺。」

「好啊。」沈錦笑著應下來。「那小博和東東先去床上，我梳洗完了就去陪你們好不好？」

楚晨博沒想到會有自己的分兒，臉頰一下子紅了起來，有些羞澀也有些高興。

東東應下來。「那東東和哥哥去找小不點玩。」

「好。」沈錦沒什麼不答應的。「讓安平陪著你們。」

東東使勁點頭，南南和西西已經睡著了，所以雖然東東還想和弟弟妹妹玩，可是也知道不能打擾了，小孩子又好動，特別是東東見到了沈錦，整個人都很高興，所以就拉著楚晨博去找小不點玩。

趙嬤嬤已經備好溫水，沈錦舒服地泡在裡面。坐月子的時候不能洗澡，剛出月子就上路了，路上也不好要求這麼多，沈錦三個多月都沒能舒舒服服地泡澡了，她開口道：「嬤嬤，我收留了一個孩子，那個孩子和小博長得有點像。」

「什麼？」趙嬤嬤也是一驚，說道：「夫人，莫非懷疑……」

沈錦閉著眼睛點了點頭，捧著蜜水喝了口說道：「我想先不告訴他，等夫君見過以後再說。」「萬一認錯了，免得讓孩子白高興一場。」「不過先讓這幾個孩子在一起玩玩。」在鎮上那會兒，楚修明滿心滿眼裡都是沈錦，哪裡注意到旁人，而那孩子也是懂事的，根本不往跟前湊。

趙嬤嬤皺了皺眉頭說道：「夫人思慮得對。」

沈錦睜開眼睛，期待地看向趙嬤嬤。「我們晚上吃燜羊肉吧！」

趙嬤嬤眼角抽了一下，太久沒有在夫人身邊伺候，她一時竟然無法適應夫人的轉折。

「明日中午再給夫人做吧，將軍特地運了幾隻羊羔，老奴幫夫人養著呢。」

第七十七章

東東和楚晨博晚上都是和沈錦一起睡的，趙家給沈錦準備的是拔步床，就算再多兩個孩子也都足夠睡的。因為沈錦夜裡還要起來給兩個小的餵奶，趙嬤嬤才第一次見到南南和西西。

趙嬤嬤還帶來了陳側妃親手做的小衣服等東西，陳側妃還給沈錦做了兩套衣服，就算這麼久沒見，那衣服也合身得很。只因為沈錦是幾個孩子的母親了，陳側妃沒有再選那種嫩色，就連孩子的衣服也沒有用豔色，畢竟還在國喪。

沈錦因為夜晚起來了幾次，所以早上的時候東東他們醒了，沈錦還在休息。東東雖然想和母親說話，可是也知道母親如今辛苦，就和楚晨博動作很輕地起床離開了。趙嬤嬤已經做好早飯，東東年紀雖小，可是有楚家的家教在，此時已開始自己吃飯，不過用不好筷子，只能用勺子吃。楚晨博很有哥哥的樣子，不大熟練地用筷子給東東挾菜。

等兩個孩子吃完，趙嬤嬤就讓人把岳青雲帶過來，她已經見過岳青雲。沈錦沒有見過楚修曜，自然覺得岳青雲和楚晨博長得像，可是趙嬤嬤親手照顧了楚修曜一段時間，在看見岳青雲的時候，就知道他的長相隨了楚修曜。

楚晨博雖然長得也像楚修曜，可是仔細看還能發現，他有些地方並不像是楚家人，應該是隨了那個女人，相比起來岳青雲倒是完完全全像個楚家人。

趙嬤嬤心中確定了岳青雲的身分，可是面上卻不動聲色，甚至還和安寧他們提了醒，眾人對待岳青雲的態度雖然照顧，卻沒有太過。

楚晨博昨日聽沈錦說有個孩子長得和他很像，心中也好奇，等真見了就瞪圓了眼睛，而岳青雲也滿是驚喜。東東抱著小不點，睜圓了眼睛，看看楚晨博又看了看岳青雲，說道：「兩個哥哥。」

岳青雲也知道楚晨博和東東的身分，眨了眨眼，對他們很有好感，只以為是巧合而已，給兩個人行禮，卻被趙嬤嬤阻止了，說道：「夫人說讓你們一起玩，不用計較身分。」

楚晨博點頭說道：「我覺得我高一些，所以我當哥哥，你當弟弟好了，我會照顧你和東東的。」

岳青雲因為一些經歷，所以很懂事，並沒有因為趙嬤嬤的話，真的把自己和楚晨博他們當成平等，別說只是當弟弟，就是當小廝和書僮他也是願意的，所以叫道：「哥哥。」

楚晨博笑著牽起岳青雲的手，東東拍了拍小不點的大狗頭，也叫了一聲哥哥後，三個人就一起去玩小不點了。

沈錦醒來得並不算晚，梳洗一番後，就去用飯了，然後看了看三個孩子，就帶著趙嬤嬤準備好的禮物去見趙家的女眷。雖然趙老爺子那邊說讓沈錦他們好好休息，可是沈錦也不能真的不懂事。

趙儒已經是做曾祖父的人，可是保養得極好，又是一個學士，舉手投足間自帶著一種儒雅和內斂。沈錦送給趙儒的東西是將軍府帶來的，還是瑞王妃幫著準備的，自然投其所好。

趙儒與沈錦說了幾句就離開了，他和人有約，不過是猜到今日沈錦會來拜訪，所以特來見上一面。趙岐則和趙儒一道離開，招待沈錦的是趙岐的妻子和趙端的妻子。她們都是正經的大家閨秀，性子很好，三個人聊起來也很開心，特別是她們知道沈錦對兩人的兒子多有照顧，還與沈錦說了不少楚原的事情。

沈錦也不是不識好歹的人，別人對她好，她自然也會對別人好，三個女人聊得很投緣，還見了趙岐的女兒。趙岐的女兒是位很文靜的姑娘，長得並沒有多漂亮，可是飽讀詩書，話不多人卻很細心。

幾個人聊了一會兒，沈錦就先告辭了，畢竟她還要回去陪東東他們和照顧兩個小的，不過也約好了下次直接去沈錦暫住的院子嚐嚐趙嬤嬤的手藝。

沈錦雖然是借住在趙家，可是沒有絲毫的不自在，她本就是隨遇而安的性子，再加上趙家也算是親戚，身邊伺候的又是將軍府的舊人，沈錦一下悠閒了不少。因為東東年紀小，楚晨博和岳青雲兩個人又因為之前的經歷，認識的字也少，所以並沒有直接去趙家家學，而是趙儒找了趙家旁系的一人來給他們啟蒙。

東東年紀小還沒開始學寫字，只是先認字。楚晨博和岳青雲則開始學寫字了，兩個人都吃過苦，自然格外珍惜這個機會。

沈錦趁著天氣好，帶著兩個孩子在外面曬太陽，西西趴在沈錦的懷裡，小腦袋一直到處看。南南已經會坐，正咿咿呀呀不知道說什麼，被洗乾淨的小不點趴在南南的身邊，南南有時候坐累了，就直接趴到了小不點的身上。

西西不喜歡動，他比南南小了一圈，對沈錦特別的依戀，只要看見沈錦就喜歡挨著沈錦，沈錦不在的話就挨著南南，若是沈錦和南南都不在，就該哭了。

東東年紀小，每天下學是最早的，見到沈錦他們就跑了過來，小臉紅撲撲地叫道：「母親。」

沈錦抱著西西坐起來，拿著帕子給東東擦了擦汗說道：「先坐下休息會兒，安寧給東東倒杯溫水。」

「是。」安寧給東東倒了一杯溫水，東東接過後就喝了起來。

等他喝完了，才說道：「母親，我能和妹妹玩嗎？」

「可以。」沈錦並不拘著東東，只要完成先生教導的功課，就隨東東玩，甚至東東想要寫字，沈錦也特地讓人訂製了適合他的小毛筆，弄的衣服上都是墨汁也不會罵他。

沈錦說完，見東東還沒有動，眼巴巴地看著自己，也是愣了愣，和東東對視了一下，見東東盯著西西看，就問道：「你想和弟弟玩？」

東東扭頭看了看在小不點身上爬來爬去的南南，說道：「我會和弟弟玩的，可是我還想和妹妹玩。」

沈錦看向南南，又看著東東，覺得有些地方可能不大對，眨了眨眼問道：「你要和弟弟玩嗎？」

東東有些失望，以為沈錦不想讓他和妹妹玩，不過也是，妹妹身體弱，整天要趴在母親的懷裡，所以又看了看西西，妹妹長得真可愛。「那好吧，我去和弟弟玩。」說完東東伸手摸了摸西西，就去找南南玩了。

沈錦看著東東和南南，又看向懷裡的西西，最後扭頭看向一旁的趙嬤嬤，猶豫了一下問道：「東東是不是誤會了什麼？」

趙嬤嬤其實早就猜到了，聞言說道：「怕是東東少爺以為南南姑娘是弟弟了，而西西小少爺是妹妹。」就是沒想到夫人到現在才發現。

西西不明白沈錦笑什麼，就連東東和南南也看過來。等沈錦笑夠了，這才抱著西西坐到他們兩人身邊，地上鋪著厚厚的毯子，所以坐著很舒服，還不會感覺到涼，沈錦開口道：「東東，這個才是弟弟。」說著就把西西放到東東的懷裡。「南南是妹妹。」

東東傻乎乎地看了看懷裡的西西，西西被東東抱著也是乖巧懂事的樣子。

「弟弟？」東東聲音都有些飄，然後又看向胖乎乎很活潑好動的南南。「妹妹？」不對啊，妹妹不該是嬌嬌嫩嫩的樣子嗎！

沈錦點頭，說道：「是啊，弟弟身體有些不好，所以看著小。」

東東又看了看文文靜靜愛哭的弟弟，動了動唇不知道說什麼好。

沈錦看著東東有些茫然的樣子，又笑了起來，東東更委屈了。等笑夠了，沈錦才揉了揉東東的頭，把他的頭髮弄得亂亂的說道：「怎麼了？」

「為什麼南南是妹妹，西西是弟弟呢？」東東很奇怪地問道。「為什麼不能西西是妹妹呢？」

「因為妹妹是女孩子，所以南南是妹妹，男孩子只能是弟弟啊。」沈錦柔聲說道。

東東還是不明白，男孩子和女孩子有什麼不同嗎？為什麼西西不能是妹妹？算了，母親既然說南南是妹妹，那南南就是妹妹好了，反正他都喜歡就是了。

沈錦捏了捏東東的臉頰，說道：「等弟弟妹妹長大了，東東教他們認字好不好？」

「好。」東東又開心了。「我一會兒要告訴哥哥，西西才是弟弟。」

沈錦點頭，說道：「那東東陪弟弟妹妹玩好不好？」

東東抱著西西還有些吃力，所以沈錦把西西接了過來，讓他靠在小不點的身上坐著，東東捏了捏西西的小手說道：「我會照顧弟弟和妹妹的。」

沈錦俯身親了親東東的臉頰說道：「東東是個好哥哥。」

「嗯！」東東眼睛亮亮的，使勁點頭。

沈錦和幾個孩子在楚原趙府過得自在，可是外面卻不平靜，沈智還沒有登基已經開始焦頭爛額。

英王世子的人至今得不到英王世子的消息，可是英王世子妃卻知道他是去幹什麼了。雖然英王世子要她保密，可是如今的情況，她只得告訴英王世子原來的親信。英王世子去見了楚修明，而楚修明活著在邊城，英王世子和帶去的人都失蹤了，想也知道是怎麼回事，這些人再沒有顧忌。

在朝廷和楚修明的人手都還沒對英王世子殘餘勢力動手之前，那邊已經徹底亂了起來，開始的時候有些人還偷偷投靠閩中或朝廷，可是後來根本沒有這些顧忌了，光明正大地走，還帶走不少英王世子餘下的糧草。除此之外，他們也開始內亂，有人把薛喬的兒子推出來，想讓他繼承，其實說到底只是選個好控制的，可是誰知道人剛被推出來，第二天薛喬連同她的兒子就慘死在屋中。

不僅是薛喬，就連英王世子妃都沒能活下去，一場大火把英王世子府給燒了，而府中不管是女主人還是下人，都被鎖在裡面活活燒死，府中稍微值錢的東西都被搶劫一空。

朝廷又開始爭吵，有人提議要派兵去平定這些亂局，有的說要戒備閩中瑞王一脈，而承恩公那邊卻主張對付楚修明。丞相依舊不開口，就像只是一個擺飾似的，可是朝堂上已經不少人暗中投靠楚修明，特別是在知道楚修遠的身分後。

禮部、戶部、工部、兵部、吏部甚至欽天監都有默契地拖延沈智登基的事，畢竟在天下人眼中，登基了就是正統皇帝，沒登基就只是一個皇子而已。

沈錦經常讓人帶著三個孩子出門，可是她自己從不踏出趙府，畢竟她的身分尷尬，不怕一萬就怕萬一，而三個孩子卻沒什麼關係。

就算如此，沈錦也知道外面的消息，趙嬤嬤他們時常把事情都告訴她。「也就是說要亂了。」

趙嬤嬤應了一聲說道：「是的。」

沈錦緩緩嘆了口氣，她沒有見過英王世子妃，也沒見過英王世子的那些妾室，只是她見過薛喬，真是一個很漂亮的人，如今她們都死了，沈錦心中有些悵然。說到底她們錯就錯在嫁給英王世子這個人，甚至有些還不是自願的，而是被人當成禮物或別的目的送去。

趙嬤嬤微微垂眸說道：「夫人太過心軟了。」

沈錦聞言，扭頭看向趙嬤嬤，笑了笑說道：「沒有呢，只覺得世事無常。」

趙嬤嬤緩緩嘆了口氣，沒再說什麼，沈錦也沒有說什麼。其實她覺得如果嫁給英王世子是她們自己的選擇，如今的境地也罷了，可是很多人是沒有選擇的權力。

沈錦有時候都覺得她這輩子最幸運的事就是嫁給楚修明。

不管那些人是死了可惜也好，死有餘辜也罷，都和沈錦沒什麼關係了。

「以後不管是東東還是南南他們，我希望他們都能找到自己喜歡的人。」雖然都是父母之命媒妁之言，沈錦還是想讓孩子們能有自己的選擇，因為他們有這樣的權力，不管是楚修明還是她都能為孩子做到這些。

沈錦看孩子的眼神很軟，伸手捏了捏西西的小手。「而且我喜歡他們都能遇到一心一意的人。」她不喜歡南南長大後大部分時間花在如何管理後院丈夫的其他女人上，她也不贊同東東和西西三妻四妾的，不是女人越多，就越好的。

趙嬤嬤也想到了瑞王妃。「瑞王妃可惜了。」

沈錦沒有說什麼，反正她是不會讓女兒步上瑞王妃後塵的，若是女兒很聰明，那就找一個能讓她發揮聰明才智的人；若是女兒很單純，那就找一個能護著女兒，讓女兒單純一輩子的人。到時候把要求告訴夫君，讓夫君去頭疼就好。

這麼一想沈錦就不再擔心了，若是嫁得不好，就把女兒接回來，反正夫君養得起，他們是有靠山的。楚修遠登基後，這幾個小傢伙就有個皇帝叔叔了，這麼一想沈錦心情更好了，沒有什麼比自己的兒女以後無憂無慮更能讓她滿意的。

沈錦扭頭看了看趙嬤嬤，她有點想把趙嬤嬤打包走啊，就是不知道趙嬤嬤願不願意。

其實沈錦還沒明白，重要的並不是趙嬤嬤願不願意，而是楚修明願不願意帶著趙嬤嬤，楚修明已經受夠在小娘子心中趙嬤嬤才是最必不可缺這點了。

京城中人心緊張，有些知道內幕的人已經安排家人離開，甚至送家中嫡子到邊城去，為的就是先在楚修遠那裡有個好印象。

在八月二十五日的那天，楚修遠的身分公諸天下，會選在這個日子正因為是先太子的忌日。

邊城的事情都交給王總管和趙管事，防禦交由林將軍，金將軍跟著楚修明走，吳將軍帶著人馬繼續和蠻夷打游擊，讓他們沒有精力騷擾天啟，而于管事再次開啟了互市。

瑞王也出來了，說了當年的真相，也證明先太子才是先帝心中的繼承人，誠帝說先太子大逆不道這些都是污水，沈熙也公開支持楚修遠，帶兵剿殺英王世子的殘餘勢力。

從邊城到京城這一路幾乎都沒遇到抵抗，就算誠帝當初一手訓練出來只忠於他一人的士兵，也都沒有抵抗，因為楚修明他們有誠帝是皇后害死的證據。

只花了四個月的時間，楚修明他們就來到京城腳下，京城的大門是史俞帶著眾人親手開啟的。楚修遠自出生後就沒有來到過京城，此時的京城很蕭條。

楚修明站在楚修遠的右側，史俞上馬在楚修遠的左側，兩人把他護在中間，而身後兵部尚書、禮部尚書等在行禮後，就跟在後面，楚修遠微微垂眸說道：「哥，你說這一幕史官會怎麼寫？」

「大勢所趨。」楚修明看了楚修遠一眼，說道：「這江山皇位本就該是你的。」

楚修遠抿了抿唇沒有說什麼，可是他心裡明白，若不是幾十年前誠帝做的事情，恐怕皇位真的輪不到自己，先太子光嫡子就有三個，下面的嫡孫更多，如今不過只剩下他一個，誠帝又是個糊塗的人，這才被他撿了便宜。

「嗯。」楚修遠看著皇宮的方向，他的父親生前無數次提起皇宮，在楚修遠心中那個地方……「走。」

宮門是打開著的，茹陽公主和昭陽公主一身麻衣跪在宮門口，親迎楚修遠進宮。楚修遠下馬，幾個侍衛已經上前把兩個公主隔開了，皇后和沈智也知道大勢已去，都是一身麻衣，去了身上的飾品。他們不是沒有想過要逃，可是在楚修明快到京城的時候，兵部尚書已經派人把承恩公府給圍起來，宮門城門更是被人接管，他們根本逃不出去。皇后和沈智都不想死，也不願意死，所以才會大庭廣眾之下一身麻衣恭迎。

楚修遠看了他們一眼，就不再看了，畢竟成王敗寇。「我想先去祖父的宮殿。」他說的是先東宮，那個已經廢棄的地方。

「下官給殿下帶路。」史俞恭聲說道。

楚修遠點了點頭，開口道：「請皇后等回宮，任何人不得打擾。」

「是。」

自從進了宮後，楚修明就沒有再說話，因為他知道，這時候的楚修遠已經不再是他的弟弟了。

已經長大了啊，楚修明扭頭看向宮外楚原的方向，以後他就可以全心全意陪在妻兒的身邊，也不知道小娘子有沒有等急了。

在知道楚修遠他們進了皇宮的消息後，沈錦難得大方地把最後一隻從邊境送來的羊羔讓廚房給收拾了，然後弄成烤羊肉分送給趙府的眾人。沈錦並非小氣的性子，這些羊是楚修明特意讓人送來的，總共就那麼幾隻，吃一隻少一隻。更何況趙嬤嬤也說了，這是將軍府的人知道沈錦喜歡吃邊城特有的羊肉，所以特地找人細心養出來的。

因為小孩子不能吃太多烤物，趙嬤嬤還弄了羊肉湯、羊肉大餅來給他們吃，別說和沈錦一個口味的東東，就是楚晨博和岳青雲都吃得很開心，最後還喝了點山楂湯來消食。

楚修遠根本沒有入住皇宮，反而在控制京城後，就住進永甯侯府。這是楚修明的府邸，雖然楚修遠沒有來過，可是沈錦當初整理的時候，特意給楚修遠收拾了一個院落出來，畢竟在沈錦的心中，楚修遠也是楚家的一員，這裡就該有他住的地方。

此時楚修遠就住在這個院子裡，他端著茶喝了一口。「也沒什麼區別。」他現在喝的茶是宮中那些人特意送來的御品，只是楚修遠覺得和邊城喝的大碗茶沒什麼區別。「加點蜂蜜和羊奶就好了。」

楚修遠看向楚修明說道：「哥，你什麼時候去接嫂子？」

「後天。」楚修明開口道：「我會順便把趙老先生也接過來。」

楚修遠點了點頭，他們討論過這件事，到時候把趙儒接來給楚修遠當老師，畢竟楚修遠沒有真正接觸過如何管理朝政。除了趙儒外還有丞相史俞，史俞不僅有才華，還絕對忠心，能更好地輔佐楚修遠。

楚修明伸手拍了下楚修遠的肩膀說道：「修遠，你該恢復本來的名字了。」

楚修遠抿了抿唇，他其實不叫楚修遠，這是到邊城後特意改過的，他叫沈源，這是父親給他取的名字，而這個名字他一直記得，可是卻也很陌生，因為從小到大他只是記得而已，從來沒有人叫過。

楚修遠看向楚修明，帶著幾許懇求說道：「哥，你能叫叫我嗎？」

楚修明笑著敲了下他的額頭，就像小時候一樣。「沈源，其實不管你叫沈源還是叫楚修遠，你都是你，沒什麼區別，不過是一個名字而已。」

楚修遠也就是沈源，聞言愣了愣，點了下頭，笑了起來。「是啊，哥，是我想太多了。」

楚修明搖了搖頭沒再說什麼，他明白楚修遠心中的感觸，所以才會多留這幾日，好讓楚修遠適應和沒有後顧之憂。

從京城到楚原需要二十天的路程，而楚修明帶著人快馬加鞭僅花了十三日就趕到了楚原。一路上的奔波，就算是楚修明也難掩疲憊，特別是在這之前的幾個月，他也沒能好好休息。

趙儒在知道楚修明來了以後，直接讓人引著他去到沈錦的院子，就算有再多的事情需要商量，也不能打擾人家小夫妻兩人的相聚。趙儒捏了捏自己的鬍子，果然他還是很通情達理的。

看著眼前的丈夫，沈錦眼睛都紅了，她已經快一年沒有見到楚修明，上一次見面，也只相處了短短的一段時間。沈錦提著裙子朝楚修明跑去，楚修明也快步上前，一下就把小娘子抱進懷裡。「我來接妳了。」

「夫君……」沈錦小聲嗚咽著，雙手緊緊抓著楚修明的衣服。「夫君……」

「嗯，我來接妳了。」楚修明的手輕輕撫著沈錦的後背。「不是派了趙嬤嬤來嗎，怎麼還瘦了？」

沈錦雙手摟著楚修明的脖子，把自己緊緊掛在楚修明的身上。

楚修明直接以這樣彆扭的姿勢抱著沈錦往裡面走去，沈錦本來是在院子裡陪兩個孩子玩的，此時趙嬤嬤已經讓安寧和安平把兩個孩子抱了起來，然後帶著孩子下去，不讓任何人打擾將軍和將軍夫人之間的團聚。

而趙嬤嬤自己引著楚修明進沈錦的房間後，就從外面把門給關緊了。

楚修明把沈錦放到床上，低頭親吻著沈錦的額頭、眼角、鼻尖、最後落在沈錦的唇上，沈錦雙手緊緊摟著楚修明，主動回應著楚修明的吻……

屋外下學回來的東東被趙嬤嬤攔在門口，東東疑惑地看著趙嬤嬤，問道：「嬤嬤，我母親呢？」

趙嬤嬤恭聲回道：「少爺餓了嗎？夫人特意讓廚房給少爺做了水晶桂花糕。」

東東聽見水晶桂花糕，眼睛亮了亮，卻還是問道：「母親呢？」

「夫人正在補眠，晚些時候少爺就能見到夫人了。」趙嬤嬤並沒有直接說楚修明回來的事情，畢竟沒辦法向東東解釋，為什麼將軍來了，反而連母親都見不到了這樣的事情。「少爺要不要陪姑娘和小少爺玩會兒？」

東東想了想，才點頭說道：「好，我來照顧弟弟妹妹，讓母親休息。」

趙嬤嬤笑著帶東東離開了。

東東今日是別想見到沈錦了，甚至連特意給沈錦留的糕點都沒能親手交給她，不過東東倒是見到了楚修明。東東在看見一身錦衣的楚修明時瞪圓了眼睛，猛地撲了過去叫道：「父親，我好想您！」

楚修明把東東給抱起來，讓他坐在自己的肩膀上，東東哈哈笑了起來。楚修明也看見了楚晨博和岳青雲，剛剛趙嬤嬤已經和楚修明說過岳青雲的事，就算早有準備，可是一見這兩兄弟，楚修明心神也動了一下，楚晨博和岳青雲兩個人總讓他想到他和楚修曜小時候。

幾個人坐下後，東東還是坐在楚修明的懷裡，嘰嘰喳喳說著弟弟妹妹的事情。楚修明聽了半天才明白，原來兒子當初把妹妹當成了弟弟，而把弟弟當成了妹妹。捏了捏兒子的小臉，楚修明看向楚晨博問道：「最近都學了什麼？」

楚晨博仔細把自己學的東西都說了一遍，楚修明點了點頭，又看向岳青雲，問道：「那青雲都學了什麼？」

岳青雲有些受寵若驚，在知道楚家的事情後，他格外崇拜這個永甯侯，可是今日他不僅見到永甯侯，永甯侯還問他學了什麼功課。岳青雲強忍激動說了一遍，其實他學的和楚晨博的差不多，還要比楚晨博差一些，畢竟楚晨博在之前被楚修明教導過。

楚修明點了點頭，說道：「明天把你們的功課拿給我看看。」

「是。」楚晨博和岳青雲都恭聲說道。

東東仰著小腦袋，說道：「父親，我也學會寫字了。」

楚修明眼神柔和許多，低頭揉了揉懷裡的兒子說道：「好，明天父親給你檢查。」

東東使勁點頭，然後扭頭看了看內室。「父親，母親怎麼還不起來呢？是不是不舒服？」

「母親有點累了，父親已經去看過了。」楚修明當然不會說是自己把小娘子累得起不來床，畢竟他們快一年沒有在一起了，楚修明難免有些控制不住。「放心吧，明天你就能見到母親了。」

東東這才說道：「好。」

又說了幾句，楚修明就讓他們三個去玩了，自己去見了趙儒，也是感謝趙家對自家小娘子的照顧。

沈錦醒來的時候就看見楚修明正坐在一旁的軟榻上和兩個孩子玩，兩個孩子已經長大了不少，可是楚修明還是看出了西西比南南身體要弱不少，不過楚修明心中卻滿是欣慰，孩子都好好活著。

楚修明看到沈錦起來，就讓安寧和安平看好孩子，自己倒了一杯水，把沈錦摟在懷裡餵給她喝。

沈錦喝完一杯水才好了一些，說道：「把南南和西西抱過來吧。」

「是。」安寧和安平這才把兩個孩子抱過來，南南和西西本就親近沈錦，一到了床上就咿咿呀呀說個不停。

沈錦忽然說道：「把東東也帶過來。」

楚修明眼神閃了閃，明白了沈錦的意思，他們一家五口還沒有在一起過呢。

東東的房間離沈錦不遠，很快就過來了。他眼睛亮亮地看了看沈錦，又看了看楚修明，最後看向弟弟妹妹，臉上是明顯的渴望。楚修明直接伸手把東東給抱到床上，沈錦摸了摸東東的頭說道：「東東，今日和我們一起睡好不好？」

「好。」東東趕緊回答。「我已經梳洗好了！」

「真是乖孩子。」沈錦笑了起來。

安寧她們也打水伺候楚修明和沈錦梳洗，等弄完後，安寧就帶著人退出去。楚修明熄了燈躺在床上，沈錦睡在最裡面，楚修明睡在最外面，三個孩子睡在中間。東東一會兒摸摸沈錦的手，一會兒摸摸楚修明的手，然後碰了碰已經睡著的弟弟妹妹。「我覺得很快樂！從來沒有這麼快樂！」

楚修明應了一聲。「以後我們一家人都在一起。」

「好。」東東說道。

「快樂而滿足。」沈錦覺得一輩子的幸福就是這樣了，有夫君、有孩子在，他們一家人都在一起。

「亦然。」

——全書完

番外一　選后那些事

壹、

楚修遠等楚修明把沈錦和趙儒一家接到京城，這才真正入住皇宮，不過他讓人把先東宮給收拾出來，住進了那裡。

而誠帝的皇后和僅剩的兒子沈智一直被關在宮裡，楚修遠並沒有虧待他們，只是不讓他們隨意走動。承恩公府的人就沒這麼好運，全部被押解在大牢中。

誠帝生前本是準備給昭陽公主她們選駙馬的，後來因為英王世子的事情耽誤了下來。當時原本誠帝表明了意思時，原是有一些世家有意願，可是如今這兩位公主卻無人問津了。

特別是當初皇后暗示的那幾戶人家，更是早早就選定別家。

這樣的行為在楚修遠看來根本沒有必要，就算他再恨誠帝恨承恩公府，也不會拿公主出氣，甚至連沈智他都不準備追究，不過也不會讓他離開京城。

楚修明回來的時候，楚修遠親自到城門口去接，而進皇宮的時候，也是楚修明護送楚修遠去的。

這兩件事情乍一看並沒什麼，可是仔細思索卻又有深意在其中。楚修遠告訴天啟所有人，他和楚修明之間的感情，雖然他將改名，雖然他要成為天啟的新皇，可是在他心中，楚修明還是他的兄長，他的家人。

楚修遠登基前，眾人已經提出加封先太子和楚修遠生父的事情，自然是沒有人反對，緊接著就是加封先太子妃和當初被誠帝害死的幾位皇子。楚修遠雖然恨透了誠帝，可是誠帝已經入土為安，把誠帝的謚號改動以後，楚修遠就沒有再搭理他的意思。而誠帝的皇后在宣佈了眾多罪行後，死在了冷宮中。

玉璽始終是沒有找到，可就如沈錦說的，只要楚修遠認定這個玉璽是真的，那麼這就是真的。

楚修遠並沒有動沈智，反而封沈智爵位，把當初的承恩公府清理出來，當成了他的府邸。除此之外還有眾多有功之臣的封賞，其中封賞最多的自是楚修明。楚修明已經從永甯侯封為甯王，沈錦被封為甯國夫人，楚修曜被封為侯爵，瑞王的食祿增加了不少，又賜了莊子，而最實惠的是賜了爵位給他的二兒子沈熙……零零散散弄下來，已經到了永安二年。

永安正是楚修遠登基後的年號，安這個字很簡單，卻是眾人心中最希望的。

楚修遠聽取了趙端的意見，不再像以往那般朝堂上只有一個丞相，而是分了左右兩個丞相。和誠帝重文輕武不同，楚修遠注重文臣武將對等，花費了近兩年的時間，才把被誠帝弄得一團亂的朝廷梳理好。楚修遠沒有當初誠帝的那些顧忌，直接派兵鎮壓了英王世子的殘餘勢力。

等這些動盪平定下來，朝堂上再一次提起了楚修遠選后的事情，楚修遠這次沒有拒絕，直接說道：「朕早已考慮過這些，只是如今朕並無長輩。」

史俞如今是右丞相，恭聲說道：「皇上可大選，以充後宮。」

「如今蠻夷未滅。」短短兩年，楚修遠坐在皇位上已有了威嚴。「蜀中等地……」說了許多就是天啟還有很多很多要花銀子的地方，不適合在這種事情上面鋪張浪費。「朕決定把此事交予甯國夫人。」

不知道為什麼，雖然覺得這樣不符合規矩，可是不少人心中又有一種果然如此的感覺。而且說起來甯國夫人也算是楚修遠的長輩，又有楚修明的關係在，史俞和趙儒對視一眼，都不再提意見，這件事就定了下來。

楚修明已經很久不上朝了，在眾人還擔心楚修明攬權的時候，楚修明已經退下去了，如今就在家中陪伴妻兒，所以在下朝後，他們才知道這個消息。人說一孕傻三年，沈錦在回京沒多久就忘記當初楚修遠託付給她的事情，如今被告知，就戳了戳走不穩的西西，說道：「我記下了。」

就算返京了，陳側妃也沒有回瑞王府，而是留在沈錦的身邊，這樣是不符合規矩的，可是京中眾人都當作不知道這件事，陳側妃倒也自在，此時說道：「這事情交給妳，不妥當吧？」

陳側妃也知道選后之事的重要性，可是這事情落在女兒身上，她害怕選不好，反而落了埋怨可就不好了。

「母親，沒事的。」

楚修明知道陳側妃的擔憂，說道：「岳母放心就是了。」

陳側妃見此也不再說什麼，點了點頭說道：「心中可有成算了？」

沈錦點頭，說道：「我想問問母妃。」

陳側妃聞言點頭道：「這般妥當。」

瑞王妃雖然不大出門交際，可是京中的事情幾乎沒有她不知道的，而且最近瑞王妃也忙著給兩個兒子選妻的事情，想來這些也早有準備了。

楚修明坐在一旁，伸手把女兒抛了起來再接住，逗得女兒笑個不停，西西也不羨慕，就依在沈錦的身邊。他已經會走路了，可是並不喜歡走動，更多時候都是安安靜靜的，可是楚修明和沈錦發現，小兒子很喜歡那些鮮活的東西，特別喜歡小不點。小不點雖然也和東東他們玩，可是仔細觀察就會發現，小不點更親近西西一些。

雖然這麼說，可是沈錦最近有些發懶，一直沒有出門，好像根本沒有放在心上，這可把外面的人給弄急了，有親戚關係的自然想辦法上門，沒有親戚關係的也要想辦法連上關係，一時間京城都熱鬧了起來。不少人都覺得沈錦是故意如此的，想暗中查探什麼，使得有些人家快草木皆兵了，連街口多了個賣果子的都要暗中仔細觀察，還勒令府中的所有下人不能仗勢欺人。

弄得京城中不少百姓都目瞪口呆，看著往常一個個眼高於頂的人，都溫和禮貌起來，甚至街邊摔倒個人，都有不少人爭相去扶。

而沈錦不是忘了也不是沒有放在心上，她不過就是懶，每天都想著明天一定要去瑞王府見見瑞王妃，可是每天早上起來又不想動了，就又推到了明天，這樣一天推一天才造成了外面人的誤會。

轉眼間半個多月過去了，可是沈錦那邊一點消息也沒有，弄得不少人坐不住了，找了各種藉口上門來，就連宮中偶爾也會提起。倒是楚修遠一點都不急，反而把人安撫下來，他是知道沈錦這段時間的狀態的，當時還找太醫給沈錦看過。太醫只說沈錦前兩年累得很了，所以一放鬆下來就格外的懶散，並無什麼大礙，讓沈錦想吃什麼就吃什麼，想怎麼睡就怎麼睡。

等太醫診治完了，楚修明和楚修遠這才放心。而楚修曜也交由太醫和從民間找來的名醫診治，情況一天天好轉，眾人也發現，他好像清醒了不少，也會思索了，偶爾會叫出楚修明的名字，這讓眾人格外欣喜，楚修遠直接把那些大夫都送到楚修明的府上。

沈錦這日終於不再偷懶，起來後抱著被子發了一會兒呆，就讓安寧她們給她梳妝打扮了一番。

楚修明今日要進宮，所以只是讓岳文送沈錦，幾個孩子沈錦一個都沒有帶，丫鬟也僅僅帶上安寧，剩下的都留在府中照顧孩子們。

到了瑞王府時，大管家親自到門口來迎接，沈錦看著熟悉的院子，心中竟有些悵然，短短的幾年，她就從一個王府不受寵的庶女成了甯國夫人。當初府中有瑞王妃在，大管事雖然不至於剋扣她們母女，卻絕對沒有這般熱情，都是公事公辦的，甚至沈錦很少能見上大管事一面。

瑞王妃正在泡茶，看了沈錦一眼道：「坐吧。」

沈錦坐在瑞王妃對面的位子，瑞王妃泡好一杯茶後，就先給沈錦倒了一杯。沈錦不知道這是什麼茶，帶著幾許花香倒是不錯，就多喝了兩口。瑞王妃也喝了點，然後放下茶杯笑道：「我想著妳這幾日就該來了。」

「母妃。」沈錦笑著說道：「我來求母妃幫忙拿個主意呢。」

瑞王妃是個通透的人，早就猜到沈錦的來意，看了眼翠喜，翠喜拿著一張名單，雙手交給了沈錦。這上面不僅寫著年齡適合的姑娘名字，後面還列了出身以及家裡的情況，只是幾句就把沈錦需要知道的都寫清楚了。

「這幾位姑娘我倒是見過。」瑞王妃的聲音緩緩的，沈錦從來沒見過瑞王妃著急的樣子。「性子極好。」

沈錦看了一眼，上面都是嫡出的姑娘，家裡也沒那種糊塗的人，不多只有五個而已。瑞王妃問道：「這次是只選皇后嗎？」

「嗯。」沈錦聞言說道：「皇上是楚家長大的。」

瑞王妃一下子就聽明白了，楚家的男人從來都是只娶一人，除非到三十還無子嗣，這才會納妾，瑞王妃微微垂眸說道：「那找個機會，給這五位把把脈吧。」

沈錦疑惑地看向瑞王妃，瑞王妃笑著說：「看看身體怎麼樣。」像是宮寒這類的，平時是看不出來，可是在子嗣上是有礙的，還是仔細查探一下的好。

「喔。」沈錦點了點頭，說道：「我知道了，母妃。」

瑞王妃笑了下沒有說話，沈錦倒是說道：「其實我見過大舅舅的女兒。」她口中的大舅舅自然是瑞王妃的兄長，她記得那位姑娘人不錯，可是這名單上並沒有她。

「趙家……」瑞王妃聞言說道：「並不適合再出皇后了，也算是我的私心吧。」

沈錦想了下點頭，明白了瑞王妃的意思。趙家有從龍之功，瑞王妃的二兒子沈熙又在外帶兵，趙儒如今是左丞，瑞王妃的兩兄弟趙岐和趙端也身處要職，姪子趙駿、趙澈也是前途無量，若是再出一個皇后，就太打眼了。

沈錦把名單收起來，就不再提這件事，問道：「大姊還好嗎？」

沈琦回京後，就帶著女兒回了永樂侯府，如今的情況侯府的人自然不會說沈琦什麼。只是當時沈琦離開，永樂侯為了怕府中被牽累，就上疏把褚玉鴻的世子位給了次子，甚至把褚玉鴻打發到莊子上，褚玉鴻心中滿是憤恨，就自甘墮落又納了不少妾室。雖然永樂侯在楚修遠身分曝光後，就對這個被忽略的兒子好了許多，可是也沒能使褚玉鴻和他們親近。在楚修遠進京後，永樂侯就趕緊派人去接回褚玉鴻，可是他反而不回來，執意要住在外面的莊子上，最後還是永樂侯親自去接，這才使得褚玉鴻回府。

褚玉鴻對沈琦卻不大好，就是不搭理，而沈琦心中有愧，就加倍對褚玉鴻好，可是卻適得其反。如今世子位又還給褚玉鴻，他倒是挺寵那幾個在他落魄後還跟著他的小妾，弄得沈琦日子過得也不開心。

瑞王妃搖了搖頭，其實按她的意思，直接和離就是了，如今瑞王府的地位，就算沈琦和離了再嫁也不難，可是沈琦就是憋著勁，也不知道怎麼想的。「日子是自己選的，她愛怎麼樣就怎麼樣吧。」

沈錦點了點頭，兩個人又聊了幾句後，沈錦就告辭了。

貳、

楚修明雖然沒有來送沈錦，卻親自來接沈錦。坐在馬車裡面，沈錦就把名單給他看，和楚修明想的差不多，不過有幾家並不在名單上面，楚修明也不覺得意外，他思考的方向更多是家族。

楚修遠如今的地位是不需要靠岳父家的勢力來平衡朝政，所以選皇后，不需要家族顯赫，反而需要那種家族中沒有糊塗人的，最重要的是人品和眼界。

瑞王妃會把那幾家人排除在外，想來是因為那家的姑娘有什麼不合適的地方。

沈錦開口道：「其實母妃的姪女很好，只是不適合。」

楚修明微微垂眸，說道：「嗯。」

沈錦也不再說什麼。「那我回去就寫帖子。」

「再添幾家。」楚修明開口道，總不能讓人發現他們只從這幾家來選，多些也可以當作掩護。「妳準備怎麼選？」

沈錦附在楚修明的耳朵上小聲說：「從她們的言行舉止性子來看。」

楚修明眼中帶著笑意，摟著沈錦的腰，把人抱到懷裡，捏了一塊蜜餞放在她嘴裡。

沈錦就鼓著腮幫子慢慢吃起來，感覺半天還沒到家，就打開車窗往外看了看，說道：「咦？不是回家的路。」

「妳前天不是想試試西街的魚膾嗎？」楚修明雖然沒有笑，可是他的聲音很溫柔，沈錦不過隨意提的一句話，就被他記在心裡。

果然沈錦眼睛都亮了，使勁點了點頭。「我也是聽安寧提起的，岳文帶安寧去吃了，說味道很好啊。」

楚修明捏了捏沈錦的手，當初瘦了許多的人，被他重新養胖了一些，可是楚修明一點也不滿意，總覺得比初次見到自家小娘子時要瘦弱許多。

西街的那家魚膾做得不錯，魚很新鮮，做的人手藝也好，據說老闆當初是沿海那邊討生活的，家裡祖傳的手藝，可是其餘的菜色只能算一般，沈錦並沒有多吃。

吃完以後，楚修明就找了一家成衣店，帶著沈錦換上他提前準備好的衣服，然後讓馬車停在一旁，在西街這邊轉了起來。

沈錦還是第一次來這裡，看著熱熱鬧鬧的情景，好像前段時日的那種疲憊懶惰都消散了，整個人都變得精神起來。楚修明把沈錦護在懷裡，那些侍衛也換了裝扮，散開了跟在他們附近，就連丫鬟都被楚修明打發走了。

這邊的東西並不珍貴，但是看著也很有趣，有竹編的各種小動物，還有稻草竹子一起弄出來的小閣樓。沈錦看著喜歡就多買一些，好回去給孩子們玩，除此之外還有泥人麵人之類的東西，沈錦還買了糖畫，讓人給包起來，這些都交給後面跟著的侍衛。沈錦自然知道有人跟著，只要不打擾到他們，沈錦就不會在意。

走了一會兒，楚修明帶著沈錦往一家茶樓走去，準備歇歇腳。誰知道就看見茶樓不遠處的一個角落裡，一個衣著骯髒的乞丐蜷縮在那裡，有幾個人正在踢打，沈錦愣了愣。「沒人管嗎？」

楚修明看了一眼就不再關注，眼中露出幾分嘲諷。「誰知道。」

沈錦記得京城裡是有士兵巡防的，若是真的尋仇或者看這個乞丐不順眼，這些人也不該在這種地方，假如被發現了，少則要關在牢中三、五日，多則處罰得更重。在誠帝的時候如何處置沈錦並不知道，可是楚修遠不是心慈手軟的，自他登基後，政律嚴明，應該不會有這樣的事情發生。

看著眼前的情景，沈錦愣了愣說道：「那把他們都送……」

話還沒有說完，就看見一個小廝已經上前驅趕那些打人的男人，大聲斥責道：「這個乞丐和你們有何冤仇，你們竟然如此狠毒，我家姑娘都看不過去，你們還不快滾！」

「你知道我們是誰嗎？」打人的小混混怒道。

小廝冷聲說道：「你們若不服氣，就到姚府……」

楚修明聽到這裡，就不再聽下去了，低聲問道：「還去喝茶嗎？」

沈錦點了點頭，說道：「歇歇腳吧。」她有些累了。

楚修明應了一聲，帶著沈錦往茶樓走去。誰知道情況又起了變化，就見那幾個打人的已經跑了，然後一個戴著帷帽的少女被丫鬟扶著走到乞丐的旁邊，因為他們離得近，清楚聽見少女的聲音，少女讓丫鬟拿了銀子給那個乞丐，然後說道：「你有手有腳的，用這些錢做點生意吧。」

那個乞丐一瞬間紅了眼睛，跪下來使勁給少女磕頭，感恩戴德的，周圍的百姓也看到了這些，都低聲讚嘆起少女，還有姚府的家教。

沈錦和楚修明不再看，直接進入茶樓，要了一個包間後，楚修明就點了幾樣這邊的糕點和茶水，又吩咐一壺溫水，溫水是給沈錦喝的，侍衛都在外面，倒是沒有打擾到兩人。楚修明給沈錦倒了杯溫水，讓她慢慢喝著，這才說道：「那個人是姚家的，應該是姚三。」

姚三？姚家三姑娘，如今十五、六，正是該嫁人的年齡，也怪不得呢，他們雖然沒有隱藏痕跡，可是姚府能這麼快查到，還安排了這一幕。沈錦喝了幾口水後，開口道：「消息倒是靈通。」

楚修明應了一聲，他坐在窗邊隨意地看著下面。「過猶不及。」

姚府這一幕，為的不過是把姚三推出來，一個善良卻不會過度善良，還有見識的姑娘，是很適合當皇后的人選，就算不是皇后，後宮中還有別的位置在。

可是從一開始楚修明和沈錦就覺得奇怪了，其實姚府算計得很好，卻沒有去過邊城，不知道那邊的情況。楚修遠對天啟的治理很大程度借鑑了邊城的治理，對城中百姓的管理格外外鬆內緊。

沈錦點了點頭，沒再說什麼，反正姚三不在瑞王妃給她的名單上。

楚修明給沈錦杯中的水倒至八分滿，才說道：「到時候也把她請來。」

沈錦疑惑地看向楚修明，楚修明笑著捏了捏沈錦的手說道：「她有幾分心機，用她來試試其他人。」

「喔。」沈錦不再說什麼，點了點頭。

兩個人休息了一會兒，就帶著買的東西回府了。

參、

請人的請柬是沈錦親手寫的，請柬的紙是趙嬤嬤準備的，沈錦並不知道是什麼紙，只覺得挺漂亮的。

這紙是貢品，粗看時普通，可是仔細看卻會發現紙上帶著暗紋，是梅蘭竹菊山河湖泊等圖案，別有一番寫意風趣。

接到請柬的人家自然高興，沒接到的心裡也有數，有的沈得住氣，有的開始活動想辦法能讓自家的姑娘跟著去，就算選不上，到貴人面前混個眼熟沾沾光也是好的。

楚修遠登基後本想給楚修明換個更好的宅子，畢竟王府要比侯府大，不過被楚修明拒絕了。楚家本就沒多少人口，再大的宅子也是白放著，他們一家還住在當初的永甯侯府，不過改變一些規格，然後永甯侯府的匾額也換成了甯王府。

這一日楚修明不在府中，陳側妃也沒有出來，府中的事情都交給趙嬤嬤打點，趙嬤嬤選了一個院子作為待客所用之處，重新裝點了一番。這日瑞王妃早早就帶著沈琦來了，幫著沈錦接待人。

請柬上寫有時間，時間到了後，甯王府的大門就關上，若是有晚來的一律都不給進，反正沈錦如今也不怕得罪人，不過此次根本沒有人晚來，反而都早早過來了。

幾個孩子都被留在正院沒有帶出來，沈錦覺得多虧沒把孩子們帶過來。到的人遠比她邀請的多，有的是親戚帶來的，有的是把家裡的姊妹都帶來，一個個打扮得或端莊、或華美、又或者看著簡單漂亮，各有不同，也不知道她們怎麼商量的，倒是少有穿了相同的來。

瑞王妃正和相熟的人說話，沈琦陪在沈錦的身邊，低聲和沈錦介紹著來人，沈錦只覺得眼花撩亂的，不禁感嘆道：「看著這些姑娘家，都覺得自己老了呢。」

沈琦看了一眼臉嫩得彷彿能掐出水來般的妹妹，眼神微微暗了暗。如今沈錦已經是三個孩子的母親了，可是還像個未出閣的少女一般，滿身的歡快，而她自己呢？總覺得早已蒼老了，不過也是，有楚修明那樣寵著、疼著，沈錦每日都無憂無慮的，彷彿比當年出嫁前還要快活。

更何況沈錦身上多了一種說不出的韻味，沒有了當初的青澀，嬌憨依舊卻也有幾分內斂的光華，就像被仔細打磨保養的珍珠般，不耀眼奪目，卻格外吸引人的目光。

「妹妹若說老了，可叫我怎麼說自己好？」沈琦雖然嫉妒沈錦如今的情況，可她也不是糊塗的，如今的她得罪不起沈錦，就算是瑞王也得罪不起沈錦。

沈錦挽著沈琦的手，笑著說：「姊姊也年輕漂亮得很。」

「就妳嘴甜。」沈琦扭頭看了沈錦一眼，輕輕摸了下她的臉，說道：「那個穿淺紫色衣裙的是……」

沈錦一一把人給記下來，偶爾和幾位姑娘交談一下。沈錦本就是好性子，這些姑娘也都是大家出身，更何況明擺著能不能入後宮還要看沈錦，自然不會說那些讓人不高興的話。有的姑娘是圍在沈錦身邊與她交談，有的也不知道是清高還是怎麼，就坐在一旁，並不主動過來，等沈錦過去了，也只是矜持地點頭，並不多言。

不管是沈錦還是沈琦都沒想過會再見到沈梓，沈梓整個人哪裡還有當初的明豔，看著竟然蒼老得和養尊處優的瑞王妃似的，她身邊帶著兩個姑娘，想來是小姑或者夫家的親戚。沈梓遠遠看見低聲談笑的沈錦和沈琦，眼中閃過恨意和妒忌，抿了抿唇，想到丈夫婆婆的話，強壓著心中的怒火。她今日能來，還是託了是沈錦姊姊的福氣，雖然眾人都知道沈梓與沈錦不和，瑞王回京後甚至沒再見過這個女兒，卻也架不住她身分特殊，她真死皮賴臉跟著有帖子的人家，人家也不好不帶她來。

只是這樣一來，不管面子和裡子都沒有了，可是沈梓更怕的是被休棄。她心中明白，她至今沒給丈夫產下一子，又和家中交惡，甚至連父王的面都見不得，瑞王府的大門都踏不進，若是真被休了，就再沒有活路。

沈梓握了握拳頭，長長的指甲刺痛了她的手心，這才帶著身邊的兩位姑娘上前，強忍著屈辱給沈琦和沈錦行禮道：「大姊、三妹。」

沈琦看著沈梓的模樣，心中有些感嘆，就算兩人之間有再多的齟齬，此時沈琦也是可憐沈梓的，沈梓的情況沈琦倒是知道一些。沈琦的丈夫雖然納妾眾多，可也是她不對在先，更何況因為她的身分，正室的體面還是保得住的，還有她的孩子，而且她哄著，丈夫也有回心轉意的意向。

而沈梓呢？如今連正室的面子都沒有了。

沈琦看了看沈錦，如今作主的也不是她。沈錦看著沈梓倒是笑著點了點頭，態度很溫和，可是這樣的溫和卻與對別人一般無二。沈梓心中鬆了一口氣，微微垂眸，把身邊的兩個人介紹了一下，其中一個是鄭府的姑娘，一個是鄭夫人娘家的姑娘。

沈錦看了看說道：「都很漂亮，好好玩吧。」

那兩個姑娘明顯高興了不少，眼睛亮亮的，鄭府的姑娘嬌聲說道：「我一直聽嫂子提起兩位姊姊，今日見了才知道，兩位姊姊比嫂子說的還要漂亮呢。」

沈錦沒忍住一下笑出聲來，就連沈琦都不知道說什麼好了，沈梓會說她們好話？不詛咒她們就算不錯了。

沈梓臉色也變了變，這個小姑是鄭府年紀最小的姑娘，不管是鄭老爺還是鄭夫人都很寵愛。

沈琦搖了搖頭，說道：「妳們好好玩。妹妹走吧。」

「嗯。」沈錦應了一聲，和沈琦一道離開了。

見到這樣的情況，鄭府姑娘臉色都變了，剛要追上去，卻被一直跟在沈錦身邊的安寧擋住，安寧笑著說：「兩位姑娘，若是有什麼需要，告訴丫鬟一聲即可。」

轉了一圈，沈錦就和沈琦先回去了，她直接當著沈琦的面拿出一張名單，在上面劃掉了不少名字，就是瑞王妃寫的她也劃掉了一個。

沈琦皺了皺眉問道：「這個余家的姑娘……」

「我覺得她可能不大想參加這次的選后。」沈錦特別注意這幾家姑娘，這位余家姑娘就是那個離得遠遠的，就算沈錦過去也只點了下頭，然後沒停留多久就離開了。

沈琦眼角抽了一下，那姑娘想要表現清高端莊，可是太過頭了，誰承想就這樣被刷下來了。

肆、

晚上的時候，沈錦就把今日宴會的觀察與楚修明說了，楚修明聽了點點頭，沈錦盤腿坐在床上，看著楚修明道：「其實我覺得想要嫁給皇上是很正常的，畢竟皇上身分高，樣貌好，如今又只選皇后，她們多多少少都該知道楚家的習慣。」

楚修明已經明白沈錦的意思，笑著說：「是啊。」

沈錦動了動腳趾頭，說道：「可是為什麼不走正道呢？」

今日來的姑娘都打著什麼心思，沈錦其實已經猜出來了，若真是那種清高的，今日就不會如此表現。

就像沈錦與沈琦說的，那個幾乎不理她的姑娘，在裝扮上格外用心，就算是趙嬤嬤近乎苛刻的眼光，也沒能在那位姑娘身上挑出什麼毛病，她舉手投足更顯氣質卓然。其實這次的選人，在她們剛踏進簷王府的時候，就已經開始了。

那種打扮漫不經心或者不適合的，直接都被趙嬤嬤記住了，然後偷偷告訴了沈錦。這次主要選的是瑞王妃給的名單，可是不排除別人，就是那些託關係帶進來的人，沈錦也仔細觀察過。

若是今日那位姑娘直接站在沈錦面前說「我想嫁給皇上」，可能沈錦更看好一些。

楚修明的手很漂亮，戳了下沈錦的額頭，說道：「別想這些了，明日我們一家去打獵，到時候在別院住幾日。」

沈錦抓著楚修明的手指咬了一口，然後哈哈笑著躺倒在床上。「好，小不點怕是不想回來了。」

楚修明應了一聲，單手按著床，俯身在沈錦的臉上親了口，沈錦臉紅撲撲的，眼中帶著幾許羞澀。就算是成親這麼多年，她看著楚修明有時還會看傻，特別是回京城之後，楚修明除了鍛鍊時，都是一身錦衣華服，更顯得君子如玉翩若驚鴻。

沈錦一家準備去的別院是楚修遠剛剛賞賜的，離得不遠就是個狩獵場，而且皇家別苑也在這裡。瑞王在這邊也有別院，可是瑞王不擅騎射，每年很少過來。

就算一大早就出門，他們到的時候已經是下午，西西早在馬車裡面睡著了，一家人也沒有出去玩，而是各自回屋休息。

這次楚修明也帶著楚修曜過來，他現在身邊有專門的人伺候，再加上楚晨博和已經回復身分從岳青雲改名為楚晨雲的兩個孩子照看著，也不用人擔心。東東、南南和西西三個孩子也睡在一起，交給安寧和安平照看。

幾個人睡了一覺，整個人也舒服多了，得知幾個孩子都沒醒，楚修明就帶著沈錦在別院裡面轉了轉。這個別院裝修得很精緻，因為所在的位置還多了幾分野趣，種了不少菜，還養了雞鴨兔這類的，有專門的人看管，不會顯得髒亂。

小不點比沈錦他們提前一天來這裡，此時並不在院子中，因為楚修明交代，沒人拘著小不點，反而讓牠在不遠處的林子裡面亂跑。

像是知道沈錦他們來了，今日天還沒黑小不點就回來了，還叼著一隻野雞，那野雞還是活著的，身上的毛掉了不少，卻沒有傷口。小不點把野雞叼到楚修明和沈錦面前，然後蹲在地上一爪子按著，不停地搖尾巴。

沈錦本來在看兔子，和楚修明商量把家裡的那一大窩雪兔給弄到這邊放養，就看見了小不點，沈錦拍了拍小不點的大狗頭說道：「好乖，今日讓廚房給你燉牛肉吃。」

伍、

沈錦帶著最後選出的那兩位畫像，以及寫下來的各種理由和楚修明一起進宮。楚修遠直接把地點定在御花園裡面，還讓御廚準備不少拿手的糕點。楚修明和沈錦行禮後才坐下，雖然楚修遠說過不讓他們如此客套，可是該有的禮節還是應該有的。

楚修遠身邊的太監此時把那兩張畫像打開了，沈錦雙手捧著果茶說道：「其實那兩位姑娘比畫像中漂亮不少。」這兩張畫像是沈錦從那兩戶人家要來的。「皇上看看哪個更順眼？」

「我看著都差不多。」知慕少艾，就算是楚修遠此時也難免有些羞澀，但還是依言看了看，然後說道：「嫂子給我說說吧。」

沈錦從趙嬤嬤那裡拿了兩張紙出來，交給楚修遠，這上面不僅寫了兩位姑娘習慣的衣服顏色還寫了她們的口味、性子一類的，甚至有她們兩個說話的內容。楚修明坐在一旁並沒有說話，沈錦說道：「那幾句話是我從她們聊天時選出來記下的，鵝黃衣服的那位姑娘是夏家姑娘，紫色衣服的是石家姑娘。」

「夏家姑娘性子比較喜靜一些，是個愛笑的，而且笑起來有酒窩。」沈錦指了指畫像的位置，開口道。「可惜畫師畫得不像。石家姑娘很會自己找樂子，騎馬打獵這些很擅長。」

楚修遠仔細看了看沈錦記下來的東西，就連把夏家姑娘逗得笑個不停的那幾句對話都看了遍，可是他並不覺得好笑，只是他覺得，有個愛笑的妻子也不錯，畢竟在朝堂上已經夠嚴肅了，回去還要面對一臉嚴肅的妻子？楚修遠不自禁抖了抖，覺得有點受不住。

「要見見嗎？」沈錦忽然問道。

楚修遠想了想點頭說：「見見吧。」

沈錦笑道：「那不如後日，到時候我邀了這兩家姑娘到莊子上玩，讓夫君帶著皇上躲在旁邊看看。」

楚修遠看向楚修明，楚修明說道：「成親本就是人生大事，見見也好，或者一起交談一下，有時候緣分這樣的事情很奇妙。」比如他一眼就認定了自家的小娘子。

其實楚修遠一直很羨慕哥哥和嫂子之間的感情，微微垂眸又看了看那兩幅畫像，只希望以後他與妻子也能如此。

等沈錦出宮後，邀請石家姑娘和夏家姑娘到別院賞花的時候，不少人心中已經有數了，怕是皇后就要從這兩家人中挑出。這兩位姑娘選得著實不錯，家風清明不說，和眾多勢力又沒有多大牽扯，有些貴婦是見過她們兩人的，一靜一動還都是端莊守禮之人，就算再挑剔的也能認同。不過另外幾個沒選上的，各方面也不比這兩位差多少，不少人在家仔細分析了一下沈錦的選擇，也沒找出她到底是怎麼選的。

沈錦在別院的安排很公平，有石家姑娘擅長的騎馬投壺，也有夏家姑娘喜歡的畫畫寫字。楚修明帶著楚修遠站在不遠處的小樓上，看得一清二楚。楚修明發現楚修遠的眼神更多是集中在石家姑娘身上，其實楚修明也覺得楚修遠可能會更欣賞石家姑娘，因為在邊城的生活對楚修遠影響很大，不過只是欣賞，恐怕楚修遠最後選的會是夏家姑娘。

楚修明沒有說話，在一旁倒了杯茶放在楚修遠的手上，楚修遠喝了口說道：「哥，你覺得夏家姑娘如何？」

「你自己選擇。」楚修明並沒有發表意見。

楚修遠手指摸著杯底，開口道：「皇后之位雖然好，可是宮中到底寂寞，我能陪著她的時間也有限，石家姑娘……並不適合。」

「不如見見。」楚修明開口道。「讓你嫂子陪著，倒也不算失禮。」

楚修遠想了下，點頭說：「好。」

楚修明到門口和小廝吩咐了幾句，就見那小廝跑著去安排了。沒多久見趙嬤嬤過來，請楚修明和楚修遠到另一個院子，那院子有個水池，中間有座亭子，亭子已經佈置好了。楚修明等楚修遠落坐後，才在角落的位子坐下。

不一會兒，沈錦就帶著兩位姑娘來了，她先讓趙嬤嬤招待夏家姑娘坐在迴廊中，自己帶著石家姑娘進亭子。從外面可以看見亭子裡面的情況，卻聽不清楚裡面人說話，夏家姑娘和石家姑娘心中都又是羞澀又是緊張，還有些說不出的激動。

看著先進去的石家姑娘，夏家姑娘緩緩吐出一口氣，端起趙嬤嬤送來的茶水喝了一口，定了一下心神，這才有些羞澀地對趙嬤嬤笑了笑。「剛剛是我失態了。」

趙嬤嬤聞言一笑，並沒有說什麼，能這麼快冷靜下來，還坦白承認自己的失態，夏家姑娘已經做得很好了。

石家姑娘倒是比夏家姑娘更加穩重一些，可就算如此，在進了涼亭後還是羞紅了臉，輕輕咬了下唇，姿態優美地給楚修遠行禮。楚修遠賜坐以後，就微微側身坐下，她本就是世家女，一舉一動沒有絲毫不妥之處。

沈錦笑著給石家姑娘倒了杯茶，並沒有說話，走到楚修明身邊坐下，楚修明輕輕捏了捏沈錦的手指。

楚修遠笑道：「朕有幾個問題想要問石姑娘，所以才請嫂子帶石姑娘過來。」

石家姑娘聽見楚修遠提到沈錦，忽然想到自己剛剛竟然因為見到楚修遠一時昏了頭，先沈錦落坐，臉色白了白，可是此時再做什麼都晚了，強自鎮定說道：「不敢，皇上儘管問就是了。」

楚修遠開口道：「不知石姑娘覺得子嗣養在何處為佳？」

石家姑娘羞紅了臉，強忍羞澀剛想開口，就聽見沈錦說道：「皇上，為了公平起見，不若皇上先把幾個問題一併說了，讓石姑娘到一旁思索一番。我去領夏姑娘來，讓石姑娘把問題說給夏姑娘，並準備紙筆，兩人一併作答。」

言下之意就是要給石姑娘一些思索的時間。

楚修遠聞言笑道：「還是嫂子想得周全。」

沈錦抿唇一笑，有些得意地以眼尾掃了掃楚修明，楚修明又捏了捏沈錦的手指。

石家姑娘心中更明白了沈錦在楚修遠心中的地位，不過因為沈錦剛剛那一句話，心中也是感恩的，所以朝著沈錦羞澀一笑。

楚修遠接著說：「其二，若有一日朕失蹤，姑娘又當如何？」

這話一出，石姑娘臉色大變，倒是楚修明和沈錦像是沒聽出他的意思一般。

楚修遠說道：「最後一問，何為良君？」

問完了三個問題，沈錦就先讓石姑娘坐在一旁休息，然後自己出去請夏家姑娘。

夏家姑娘走在沈錦的身後，進來後就先給楚修遠行禮，等楚修遠說賜座後，又主動給楚修明和沈錦行禮，最後還對著一旁臉色蒼白的石家姑娘點了下頭，才半坐在椅子上。

趙嬤嬤已經準備了紙筆鋪好，楚修遠把剛剛的問題重複了一遍，說道：「給兩位姑娘一炷香的時間。」

夏姑娘臉色也不好看，她驚訝地看了石姑娘一眼，此時石姑娘已經冷靜下來了，福了福身後就執筆開始寫下自己的答案。她也是自幼習字，雖算不上大家，卻也極好。夏姑娘看著那邊點起的香，咬了咬唇，也執筆開始寫了，她腦中一片空白，索性想到什麼就寫什麼。

一炷香後，兩個人都寫完了，趙嬤嬤把東西收好，就聽楚修遠說道：「送兩位姑娘回府。」

沈錦看了眼趙嬤嬤，趙嬤嬤微微點頭，自去送人，還把已經準備好的兩份禮物送去。

等人離開後，楚修遠才開始看她們兩人的答案，看完以後就遞給楚修明，讓楚修明和沈錦一起看。夏家姑娘的字跡清秀，倒是比石家姑娘更勝一籌。第一個問題，石家姑娘所答，幼時養於身邊，六歲後單獨居住，選名師教導，十歲跟在父親身邊。

夏家姑娘與石家姑娘所答差不多，不過沒有最後一句。

楚修遠看向沈錦問道：「嫂子覺得第一問應該如何？」

沈錦想也沒想地回答：「自然從小到大都該長於父母身邊，啟蒙要夫君來，後來聘請名師，再長大點就讓他們去遊歷，免得只會讀書而不會用書。」

楚修遠應了一聲，楚修明看向楚修遠說道：「以後若有孩子，莫要忽視其童年時期，因為一些好習慣應自幼培養，父與母缺一不可，嚴慈並用才是。」

「是。」楚修遠明白楚修明的意思。

第二個問題，石家姑娘可能看出了楚修遠對楚修明夫妻的重視，回答的是立請甯王進宮，再請左右丞相及忠臣議事。

夏家姑娘回答的是請甯王、瑞王、左右丞相進宮，封鎖城門。

楚修遠問道：「嫂子，第二個問題呢？若是哥失蹤了，妳要怎麼辦？」

「啊？」沈錦想了想說道：「當然是護好孩子，派人去找了。」

楚修遠愣了一下才明白過來，他的身分和楚修明不一樣，可是那兩位都從大局著想，卻無一人提起尋找他的事情，可能是怕國家不穩，雖然沒有錯，可是楚修遠心中到底有些悵然。

楚修明眼中帶著笑意。「就算是我也不全然可信，隱瞞消息，穩定朝政。」

「是。」楚修遠也明白。

最後一題，何為良君，這句可以理解成什麼樣是好的夫君，也可以理解成什麼樣是好的國君。

石家姑娘想的比較多，寫了不少，有少女對未來夫君的期待，也有讚揚楚修遠這樣的已經是很好的皇帝了。

夏家姑娘則寫著百姓豐衣足食，闔家安樂。

楚修遠看向沈錦，沒有問意思也很明白了，沈錦也乾脆地說道：「我夫君這樣的啊。」在沈錦心中，楚修明這樣的就是最好的夫君了。

楚修明這次沒再點評什麼，說道：「皇上按照自己的想法選吧。」

楚修遠點了點頭，用完飯就回宮了。三日後下了聖旨，封夏家姑娘為皇后。

——本篇完

番外二　楚修曜

楚修曜本以為他會死在戰場，其實那日代替弟弟出征，楚修曜就沒覺得能活著回來。將士戰死沙場本就是一種宿命，楚修曜也憎恨過這樣的宿命，特別是只能眼睜睜看著一個個家人死去的時候。憑什麼是他們？為什麼犧牲的都是他的家人？

楚修曜會代替楚修明去，除了因為楚修明是他的弟弟，也更適合領導邊城外，還因為楚修明已經是他僅剩下的家人。很多時候活著的人比死去的更加痛苦，楚修曜一直知道，他雖然是兄長，卻不如楚修明堅強。

身邊的人一個個倒下了，楚修曜覺得下一個就該輪到自己，所以在被狠狠擊到頭部，從戰馬上摔下來的時候，楚修曜只是看了看天空，他其實是想回去的，不想留下弟弟一個人的……可惜血流進了眼睛裡，他看不清天空的顏色，再也見不到最後的家人了，不知道弟弟以後的孩子會是什麼樣子。

所以當楚修曜看著面前的人時，第一反應竟然是震怒，然後又是苦笑。「弟啊，你怎麼也死了？」

楚修明在得知楚修曜昏迷，就一直陪在楚修曜身邊照顧他，誰知道好不容易等到自家兄長醒了，聽到的竟是這樣的話。可是就算如此，楚修明只覺得心中酸澀，他知道，他的兄長已經醒了，真正地回來了。

「哥。」楚修明咬了咬牙，強忍著淚意，說道：「你還真是……」

「弟啊，你怎麼變得這麼大隻了？」楚修曜也察覺到不對了。

楚修明扶著楚修曜起來，說道：「因為如今已經是永安五年了。」

「永安五年？」楚修曜只覺得渾身痠軟，毫不客氣地抓著楚修明站起身，活動了一下，說道：「有點餓了。」

「我讓廚房給你準備東西。」楚修明開口道，他不僅出門讓小廝去準備食物，還讓人給沈錦那邊傳話，說楚修曜醒了，他今晚不回去休息了。

楚修曜點了點頭，說道：「你和我說說吧。」

楚修明應了一聲，緩緩跟楚修曜說起他失蹤以及變傻以後的事情。楚修曜聽了簡直目瞪口呆，整個人除了點頭都不知道說什麼好了。誠帝被他老婆毒死了，然後楚修遠登基，弟弟結婚了，他有了兩個姪子一個姪女，還有兩個兒子？

「多了六口人啊。」一個弟媳、四個男丁和一個女孩。「真好。」

「是啊，真好。」楚修明知道楚修曜的意思，也感嘆道。

楚修曜畢竟昏迷了很久才甦醒，所以只讓人送了小米粥和一些清淡的小菜，這小米粥一直在廚房熬著，沈錦早就吩咐過廚房，灶上的粥不能斷，免得楚修曜醒來吃不到東西。楚修曜心中遠沒有表現出的這般平靜，時不時看看楚修明，覺得很神奇，好像只睡了一覺，弟弟就長大了，周圍的環境和情況都變得很陌生。

楚修明自然看出楚修曜的茫然，可是只當沒有發現，仔細與他說著一切，包括放棄了邊城的兵權這般事情。

「也好。」楚修曜聞言說道。「若是孩子們以後想要，讓他們自己決定。」不要像他們，根本沒有選擇的權力，其實楚修曜並不後悔鎮守邊疆保家衛國這樣的事情，他更多的是心痛。

楚修曜不想讓自己的晚輩經歷他們當初的那些痛苦。

「等國庫充足了，」楚修明開口道。「皇上就要派兵西征，平定蠻夷。」

「喔。」楚修曜聞言，想了想楚修遠的樣子，其實他已經不大記得了，只記得是一個挺懂事的小孩。

「弟妹是個什麼樣子的人？」楚修曜看向弟弟，問道。「我總覺得你提起弟妹的時候，眼神很柔和。」

「是一個……」楚修明想了想，還真不知道怎麼形容沈錦。「讓我想把一切美好的東西都捧到她面前的人。」

「肉麻。」楚修曜受不了地嘖了一聲。

楚修明輕笑了下，並沒有反駁。

楚修曜說道：「我們來秉燭夜談吧。」

「嗯。」楚修明沒有勸楚修曜去休息，問道：「談什麼？」

「談談幾個孩子。」楚修曜是喜歡孩子的，特別是血緣相連的孩子們。

「東東長得不像楚家人。」楚修明並沒有馬上提起楚修曜的兩個兒子，反而從自己的孩子說起，循序漸進給楚修曜一個接受的時間。「倒是和先太子有幾分相似，也因為和皇上相處的時間最久，皇上最疼他。南南和西西是龍鳳胎，南南是姊姊，活潑得很，倒是西西身子弱了一些，不過也養好了不少……

「你的兩個兒子是雙胞胎，一個叫楚晨博，另一個叫楚晨雲。晨博是從慈幼院救回來的，當時又瘦又小，不僅懂事還很聰慧，如今跟著趙儒先生學習。能找到晨雲就是緣分了，那時候沈錦藏身在京城附近的一個村中，因緣際會救了這個孩子，孩子沒有父母就養在了身邊，誰知道竟是你的另外一個兒子。我已經讓大夫給你們滴血認親過，又派人打探了消息，確定了。」

「喔。」楚修曜點了點頭，沒有說什麼。

楚修明又說了許多孩子們的事情，不知不覺天已經亮了，楚修明這才問道：「要見見嗎？」

楚修曜點了點頭，不管什麼事情都是該面對的。

楚修明看了看時辰，說道：「他們該起來練武了，我們直接去練武場。」

「嗯。」楚修曜想了一下問道：「你說我要不要換身衣服？」

楚修明挑眉看了看說道：「你不如梳洗一下。」

楚修曜點點頭，在他心中這是第一次見兩個兒子和姪子，自然想留下個好印象。兩個人梳洗了一番後，楚修明就帶著楚修曜往練武場走去。

楚修曜從出生就沒有來過京城，倒也沒覺得京城的天比邊城藍多少，怎麼就那麼多人想要來京城呢。

到了練武場，三個孩子已經在那兒了，都穿著一樣的短打繞著練武場跑步，有個侍衛在旁邊看著，見到楚修曜的時候，那個人眼睛都瞪大了。「曜將軍！」

三個孩子愣了下，扭頭看過去，當看見楚修明和楚修曜的時候，三個孩子都停住了腳步，然後猛地朝他們的方向跑來。「父親。」

楚修曜看著這三個孩子，有兩個孩子長得很像，另外一個孩子明顯更小一些。楚修曜不知為何就紅了眼睛蹲下來，他一直在想自己的兒子會是什麼樣子，就算楚修明說兩個孩子和他長得很像，他也沒有個印象，可是當看見這兩個男孩的時候，心中就有一個感覺，這就是他的兒子們。

楚晨博和楚晨雲看著傻笑的父親，也沒驚訝，他們還不知道楚修曜已經好了的事情，在以前楚修曜也經常傻笑的，就見楚晨博小手握著楚修明的手說道：「叔叔，父親沒事了嗎？」

「嗯。」楚修明開口道：「放心吧，你們父親醒了，大夫也看過說沒事了。」

「哦。」楚晨博應了一聲，楚晨雲也抓住楚修明的手。「那我和弟弟練完就去陪父親。」在楚修曜昏迷的這些日子，兩個孩子都是早早練完武，就去陪著楚修曜，功課都是在楚修曜屋中做。

楚修明發現兩個孩子沒明白，就開口道：「你們父親已經好了。」

果然楚晨博和楚晨雲迷迷糊糊的，倒是楚修曜反應過來，說道：「你們兩個，你是晨博對嗎？」他看向一開始說話的那個孩子。

楚晨博整個人都愣住了，看向楚修曜的眼中有喜悅還有一些害怕。

楚修曜伸手揉了揉楚晨博的頭，把他的頭髮弄得亂七八糟的，又看向楚晨雲。「你是晨雲，我是你們的父親。」

「父親！」楚晨雲說道。「父親您好了？」

「好了。」楚修曜開口道。

東東伸手抓住楚修明的手，歪頭看了看楚晨博說道：「伯伯，你認識哥哥們了？」

「認識。」楚修曜又看向東東，這就是他的姪子，三個孩子，楚家有後了！

楚晨博卻有些害怕，他是知道自己身世的，他有些害怕父親不喜歡他們，可是看著父親的樣子又不像是如此。

楚晨雲邊哭邊問道：「父親，您會不要我們嗎？」

「為什麼會覺得我不要你們呢？」楚修曜有些奇怪地問道，他沒當過父親，也不大清楚怎麼和孩子們相處，索性直接坐在地上，把兩個孩子抱在懷裡。「你們不知道，當我知道你們的存在是多麼的高興。」

「可是、可是我們的母親……」楚晨博緊張地說道。

楚修曜也明白了兩個孩子的想法，說道：「我其實已經不記得你們的母親是誰了，就是你們的存在也是你們叔叔告訴我的。可是我很感謝她，因為她生下了你們，更何況被誰生下來也不是你們能選擇的，所以你們為什麼會覺得我不要你們、不喜歡你們呢？」

「父親。」兩個孩子再也忍不住，在楚修曜的懷裡大哭出聲。「父親，父親……」

這一刻他們的心終於安定下來，沒有任何人能取代父親。就算是楚修明對他們很好，就算是楚修曜當初神志不清，他們也更喜歡待在父親身邊。如今得知父親沒有不喜歡他們，甚至很期待他們，他們有父親了，父親回來了……

——本篇完

番外三　瑞王府當初的那些人

沈錦沒想到，再一次聽到沈梓消息的時候，竟然是她病重要死的時候，沈梓比她略大一些，真算起來如今也不過二十六。看著跪在地上的丫鬟，沈錦開口道：「我知道了。」

那丫鬟沈錦看著眼生，年紀也不大，想來是沈梓這幾年剛放在身邊的。想一想，沈錦竟覺得記不清沈梓的模樣了。

沈錦是不喜歡沈梓的，自然不會因為沈梓的事情感覺到悲傷或者難受，反而覺得有些悵然。看著小丫鬟惶恐的樣子，沈錦也不願意為難這麼個孩子，說道：「安平，帶她下去吃點果子。」

小丫鬟咬著唇，跪在地上磕頭說道：「夫人，您去看看我家夫人吧，就當……就當讓我家夫人走得舒服些。」說完再也忍不住哭了起來。

沈錦看了安平一眼，安平上前扶起那個小丫鬟說道：「不要哭了，我帶妳下去梳洗後用些果子。」

等小丫鬟下去了，趙嬤嬤才低聲問：「夫人，您準備插手嗎？」

沈錦開口道：「讓人把那個丫鬟送到母妃面前，問問母妃吧。」

聽那小丫鬟的意思，怕是沈梓在鄭家過得並不好，如今怕是要不行了，連最後的體面都沒有，按沈錦的地位是不怕得罪鄭家，所以管或者不管都無礙。只是沈梓說到底也是瑞王府的姑娘，雖然瑞王說不認她，也不讓她進瑞王府，出身卻是不變的，若真和小丫鬟說的一樣，連最後的體面也沒有了，並非管沈梓的死活，而是瑞王府的面子。

果然沒多久，瑞王妃身邊的大丫鬟就過來了，不僅帶了瑞王妃莊子上新送來的野味等東西，還帶來了瑞王妃的意思。這件事瑞王府不出面了，麻煩沈錦和沈琦去一趟，隨她們處置了。

這件事確實不適合瑞王府出面，先不說瑞王的能力，就是沈梓和沈錦之間的糾葛，輕了不好重了不好，還不如直接讓沈琦和沈錦出面，其中以沈錦的意見為主，全看沈錦想要怎麼處置了他們。

這點兩個人都清楚，沈錦覺得事情拖著反而不好，就和沈梓約了時間，把那個小丫鬟暫時留在沈梓那裡。楚修明知道這件事後，只是問清了時間後，就沒再多說什麼，不過倒是特地安排了侍衛和丫鬟，免得沈錦去了鄭府被衝撞了。

鄭府也是世家，只是子孫無能，到如今不過是勉強維持著世家的面子，可是偏偏鄭府還事事講究，哪一個嫁進鄭府的姑娘不是十里紅妝，可是如今那些嫁妝又能剩下多少。

沈錦和沈琦的馬車停在鄭府的大門口，沈錦抬頭看了看鄭府的牌匾，如今鄭府的光鮮多少是靠著沈梓的嫁妝撐起來的，可是沈梓又落得什麼下場？

沈梓就算有千般不好萬般不是，對鄭家卻沒有絲毫的不妥，就算再多的恩怨也是她們姊妹之間的，和鄭府有什麼關係，沈梓落得如此下場，沈琦心中難免有些說不出的悵然。

倒是沈錦沒什麼想法，這條路是沈梓自己選的，當初瑞王妃給了沈梓別的選擇，可惜沈梓以為瑞王妃害她，執意選了鄭家這門親事，卻不知以沈梓的性子，嫁到這般人家才是受罪。

看著門口的鄭老夫人等人，沈錦扭頭看了沈琦一眼，沈琦也收拾了情緒，面上沒有絲毫的表情。

沈琦和沈錦身上都是有誥命的，鄭家眾人都需跪迎，沈錦看了鄭老夫人一眼，就和沈琦帶著人走進去，等眾人進去，隨行的丫鬟才讓眾人起來。鄭老夫人年歲已經不小了，被貼身丫鬟扶著才站穩當。「婆婆您看……」立於鄭老夫人身邊的大兒媳低聲問道。

鄭老夫人臉色蒼白，聞言只是看了大兒媳一眼，微微搖了搖頭，據她所知那沈梓早就和瑞王府斷了關係，又和沈琦、沈錦等姊妹關係極差，若非如此她們也不敢如此作踐那沈梓。可是如今沈琦和沈錦突然到訪，一來就弄了個下馬威，看來不好善了，不過若是真追究起來，大不了就把那個賤人交給瑞王府處置。

沈琦和沈錦根本沒有和鄭家人說話的意思，被沈梓派去求救的小丫鬟帶著眾人往沈梓所在的院落走去。

鄭府畢竟輝煌過，此時還沒完全敗落，宅子倒是挺大，可惜有些地方因為年久失修倒是顯得荒涼。

而沈梓住的院落就格外偏僻，別說假山流水花草了，簡直雜草叢生，沈琦哪裡見過這般的景象，眉頭緊皺著。也是她們兩人來得突然，若是提前送了拜帖，想來鄭家就會給沈梓換個地方居住，不會讓沈錦她們看到這般的情景。

沈琦瞪了身後的鄭家人一眼，冷笑道：「鄭家……還真是讓人大開眼界啊。」沈琦的聲音溫溫柔柔的，沒有絲毫的火氣在裡面。「我可記得沈梓並沒除名。」不管瑞王府是個什麼態度，只要沈梓一天沒有除名，那麼她就是瑞王府的郡主。

這話一出，鄭老夫人出了一身冷汗，鄭府眾人更是面色慘白。

沈琦說了一句後，就不再多言，只跟著沈錦一併進了院落。小丫鬟已經落淚了，她並不知道沈梓和沈琦她們之間的糾紛，在她看來都是瑞王府的郡主，可是沈梓過得實在悽苦了一些。

鄭老夫人等人剛想進院，就被侍衛攔在門口，那些人並沒解釋的意思，只是眼神冷漠地看著鄭家眾人，鄭家的人面面相覷，心中更加不安。

沈錦和沈琦剛進屋就聞到一股異味，就連沈錦都忍不住蹙眉。這邊屋子有些潮濕，因為沈梓的病，倒是沒有開窗戶。還有一個婆子在屋中伺候，猛地看到這麼許多人，整個人都亂了起來，也不知道如何是好，她本就是鄭府一個粗使婆子，若是有些後臺也不至於被放在這邊。

沈琦的丫鬟攔住了那個婆子，也不用她動手，幾個人就開始收拾起來。

沈琦看著病床上面色灰白的沈梓，嘆了口氣說道：「把陳大夫請來。」她們既然已經知道沈梓病重，這次自然是帶了大夫來，不過等在外面並沒有進來。

「是。」丫鬟很快就把陳大夫給領進來，陳大夫行禮後並不多言，直接為沈梓診斷。

此番動靜，沈梓才勉強睜開眼，喘著粗氣看向沈錦。「哈……」她的聲音嘶啞難聽。

小丫鬟趕緊倒了水，伺候著沈梓喝下說道：「夫人。」

沈梓聽見聲音，眼睛動了動，看向小丫鬟，她從雲端跌落谷底，最終願意留在她身邊的僅此一人，微微垂眸低頭喝了幾口水，此番總是要為這個丫鬟謀個前程的。她並非什麼善心之人，可能要死了，所以才會動了惻隱之心吧。

沈錦一直沒有說話，等陳大夫診斷完，就看向他，陳大夫低聲說道：「在下無能，請另請高明。」言下之意是沈梓沒得救了，如今不過是在等日子罷了。

「先開藥吧。」沈錦開口道。

「是。」陳大夫先讓人熬了參湯，然後下去抓藥熬藥了。

沈梓是沒力氣多說，沈錦和沈琦是不知道說什麼好，一時間屋中都沈默下來。丫鬟很快就把屋子重新收拾了，冷水換成了熱茶，那些破敗的茶具也都換成了自帶的，屋中點起了燈，也亮堂起來。

很快就有人端人參湯過來，小丫鬟一直不敢吭聲，此時趕緊接過餵沈梓喝下，也不知道休息了許久還是人參的作用，沈梓的氣色一時好許多。其實沈梓會成現在這樣，純粹是被拖累的，若是早些時候能好好養著絕不至於如此。

沈梓被丫鬟扶著坐了起來，沈錦注意到沈梓身上的衣物還是出嫁前在瑞王府的，如今不僅不再光鮮，就連邊都毛糙了，頭髮僅用布帶繫著，身上更沒有一件首飾。「落到今日我不甘心。」

沈錦開口道：「妳想我們幫妳做什麼？」

沈梓咬牙說道：「我要讓鄭家家破人亡，百倍還我。」

沈琦嘆了口氣，並沒有說什麼，沈梓看向沈錦說道：「借我幾個人。」

「嗯。」沈錦應下來，心中隱隱明白沈梓想要做的。

沈梓面色扭曲直接說道：「來人，把梅姨娘……」連著說了幾個人名，有妾室有小廝有管事有丫鬟。「全部杖斃。」

丫鬟看向沈錦，等沈錦點頭了，就直接去外面傳話，沒多久就聽見外面哭鬧求饒的聲音，緊接著就是哀嚎，丫鬟恭聲問道：「夫人，可要堵嘴？」

沈錦看向沈梓，沈梓咧嘴一笑說道：「我要聽著他們去死。」

沈琦微微皺眉，也知道沈梓是恨極，她性子本就是睚眥必報，此時知道大限將至，更是無所顧忌，不過鄭家的所作所為，這些個下人都敢作踐王府之女，死有餘辜了。

濃重的血腥味從屋外傳來，哀嚎聲足足響了半個時辰，才把沈梓說的人全部打死，屍體就堆放在一旁。

沈梓帶著一種不正常的興奮，等再無聲音了，咳了血出來。小丫鬟被嚇得夠嗆，倒了水給沈梓漱口，沈梓咳嗽了幾聲說道：「把我的嫁妝搬走，我死也不死在鄭家，我要休了他。」

「自當如此。」沈琦開口說道。

沈梓看向沈琦。「我要帶著這個小丫鬟……和這個婆子。」那個婆子笨手笨腳的，可是照顧她很用心，為了她沒少被人欺負，鄭家是死定了，沈梓也不想看著她們受罪。

沈琦點頭說道：「好。」

沈梓微微垂眸，手按在小丫鬟的手上。「我不回瑞王府，給我找個莊子就好。」

沈琦還想再勸，就聽沈錦說道：「好。」沈梓風風光光地出嫁，按照她的驕傲，怎麼肯這般淒淒慘慘地回去。

「謝了。」可能真的要死了，沈梓忽然通明許多，想到以往的那些恩恩怨怨，覺得可悲可笑，謝字說出口，沈梓就閉上眼睛不再開口。

沈琦嘆了口氣，掏出瑞王妃早先派人送來的嫁妝單子直接交給一個嬤嬤，又吩咐人弄輛馬車來，安排人抬著沈梓上了馬車，根本沒有見鄭家人的意思，只是留了侍衛等來幫著嬤嬤收齊嫁妝，限鄭家三日之內把嫁妝歸還。

有瑞王府的面子在，雖然不合常理，可是依舊辦理了這起休夫事件。鄭家早就把嫁妝花得乾淨，有些早已送人，能要回來的都要回來，要不回來的直接換成銀子，為此鄭家更是把祭田祖產都給變賣了，才堪堪補上。

沈梓的死悄無聲息的，在第二天早上小丫鬟去伺候沈梓的時候，才發現沈梓已經死了，不過小丫鬟和那個婆子的後路已經安排妥當。

對旁人來說，沈梓是千般不好萬般不是，可是對小丫鬟來說，沈梓卻是再好不過。

「總歸有一個人真心因她的死流淚。」看著嚎啕大哭悲痛欲絕的小丫鬟，沈琦心中惆悵。

繁體版獨家番外篇　瑞王妃

瑞王妃是個極其會享受生活的人，特別是在楚修遠登基後，瑞王妃再沒有了顧忌。夏日長年在避暑山莊休養，冬日就到有溫泉的莊子，除了過年過節的時候，她很少停留在京城，去了很多的地方，直到她再也走不動了。

而讓人奇怪的是，瑞王對待瑞王妃的態度，尊重有餘親近不足，甚至在瑞王妃的主持下又娶了側妃納了良妾，日子倒也逍遙。

眾人都以為瑞王和瑞王妃之間並沒有感情，直到瑞王臨終的時候，瑞王把所有人都給趕出去，只留下瑞王妃，沒有人知道他們之間說了什麼。

瑞王的葬禮後，已經年邁的瑞王妃這才拿出那封瑞王藏了幾十年的信。當看見信上的字跡時，瑞王妃只覺得陌生，可是在看到落款的時候，瑞王妃的眼睛紅了。

她本以為已經忘卻，以為已經不在意了，可是在看見這封信的時候，她才終於肯面對自己的心，她其實一直不快樂，因為那個能讓她哭讓她笑的人早就沒有了。

瑞王妃不知道這封信是怎麼落在瑞王手中，也不知道瑞王是抱著什麼樣的心情求娶了她，又在臨終前把這封信給了她，可瑞王妃卻知道，她從沒有遺忘過那個人，哪怕她已經記不清那個人的長相了。

信上的內容很簡單——

此生只願妳忘記前塵，幸福圓滿，來生我會等妳，到時候我們再攜手。

永安四十七年，在瑞王死後的第三年，瑞王妃逝於夢中。

「姑娘，姑娘，該起了。」

瑞王妃皺了皺眉頭，只覺得眼皮子沈得很，睜不開，心中不免有些奇怪，這是在叫誰？

「怎麼了？姑娘還沒起來？」隨著聲音，一隻略微有些涼的手輕輕貼在她的額頭。「媛媛該起了，今日還要去給太子妃請安呢。」

太子妃？媛媛？

瑞王妃心中一凜，猛地坐了起來，把站在旁邊的貴婦嚇了一跳，趕緊說道：「別急，還有時間呢，莫要起得這麼快，萬一磕到了碰到了怎麼辦？」

「母親……」瑞王妃轉頭看向說話的婦人，喃喃道，她有些分不清到底是現實還是在夢中。「母親！」

趙夫人看著女兒的樣子，有些擔憂地問道：「媛媛可是怔住了？」

瑞王妃搖了搖頭，看了看母親又強自鎮定地打量了一下周圍，天水碧繡著魚戲圖的床幔，在窗邊的碗蓮……心中隱隱有了猜測，現在的她並不是那個瑞王妃，而是趙家的姑娘趙媛。

趙媛伸手摟住趙夫人的腰，把臉埋進她懷裡，沒有說話。趙夫人的手撫著女兒的頭，輕哼起了小調，這是小時候哄趙媛睡覺的時候，趙夫人經常唱的。

淚水漸漸浸濕了趙夫人的衣衫，許久趙媛才平靜下來，趙夫人沒有多問什麼，只是吩咐丫鬟去打水，又去拿冰來，親自用帕子包著冰塊，給趙媛按了按眼睛的周圍，這才說道：「我讓人燉了雪梨銀耳粥，一會兒稍稍用些。太子妃最是和善，媛媛不用怕，跟在我身邊就是了。」

趙媛點了點頭，此時的趙媛已經冷靜下來，雖然不知道此時是夢還是真實的，她卻不想去計較了。

趙夫人確定女兒沒事了，這才柔聲說起一些去宮中需要注意的事項，其實這些趙夫人早就請嬤嬤來教導過女兒，可到底是趙媛第一次進宮，趙夫人難免多操心了一些。

其實真說起來，趙媛比趙夫人進宮的次數還多，對那些禮數熟記於心，可是此時聽著趙夫人的話卻沒有絲毫的不耐，反而覺得很安心。

在還沒出事前的趙媛最喜歡豔色，可自從嫁給瑞王後，她就再也沒有穿過這般鮮豔的顏色，一時間看著鏡中的人竟有幾分陌生。

伺候趙媛更衣的丫鬟小心翼翼地問道：「姑娘可是不喜？」

趙媛微微垂眸，這身衣服正是上輩子她第一次進宮時穿的那套，也是她與六皇子第一次見面時候的那套，想到六皇子，趙媛就覺得心中揪著疼。「這套就好。」

「媛媛，妳真漂亮。」

「媛媛，我會一直讓妳開心的。」

趙媛的手指輕輕滑過鏡中人的眉眼，又要見到那個少年了，鮮活的會笑會鬧會惹她生氣哄她開心的少年。時隔這麼多年，她第一次有了好好裝扮的心思，再沒有那些寡淡的顏色，從簪子到耳環，所有的首飾都細細挑選，並不多也不是多華貴的，每一樣都恰到好處。

稍稍用過一些東西後，趙夫人就帶著趙媛坐馬車往皇宮的方向駛去。早上吃的並不多，甚至連湯水都是略略沾口，畢竟宮中不比旁的地方，很多事情都不方便。

趙媛掀開馬車的簾子看著外面，覺得和記憶中的一樣卻又略有不同，畢竟此時的京城還沒有經歷過那些動亂。

趙夫人見女兒看著外面的樣子，開口道：「媛媛喜歡的話，等過兩日讓妳兄長帶妳出來轉轉。」

趙媛應了一聲，又看了幾眼就不再看了，撒嬌一般地靠在趙夫人的肩膀上，她已經很久沒有試過依靠誰了，可是……不得不承認，此時的趙媛心中是惶恐也是期待的。

等進了宮，趙媛反而平靜下來。走在趙夫人的身側，她的禮節和姿儀是刻在骨子裡的，因為上輩子的經歷，使她少了一分輕浮，多了幾分內斂。

還沒到東宮，就已經有人把趙媛的表現告訴了太子妃，太子妃笑了下說道：「準備些小姑娘喜歡的糕點，上次的那個蜜果糕上一份。」

等宮女出去準備了，太子妃才看向屋中的少年，那少年不過十五、六的樣子，一身錦袍面如冠玉，他雙手合十對著太子妃拜了拜，逗得太子妃大笑起來，無奈地指了指屏風後面，就見那少年趕緊藏了起來。

那屏風後面不僅準備了桌椅還有茶點，少年呵呵一笑，安心地坐下來。等聽到宮女的稟報後，不自禁坐直了腰身，端起的茶杯又重新放下了，面上也沒了先時那般雀躍，反而多了幾分不合年齡的沈穩，就連神色也有些恍惚，像是透過屏風在看趙媛母女，又像是在看遠處很遙遠的地方。

少年動了動手指，讓站在一旁的宮女過來，低聲吩咐了幾句，那個宮女就從屏風不遠處的側門離開了，過沒多久就端著新鮮的果子進來，低聲和太子妃說了句什麼，太子妃眼神閃了下，卻沒有多說什麼，而是問道：「趙姑娘，平日裡都喜歡什麼？」

「回太子妃的話。」趙媛笑起來的時候眼角上揚，多了幾分這個年齡姑娘的鮮活。「平日裡……」

太子妃又問了幾句才笑道：「我與妳母親說說話，妳也不用在這裡陪著我們了，讓人帶妳去花園走走。」

「是。」趙媛明白這是太子妃故意支開她，起身行禮後，就跟著宮女往外走去。只是在出門的那一瞬還是沒有忍住，偷偷瞟了一下太子妃屋中的大屏風，那屏風繡著山水花鳥圖，也不知那個少年是不是還躲在那裡。

宮女並沒有帶著趙媛去御花園，而是去了太子妃宮中的小花園，那花園裡面種著白玉蘭，一看就知道這裡怕是太子妃私人的小園子了。

而園子中的那個少年，一身錦袍只是靜靜地站著，然後遙遙地注視著她。

趙媛心中一動，上輩子並沒有這一齣，可是誰管呢？少年的樣貌在她心中一點點清晰了起來，那愛笑的唇此時卻緊抿著，多了幾分嚴肅，只是趙媛也發現了少年隱藏起來的緊張、無措和期待。

一步步朝著少年走去，帶路的宮女早在看見少年的那一刻就離開了，因為太子妃提前的安排，整個花園就剩下了他們兩個人。

趙媛走得並不快，甚至在離少年還有十來步的時候就停下來，她咬緊了牙看著少年，心中的猜測讓一向鎮定的她也難免多了幾分躊躇。

少年卻眉眼舒展開來，露出一個笑容，快步朝著趙媛走去，說道：「媛媛。」

趙媛沒有開口，微微仰頭仔細打量著少年，其實趙媛這般已經算是失禮了。可是少年並不在意，反而更加開懷，想了想從衣袖中掏出一支玉簪，那簪子打磨得很光滑，上面雕刻著最簡單的祥雲圖案。

當見到這支簪子的時候，趙媛再也忍不住落了淚，少年的聲音有些沙啞，像是強忍著心中的酸澀說道：「我學了很久，也做了很久。」

趙媛從少年手中把簪子接過來並痛哭起來，在看見簪子的這一刻，趙媛終於確定了，眼前的少年就是六皇子，卻也不單單是六皇子。就像是她一樣，重回到了這個時候，他們生命中最初的時候，也是最美好的時候。

少年這才緊緊把趙媛摟到懷裡，紅著眼睛說道：「這些年我一直在作一個夢，夢裡的我就是個鬼魂跟在妳身邊，可是誰也看不到我，我就一直一直陪著妳。」

「傻子。」趙媛的心揪著疼，比知道少年死的時候還要疼。

少年從來沒有辜負過兩個人之間的承諾，他陪著她遊遍了天啟的山山水水，陪著她度過了每一天的日昇月落，就那樣誰也看不見、誰也不知道地一直守護著她、陪伴著她。

少年的聲音無比的認真。「這輩子我牽著妳的手，去西北縱馬，去江南看煙雨濛濛，絕不讓妳再孤孤單單一人了。」

直到這一刻，趙媛才覺得自己的心安定了下來，原來這麼長久的時間，她一直在等一個人，等一個能讓她哭讓她笑讓她肆意的人，如今終於讓她等到了，再不分離。

——全篇完

小清新·好幽默／夕南

2015年11月出版

吃貨嬌娘

聽說他的名字小兒聽了都能止啼……
聽說李姑娘與他訂親，在看見他的畫像不久就抑鬱而終了……
聽說他一有不順就殺人解氣……
嫁給這麼個男人，她倒覺得——百聞還不如一見呢！

文創風 346 1

聽著關於永甯伯楚修明的各種可怕傳言，
沈錦怎麼也想不到，自己竟被賜婚給這麼可怕的男人，
但她就算再怕也不濟事，
誰教她是庶女，親娘是不得王爺寵愛的側妃，
她成了皇上手上的棋子，被嫁去邊疆牽制這天煞孤星一樣的男人。
才嫁去，她人還沒見到，就要先豁出生命去抗敵守城，
等終於見到他了，她萬分驚嚇，他怎麼跟聽說的那些完全不一樣啊……

文創風 347 2

有沒有這麼尷尬啊，當她正説給婢女聽自己當初對夫君的想像及傳言時，
竟然全被夫君聽了去，她的眉飛色舞對比他的冷靜自若，簡直讓她無地自容，
哎呀！都只是傳説嘛，她現在可知道自己嫁得有多好！
當初沒人想嫁她的夫君，京裡的姑娘們光聽聞他的名聲就像見鬼一樣，
現在見了他的人，英姿颯爽，長相斯文俊逸，
姊姊妹妹們竟爭先恐後想給他留個好印象，反倒是酸她撿了便宜高攀了……

文創風 348 3

幫他挺身守城門、幫他打理內跟外、幫他忍痛生兒子……
全是因為夫君對自己真的好，疼她、寵她，
只要她想吃的都送到面前來，有好吃的，她怎能對他不上心？
當然，美食當前，她還是忍不住把夫君先擺一旁的，
相信這麼愛她的他，不會怪她的！

文創風 349 4 完

並非不怕死、並非不怕夫離子散、生死兩別，
但她清楚夫君的能耐，更信任他絕不會棄她不顧，
所以她要幫他一臂之力，懷著一個秘密，等著跟他相聚……
他們夫妻一條心，
既然他能為她不納妾，她便願意拿命守候他、成為他堅實的後靠，
就算昏君當道，她也信他能殺出一條平安坦道，
終能接她一家團圓，過起神仙般的好日子……
真的，清苦的日子她都能忍，忍著等他來，
只是她真的好想吃吃他為她張羅的好飯好菜啊……

莫問前程凶吉　但求落幕無悔／麥大悟

2015年7月出版

相公換人做

前世的記憶漸漸浮現腦海，
隨著真相一一被揭開後，她的心也瞬間鮮血淋漓了，
誰是好人、誰是壞人？誰愛她、她愛誰？
這一刻，她已全然分不清了……

文創風 314 1

溫榮，黎國公府中的嫡女，才情與美貌並具，為人自負、高傲。
上一世，她嫁予三皇子李奕，隨著他登基後被封為妃，極受聖寵，
然而，數年的恩愛，最後換來的竟是抄家滅族的下場，
黎國公府中的男丁一律被送往西市處決，女眷皆沒入賤籍，
而她這個萬千寵愛於一身的一品貴妃，則是加恩賜令自盡！
呵，沒有聖上首肯，極憎惡她的太后能下這道賜死她的懿旨嗎？
可笑的是，事發前幾日他還彷彿什麼都沒發生般，同她耳鬢廝磨呢！

文創風 315 2

溫榮作夢都沒想到，自己竟重生了，且還回到了未嫁給三皇子前，
如今能再活一遭，她定不會聽天由命，再向著前世不得善終的結局走去，
可前世最後那幾年，國公府到底發生了什麼事，她一概不知，
不過，有一點她是再明白不過的——
這一世，她不想再和三皇子有任何交集了，她的相公絕不能是他！
無奈天不從人願，且兩人才初見面，三皇子竟就覺得對她似曾相識，
莫非……他也和她一般，皆是重生之人　　　有此可能嗎？

文創風 316 3

溫榮看得出，娘親有意讓她嫁去舅家，令兩家親上加親，
實話說，表哥林子琛是個溫文儒雅、文韜武略的翩翩好兒郎，
而這樣出色的男子，心儀的人卻是她，
她明白，能嫁給表哥這般好的人確不失為一個好歸宿，
更何況，三皇子投注在她身上的目光是愈來愈熾熱了，
想來，她得趁三皇子有所行動前先與人訂下親事，斷了他的念想，
豈料，兩家正在議親之際，表哥竟突然被賜婚成了駙馬！

文創風 317 4

五皇子李晟長相俊美，與三皇子相比有過之而無不及，
偏偏他這人性情淡漠，老是冷著張臉，且對任何人皆不假辭色，
因此即便喜愛他的姑娘家不少，卻多半不敢親近，
溫榮兩世對他的印象皆不多，只知他和三皇子兩人兄弟情深，
沒想到，這樣一個與三皇子關係極為密切的男人，
竟然在出征凱旋回朝時立即向聖上請旨賜婚，欲娶她為妃！
這……究竟是哪裡出了錯？五皇子是何時喜歡上她的啊？

文創風 318 5 完

溫榮向來知曉三皇子表面看似無害，實則城府極深，
卻不想仍是著了他的道，一腳踩入他設下的陷阱中，
好不容易順利嫁與李晟，兩人婚後過得恩愛非常、如膠似漆，
但三皇子仍是想方設法要得到她，對她異常執著。
照理說，她這世對三皇子極其冷淡疏離，為何他卻似對她舊情難忘呢？
在與他接觸過後，她才驚覺，原來他竟保有前世的片段記憶，
而她自以為完整的記憶卻並不完整，甚至，她前世並非死於懸樑！

2015年7月出版

生財棄婦

文創風 312～313

穿越到古代就算了，還得背負剋夫、被休棄的名聲？
不過誰說棄婦就只能悲慘度日？那可不一定。
且看她如何巧用前世知識，生財致富，逆轉悲劇人生！

清閒淡雅 耐人尋味 ／半生閑

這也太倒楣了吧？！被陌生人撞下樓昏過去的秦曼，
一睜開眼竟成了剋死丈夫、被趕出門無家可歸的棄婦，
前途茫茫的她，聽從好心大嬸的話，想去大戶人家找份幫傭活計，
還沒尋到差事，竟先餓昏在姜府大門旁，幸好蒙姜府小少爺搭救入府，
而後藉著前世的幼教知識，成為小少爺的西席，總算有了安身之處。
但在姜府裡雖然吃得好、住得好，卻非久留之地，
除了姜家主人姜承宣懷疑她想圖謀家產，總對她冷言冷語外，
更有視她如情敵的李琳姑娘，想盡辦法欲攆她出姜府。
原本待西席合約到期，她便打算離開姜府，隨著商隊四處看看，
不料在離開前，卻誤陷李琳設下的圈套，引起了姜承宣天大的誤會。
心碎的她不想辯解，手裡捏著他羞辱人般撒在地上的銀票，
決意遠走他鄉，反正靠著製茶、釀酒的技術，她必有活路可走！

2015年7月出版

嬌女芳菲

文創風 309～311

如何從嬌嬌千金蛻變成審時度勢的聰穎女子？
只需重生一回，便能看清世態炎涼，還要明白——
也許這一生，只要保得家門安穩，
與夫君即使疏離但仍相敬如賓，便是幸福，
只是……為何心底總是空落落的呢？

絕妙橫生　精彩可期／喬顏

沈芳菲曾是將門嫡女、名門正妻，金枝玉葉非她莫屬，
孰料新帝登基後，一道通敵叛國的罪名，不但令娘家滿門抄斬，
那涼薄夫婿為怕惹禍上身，更要她自盡以絕後患！
所幸上天讓她回到十二歲那年，一切都還可以重來——
前世姊姊嫁給九皇子，沈家鼎力助他上位，卻難逃兔死狗烹的下場；
加上兄長癡戀表妹，嫂子因而鬱鬱以終，親家反成了敵人落井下石……
很多事看似不相關，其實環環相扣，一環錯了便滿盤皆輸，
而她是唯一能拯救沈家上下百餘口性命的關鍵之人，
誰說閨閣千金就一定無能為力，只能眼睜睜被命運牽著走？
她無論如何都要使出渾身解數，絕不讓前世的悲劇重演！

為流浪貓狗加油 和貓寶貝 狗寶貝

廝守終生(一定要終生喔！)的幸福機會

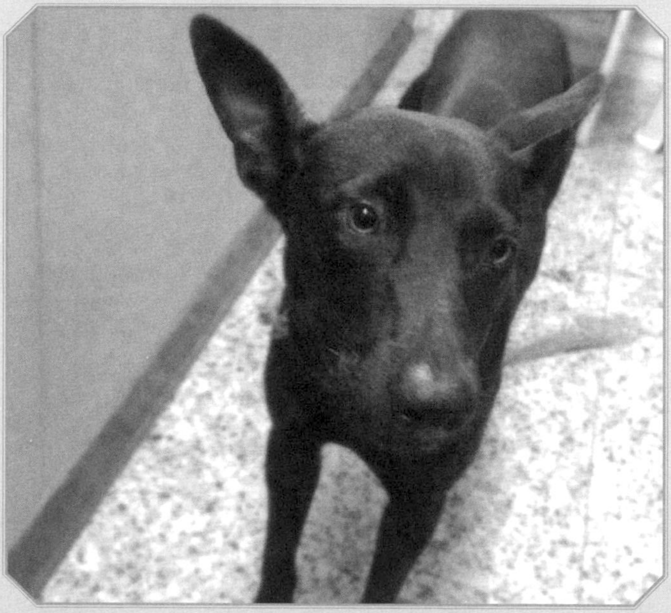

對人來說，貓寶貝狗寶貝只是生活的一部分，但妳（你）對牠們來說，卻是生活的全部，領養前請一定要考慮清楚——

▲ 流浪妞妞尋找一輩子的家

性　　別：女生
品　　種：米克斯
年　　紀：10個月大
個　　性：活潑好動、愛玩，但聽話
健康狀況：已施打狂犬病疫苗，已滴體外跳蚤藥
目前住所：屏東縣潮州鎮

本期資料來源：http://www.meetpets.org.tw/content/61747

『妞妞』的故事：

妞妞是某天突然出現在我家前面大馬路上的狗狗。起先我以為牠是附近的流浪狗，因為我每次下班都看到牠在大馬路左右穿梭，似乎在尋找食物，然而牠卻也不像我家附近的流浪狗。畢竟牠實在太瘦，和平時在這裡徘徊的流浪狗體型完全不同，我家附近就算是黑狗也都十分壯實。

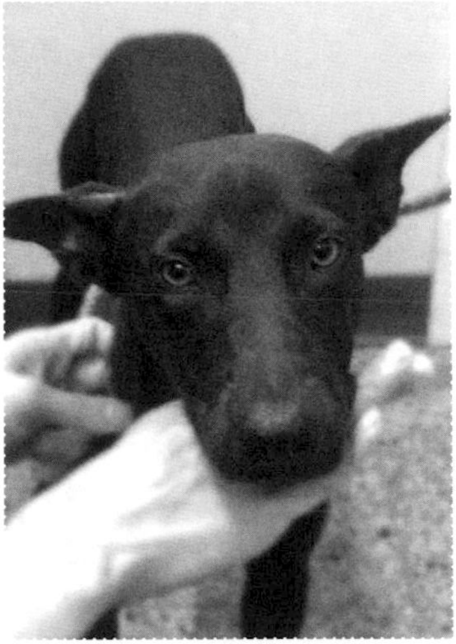

有一天，妞妞在大馬路對面看著我，我不禁默念：不要過來。因為老一輩有個觀念——認為養兩隻狗不好。誰知我一有這想法，就剛好跟牠對上目光，於是牠很快穿過馬路、直奔向我！

妞妞就這樣跟我回家，雖然我想趕牠出去，但牠和我家的狗玩得好開心。想到牠來來去去都找不到食物，眼前的身體如此消瘦，不忍心之下我拿飼料罐頭到離我家遠一點的地方餵牠，這一餵妞妞更是跟定我了，只能好人做到底，開始照顧牠。牠早上通常不見蹤影，傍晚五點時就出現在我家大馬路旁遊蕩，看著來來往往的車輛和路人，直到晚上才回我家前院空地睡覺。

住家附近人煙不算多，前面就是大馬路和大片草地，因此往往不少人半夜來這裡棄養貓狗，所以看著妞妞像是等人的行為，我不由得開始猜測牠的來歷……貓狗們雖然在人眼中不過是畜牲，但牠們也是地球上有血有肉的寶貴生命，要養就要負責牠的一生！願意用心愛護妞妞的人，歡迎來電097518389，(邱小姐，白天上班可留簡訊)或來信b2011423@gmail.com，謝謝。

認養資格：

1. 認養者須年滿23歲，有獨立經濟能力，並獲得家人與同住室友或房東的同意。
2. 有足夠空間讓妞妞奔跑，且禁止放野式餵養、關籠(除非其他原因)，
   每個禮拜抽空陪妞妞玩耍，或牽出去散步。
3. 不給妞妞吃含有尖刺骨頭或魚刺等對狗狗不好的食物。
4. 須帶妞妞去施打晶片，避免走失。
5. 須每年讓妞妞定期施打預防針和狂犬病疫苗，每月吃心絲蟲預防藥，生病必帶牠去看診。
6. 同意送養人後續追蹤探訪，若是居住地不遠希望能讓我們去探望妞妞。
7. 謝絕認養者認養妞妞成為顧農田或工廠的狗。

來信請說明：

a. 個人基本資料：姓名、性別、年齡、家庭狀況、職業與經濟來源等。
b. 想認養「妞妞」的理由。
c. 過去養寵物的經驗，及簡介一下您的飼養環境。
d. 若未來有當兵、結婚、懷孕、畢業、出國或搬家等計劃，將如何安置「妞妞」？

風 文創 349

吃貨嬌娘 4 完

國家圖書館出版品預行編目資料

吃貨嬌娘 / 夕南著. --
初版. -- 臺北市 : 狗屋, 2015.11
冊 ; 公分. --（文創風）
ISBN 978-986-328-518-2（第4冊 : 平裝）. --

857.7 104018846

著作者 夕南
編輯 王佳薇
校對 黃薇霓 周貝桂
發行所 狗屋出版社有限公司
地址 台北市104中山區龍江路71巷15號1樓
電話 02-2776-5889～0
發行字號 局版台業字845號
法律顧問 蕭雄淋律師
總經銷 知遠文化事業有限公司
電話 02-2664-8800
初版 2015年11月
國際書碼 ISBN-13 978-986-328-518-2
原著書名 **《将军家的小娘子》**，由北京晉江原創網絡科技有限公司授權出版

定價250元
狗屋劃撥帳號：19001626
網址：love.doghouse.com.tw E-mail：love@doghouse.com.tw